COLLECTION FOLIO

Anna Hope

Le Rocher blanc

Traduit de l'anglais
par Élodie Leplat

Gallimard

Titre original :
THE WHITE ROCK

Anna Hope est née en 1974 à Manchester. Elle a ensuite étudié à Oxford et à Londres. Elle est l'autrice d'un premier roman très remarqué, *Le chagrin des vivants*, de *La salle de bal*, récompensé par le Grand prix des lectrices de *Elle* en 2018, et de *Nos espérances*. *Le Rocher blanc* est son quatrième roman.

À mon père, Tony Hope (1945-2020)

L'ÉCRIVAINE

2020

Maman ?
Oui, ma chérie ?
Tu sais quoi ?
Quoi ?
Un milliard c'est beaucoup plus que des tonnes.
C'est vrai. Tu as raison.
Maman ?
Oui, ma chérie ?
Je peux regarder un autre dessin animé ?

*

Il fait très chaud à l'arrière du minibus.

La fillette de l'écrivaine, avachie à côté d'elle, casque sur les oreilles, les yeux rivés sur l'écran crasseux de l'ordinateur portable, regarde un dessin animé avec trois enfants en tenues de super-héros. Ils ont un totem ailé et un engin volant. Un garçon coiffé d'une mèche grise et une fille sur un hoverboard sont leurs ennemis.

Ils sont respectivement habillés en lézard, en chouette et en chat. Dans cet épisode le garçon habillé en lézard perd sa voix, ou la retrouve, l'écrivaine ne sait plus, même si elle l'a regardé d'un œil plus d'une fois. Cinq épisodes téléchargés à la hâte dix jours plus tôt dans une chambre d'hôtel étouffante de Mexico, c'est tout ce qu'elle a eu, tout ce que sa fille a eu, une fois que les cahiers de coloriage, les encas et le jus de fruits ont perdu leur attrait, pour se distraire du trajet interminable.

La femme remue sur son siège, les miettes de biscuits salés sur ses genoux tombent par terre. Elle a le dos raide. Tout est raide. La peau tannée par le désert, les lèvres gercées. Elle a veillé toute la nuit dernière autour d'un feu, avec les onze autres passagers de ce minibus, à plus de mille mètres d'altitude dans les montagnes de la Sierra Madre occidentale. Avant l'aube, ils ont jeté de la terre sur les cendres à coups de pieds, rassemblé leurs affaires, leurs duvets, leurs couvertures poussiéreuses, leurs chapeaux et leurs sacs, qu'ils ont ensuite descendus, avec les enfants, à flanc de montagne. Désormais, après presque sept heures de trajet, après les pins, après les montagnes, la végétation change, il y a des palmiers, des bougainvilliers, et, peintes sur la façade de petites *tiendas* en bord de route, des publicités gaies, maritimes, pour Pacífico, la bière de la côte : une ancre et la mer encadrées par une bouée de sauvetage.

Elle devrait vraiment essayer de dormir, mais

comme les épisodes du dessin animé doivent être changés manuellement, si elle s'assoupissait, il lui faudrait se réveiller après onze minutes. Ce qui serait à coup sûr pire que de ne pas dormir du tout. Sans compter que, bientôt, d'ici deux ou trois heures, peut-être moins, ils ne seront plus dans ce minibus, mais dans la ville de leur destination, un vestige colonial ensommeillé, et lorsqu'ils auront achevé la dernière étape de ce voyage, il y aura une chambre d'hôtel, un lit, la climatisation, une Pacífico bien fraîche, de quoi manger. Et ensuite, peut-être, dormir.

Sur l'écran de l'ordinateur portable, le générique défile. La femme appuie sur pause et tire sa fille vers elle. La fillette se tortille. Elle est chaude. Elle a les joues rouges. Son haleine tiède, semblable à la levure, sent l'absence de dentifrice et le trop-plein de sucre.

Tu veux manger quelque chose ?

Elle se penche en avant, farfouille dans la poche du siège. Maigre récolte : des crackers de la veille. Une pomme. Des chips épicées.

Sa fille secoue la tête. Ses yeux vitreux retournent à l'écran. Lait, dit la fillette. Du. Lait.

Du lait, elle ne veut boire que du lait. Pas d'eau. Du lait d'avoine si possible, sinon d'amande. Trois, quatre, cinq fois par jour, à même la bouteille. Ce qui a nécessité des arrêts fréquents dans les épiceries de bord de route.

On n'a pas de lait, ma puce. On va bientôt s'arrêter et j'irai en acheter. Promis.

Sa fille fait la grimace. On dirait qu'elle est sur

le point de pleurer. Ou de taper quelque chose. Je-Veux-Du-Lait.

La plupart du temps, durant ce voyage, là sur cette banquette double qu'elles ont partagée pendant des kilomètres et des heures d'autoroute mexicaine, c'est cette moue qu'a faite sa petite fille. L'écrivaine ne lui en veut pas. La plupart du temps, durant ce voyage, c'est aussi l'humeur qu'elle a eue.

Je. Veux. Du. Lait. JE-VEUX-MON-LAIT !

Mon cœur. On n'a pas de lait. Je viens de te le dire. Une histoire ? tente-t-elle en tendant la main vers son Kindle.

Une fois, quand sa fille était toute petite, elle s'était rendue à un groupe de parentalité, où on avait bien fait comprendre aux mères présentes l'importance des affirmations.

On présente trop de choix aux enfants, avait expliqué la femme qui dirigeait l'atelier. Ils sont complètement déboussolés. Comment sont-ils censés savoir ce qu'ils veulent pour dîner ? On pense être de bons parents en leur donnant des alternatives, en formulant les choses sous forme de questions, mais en réalité c'est tout l'inverse.

Des affirmations. Pas de questions. Tout le monde s'en portera bien mieux.

L'écrivaine n'a jamais vraiment réussi à choper le truc.

Non ! s'écrie à présent sa fille en secouant la tête. Pas une histoire. Un autre des-sin a-ni-mé.

Sa fille, en revanche, à trois ans, maîtrise parfaitement la phrase affirmative. La femme hausse les épaules. À ce stade du jeu, elle a renoncé à toute autorité et sa fille le sait.

D'accord, dit-elle en pianotant sur le clavier. D'accord.

Elle trouve l'épisode suivant et voilà les mini super-héros repartis, libérés de leur léthargie digitale, fusant à travers l'écran en laissant des traînées de vapeur dans leur sillage. On dirait qu'ils vivent dans une ville française, ces super-héros de gamins, qui bondissent par-dessus des maisons grises anarchiques aux toits mansardés éclairés par une froide lune septentrionale. Sa fille fredonne la chanson du générique en martelant le rebord du siège avec ses mollets.

Au cœur… de la nuit… vous aider… quiii… héros… an justiciers… Pyjamasques lala Pyjamasques…

Sur le siège de devant, la Sénégalaise se tourne à moitié et sourit en entendant le refrain. Dans l'interstice entre les sièges, l'écrivaine voit la fille de la Sénégalaise profondément endormie, pelotonnée contre sa mère, le visage lisse et détendu. Les lèvres entrouvertes.

Il y a beaucoup de choses qu'elle aimerait apprendre sur le rôle de mère : elle aimerait apprendre, par exemple, comment cette élégante Sénégalaise parvient à garder sa fille calme et sereine pendant toute la durée de ce trajet éreintant sans l'aide d'un écran. Comment elle parvient à être stricte sans être méchante. Comment elle semble ne jamais être à deux doigts de disjoncter. L'écrivaine aimerait aussi apprendre comment, chaque fois qu'ils sont arrivés dans un nouveau lieu, même les endroits les plus improbables, la Sénégalaise a aussitôt réussi à se mettre en quête d'une casserole, à faire bouillir de l'eau, à la verser dans une bassine, puis à déshabiller sa fille pour la laver.

La première fois qu'elle a assisté à cette scène, elle est restée abasourdie en voyant la fillette immergée à hauteur de genoux dans la bassine en plastique rouge au beau milieu du désert. Elle avait une ceinture en cuir attachée autour de la taille.

C'est pour la protéger ? demanda-t-elle.

Oui, répondit la Sénégalaise tout en lavant sa fille de ses mains fermes et assurées, sans en dire plus.

De quoi ? aurait-elle voulu savoir.

Ce qu'elle aurait aussi voulu demander, c'était : *Où pourrais-je en trouver ? Pour ma fille, pour moi ?*

À la place, elle demanda à emprunter la bassine une fois qu'elles eurent terminé.

Après ces ablutions, la fille de la Sénégalaise était habillée de vêtements propres, sa peau massée avec une huile au parfum sucré, tandis que la fille de l'écrivaine retournait directement jouer dans la poussière – l'épaisse poussière du désert qui n'en était pas vraiment, plutôt du sable et de la terre, qui recouvraient tout : les cheveux, les habits, les poumons. Sa fille adore cette poussière : au moment d'allumer le feu le soir, elle insistait pour dormir par terre plutôt que bien emmitouflée dans les couvertures et les duvets de ses parents. Si on ne cédait pas à sa volonté, elle protestait, hurlait, pleurait, se lamentait. S'ensuivait alors, devant tout le monde, une étrange saynète, où l'écrivaine et son mari tentaient de ramener la fillette, à force de cajoleries, à la sécurité des duvets, loin des flammes.

Invariablement, pendant chacune de ces scènes, la Sénégalaise et sa fille dormaient à poings fermés, pelotonnées ensemble sur une couverture à même le sol, où elles restaient, sans bouger, toute la nuit.

À l'extérieur du minibus, le soleil frappe. Les pieds de maïs projettent leur ombre sur les champs écrasés de chaleur. La route est désormais droite – ce matin, ils ont longuement suivi les méandres du Río Grande de Santiago, mais à la dernière ville ils ont traversé le fleuve, et l'ont laissé suivre son cours plus au nord.

Ils auraient dû, peut-être, s'arrêter pour essayer d'acheter du lait dans cette dernière bourgade, mais sa fille dormait alors ; tout le monde dormait alors, sauf l'écrivaine à l'arrière et son mari et les deux hommes, un Mexicain et un Colombien, près de lui à l'avant. Ils bavardaient, ces trois-là, et comme il n'y avait pas de musique, elle réussissait à les entendre : ils parlaient d'un événement qui s'était produit récemment tout près de cette petite ville paisible, quand les membres du cartel Jalisco Nuevo avaient, apparemment, descendu au lance-roquettes un hélicoptère de la police. Les hommes évoquaient cela d'une voix sobre et étouffée tandis que le minibus traversait lentement la place, passait devant l'église, devant des petits enfants en uniforme qui rentraient de l'école main dans la main, leur cartable tressautant sur le dos.

La *violencia*, disait le Mexicain en secouant la tête, alors qu'ils reprenaient la route principale. C'était trop, trop dans les écoles, trop dans les rues. Il envisageait de quitter Guadalajara, sa ville natale, avec sa femme sénégalaise et son enfant, pour aller en Espagne.

Mais c'était il y a une heure environ. À présent ils passent de la musique à l'avant et l'ambiance est différente, festive. Son mari parle, raconte une histoire, gesticule au volant.

L'écrivaine se penche, l'appelle. Si tu vois un OXXO, tu pourras t'arrêter ? Il nous faut du lait.

Son mari n'entend pas : tout le monde rigole à son histoire. Le Mexicain rit. Elle rit aussi, la jeune Française assise sur le siège derrière son mari. Elle les a rejoints récemment, n'a sa place dans le minibus que depuis environ vingt-quatre heures. Elle les a rencontrés dans les montagnes, où elle voyageait seule, dans le cadre de ses recherches sur la médecine traditionnelle pour un livre qu'elle doit publier en France. Ils l'ont invitée à faire le trajet avec eux. D'ailleurs c'est peut-être bien elle, l'écrivaine, qui a lancé cette invitation, elle ne se rappelle plus trop comment ça s'est passé, mais la jeune femme a accepté facilement, jetant son sac à dos d'une légèreté enviable à l'arrière du minibus, prenant place à l'avant, où les brises sont fraîches.

L'écrivaine observe le dos de son mari : l'alignement de ses épaules, le crochet de son bras sur le rebord de la vitre ouverte. Il a recommencé à fumer pendant ce voyage, une cigarette pendouille en permanence entre ses doigts. Elle connaît bien cette version de lui. C'est celle qu'elle a connue en premier, vingt ans auparavant, à moitié fou, en manque de sommeil, toujours sur le fil du rasoir, fumant comme si sa vie en dépendait.

Ils se séparent, son mari et elle, après vingt ans de vie commune.

C'est un fait nouveau.

Ce n'est d'ailleurs un fait que depuis quelques semaines. Avant, c'était une possibilité : une issue potentielle parmi tant d'autres. Mais à présent il semblerait que ce soit le cas, sans équivoque.

Il y a bien des façons de raconter cette histoire.

L'une d'elles pourrait être qu'ils se séparent parce qu'un jour à l'automne dernier, en Angleterre, il lui avait envoyé un texto : Il faut qu'on parle. Quand elle l'avait reçu, la femme avait immédiatement compris deux choses : qu'il allait lui annoncer une nouvelle qu'elle n'avait pas envie d'entendre et qu'elle savait déjà ce que c'était.

Et elle avait vu juste.

Elle se rappelle la réaction de son corps, le galop de son souffle court, presque un halètement. D'accord, avait-elle dit. Qui ?

Quand il avait terminé son inventaire, elle se rappelle être restée assise le plus immobile possible, pour faire le point. Sa première pensée avait été : *Ce pourrait être pire.* Il n'y en avait pas tant que ça en réalité. Il n'était amoureux d'aucune. Aucune ne faisait partie de ses amies proches à elle. Aucune n'était enceinte. Elle s'était abstenue, contrairement à ce qu'elle aurait pensé faire un jour, de lui demander des détails. Ça pourrait venir plus tard. Elle croyait, même alors, que la situation pouvait encore être sauvée.

Mais, bien sûr, ce n'est là qu'une façon de raconter l'histoire. Il y en a beaucoup d'autres. On pourrait la raconter du point de vue de la jeune femme qui a baisé son mari dans une petite ville universitaire d'Angleterre : ses propres amours, ses désirs, ses envies, ses besoins. Avec un peu d'audace, on pourrait essayer de la raconter du point de vue du lit conjugal : un lit fabriqué pour eux par un ami ébéniste quand il avait appris qu'ils essayaient de concevoir un enfant. On pourrait faire parler le lit – lui faire raconter toutes les nuits différentes, toutes les différentes formes d'amour et de tristesse ou de colère ou de chagrin et d'absence dont il avait été témoin.

Ou bien on pourrait tout simplement admettre que c'est compliqué. Que toutes les histoires ont de multiples facettes, et en rester là.

L'écrivaine se penche pour tapoter la Sénégalaise sur l'épaule. Vous pourriez passer le message à mon mari, s'il vous plaît ? Il nous faut du lait.

La femme hoche la tête, tape sur l'épaule de la Française devant elle en désignant d'un geste le mari, et la Française se penche à son tour pour toucher le dos du mari. Il se retourne avec un grand sourire, heureux de ce contact physique. La Française désigne l'arrière du minibus et le visage du mari change, revêt le masque sombre de la responsabilité parentale.

Ça va dans le fond ?

Du lait, lance l'écrivaine. Si tu vois une épicerie OXXO, tu pourrais t'arrêter s'il te plaît ? Il nous faut du lait.

Pas de problème.

Et on pourrait essayer de mettre la clim ? On étouffe à l'arrière.

Son mari tripatouille la climatisation. Un filet d'air frais parvient péniblement jusqu'au fond.

Merci.

Son mari se remet à parler, reprend là où il s'était arrêté, rassemblant les fils de l'histoire qu'il racontait, jactant à l'envi dans sa plus belle imitation de Neal Cassady, tenant salon au volant.

Lors de leur première rencontre, vingt ans plus tôt, dans une jungle du Mexique mitraillée de lumière, ils en étaient venus à parler littérature. Il lui avait dit qu'il adorait Kerouac – *Ce passage dans* Sur la route *où ils entrent dans Mexico et là, bam ! tout s'ouvre.*

Il était alors au Mexique depuis trois mois,

jeune maître de conférences en psychologie étudiant le chamanisme, recherche qui prenait la forme d'une exploration systématique de la moindre plante psychédélique qui lui tombait sous la main. De manière assez improbable, peut-être, cette marotte de jeunesse s'était transformée en carrière durant leurs années de vie commune. Tous les deux ans, dans son université, il donne une conférence où des groupes exaltés de scientifiques et d'universitaires glosent du potentiel des plantes psychédéliques pour la science et la médecine occidentales.

Ce sont des gens sérieux, ces scientifiques et ces universitaires, des gens brillants qui possèdent des chaires de recherche dans des universités de renommée internationale. Tout en arpentant les cours carrées, ils parlent de leurs études sur les effets de la psilocybine sur la dépression. Ceux de l'ayahuasca sur les traumatismes intergénérationnels. De la MDMA sur les Israéliens et les vétérans américains traumatisés. Ces scientifiques possèdent des milliers de données, des laboratoires de recherche, des IRM et des acronymes à la pelle. Et ils sont soutenus par de gros fonds financiers : des startupeurs testostéronnés de la Silicone Valley et d'anciens banquiers de chez Goldman.

Une nouvelle renaissance, disent-ils, *après les expériences ratées des années 1960. Une ruée vers l'or. Une nouvelle frontière.*

Deux ans plus tôt, son mari avait fait partie d'une équipe qui avait donné du LSD à des scientifiques dans un hôpital universitaire du nord de Londres ; leurs cobayes étaient des doctorants d'Oxford, d'éminents mycologues et de jeunes chercheurs qui travaillaient pour l'accélérateur de particules du CERN. Il s'agissait de la réplique partielle d'une étude menée à l'origine dans les années 1960 : on avait donné aux participants une faible dose de LSD, des masques pour les yeux et des casques audio, puis on les avait encouragés à se concentrer sur les problèmes théoriques les plus profonds de leur recherche. Ils en étaient sortis, pour la plupart, avec des choses très intéressantes à dire.

Mais l'écrivaine trouve cela dérangeant, cette arrivée en masse des privilégiés, cette évocation des frontières qui n'est manifestement pas interrogée. Ils aiment invoquer les Grecs, aussi, ces hommes : ils baptisent leurs entreprises d'après d'anciens cultes du mystère, d'anciens rites d'initiation.

Aujourd'hui son mari profite d'un congé sabbatique en partie financé par un milliardaire anglais porté sur le sacré. L'écrivaine s'est rendue chez lui une fois : un manoir de cinquante chambres avec son parc à cerfs privé et un temple dessiné par Lutyens dans le jardin. Le milliardaire avait invité à un colloque certains des meilleurs anthropologues, historiens de la culture, neuropsychopharmacologues, ethnobotanistes et psychiatres du monde, afin de discuter du statut ontologique des rencontres de substances enthéogènes.

Enceinte de seize semaines à l'époque, et vite fatiguée des présentations, elle se cachait dans sa chambre le soir, lisant Jane Austen pendant que ces éminents scientifiques buvaient du vin et du whisky et se promenaient dans le domaine.

Mais elle avait oublié cette conversation au sujet de Kerouac jusqu'à récemment, alors qu'elle écoutait une émission en podcast où, dans un studio de l'Est londonien, deux jeunes femmes intelligentes à la voix sensuelle débattaient des mérites littéraires respectifs de certains livres. Dans cette émission-là, les deux journalistes se demandaient si on pouvait faire confiance à un homme qui appréciait Kerouac.

Non, décrétaient-elles. Absolument pas. Puis elles s'esclaffaient de concert comme pour dire : Voilà au moins une évidence, non ?

Curieusement, l'écrivaine s'était trouvée vulnérable, devant ces propos, comme si tout ce qu'elle ressentait, tout l'épouvantable chagrin qu'elle essayait de contenir, aurait pu somme toute être évité si elle avait eu de meilleurs goûts en matière d'hommes littéraires.

Mais la vérité c'est qu'elle ne déteste pas Kerouac. Du moins elle ne le détestait pas avant. Adolescente, elle avait même une carte postale avec une citation de *Sur la route* accrochée au mur :

> *Les seuls qui m'intéressent sont les fous furieux, les furieux de la vie, les furieux du verbe, qui veulent tout*

à la fois, […] qui flambent, qui flambent, qui flambent, jalonnant la nuit comme des cierges d'église.

Sur l'écran, les vaillants justiciers sont retournés au lit. Après avoir sauvé la journée, ou la nuit, ou les deux, les voilà bien au chaud dans leur pyjama.

Maman ?

Oui ?

Je peux regarder un autre dessin animé ?

Oui.

L'écrivaine met en route l'épisode suivant : « Yoyo et l'épée de maître Fang ».

Pas celui-là. Je l'ai déjà vu celui-là, maman.

C'est tout ce qu'on a, mon cœur.

DU LAIT ! hurle sa fille. JE VEUX DU LAIT !

De l'autre côté de l'allée, l'homme endormi s'agite, ouvre un œil.

Lo siento, s'excuse la femme. Je suis désolée.

L'homme ne dit rien, il se contente de regarder par la vitre, jaugeant la route – une autoroute où les pylônes défilent dans le paysage.

Cerca, dit-il. *Una hora. Más o menos.*

Sí, cerca, confirme-t-elle.

L'homme referme l'œil et semble se rendormir.

Il a plus de soixante-dix ans, bien qu'on lui en donne vingt de moins. Sa grande bouche aux lèvres charnues dont les commissures pointent légèrement vers le bas lui confère une expression ironique permanente. Il n'a pas de rides. Il porte une doudoune noire par-dessus une chemise et un pantalon de coton blanc. Sur les ourlets du pantalon bondissent des cerfs brodés dans de vibrantes nuances de rose et de violet. Aux pieds, il porte des *huaraches* : des sandales de cuir avec des semelles en pneu. Il est, dans la langue de son peuple, les Wixárikas, un *mara'akame*. Un chaman. Il n'est pas ce à quoi on pourrait s'attendre, cependant, cet homme. Il n'est pas de ceux qui cherchent à mettre à l'aise. Il adore les blagues – plus elles sont crues, mieux c'est. Le jour, sa langue n'est jamais dans sa poche. On ne le trouve sur aucun site Internet. Il ne court pas après les avis cinq étoiles.

Cet homme aussi a veillé autour du feu. Plusieurs générations de sa famille étaient à ses côtés : son fils, la femme de son fils, quatre de leurs sept enfants. Il a chanté cinq chansons pour scander le passage de la nuit, la voix brisée exactement aux bons endroits – grave puis aiguë, grave puis de nouveau aiguë –, et entre deux mélopées, les Mexicains, la Française, l'Allemande, la Sénégalaise, les Anglais et le Colombien, installés près du feu, se rapprochaient des flammes, récitaient des prières à voix haute ou en silence, chantaient leurs propres chansons, faisaient des offrandes de chocolat ou de tabac, demandaient une guérison, adressaient des remerciements. Se comportaient, de façon générale, comme si, là-haut, cinq cents ans de modernité, de méthode scientifique, d'iPhone et d'avions n'avaient pas existé ou avaient été bannis, à la lumière du feu et des étoiles, de l'enceinte des montagnes de la Sierra Madre occidentale.

Cet homme chanta son dernier chant juste avant l'aube, et à la fin, il fit lentement le tour du cercle pour leur caresser les joues et celles de leurs enfants avec des plumes qu'il faisait délicatement glisser sur leur peau : des plumes qui sentaient l'animal, la sueur et la graisse. Il en suçait la tige, dont il extrayait de petits cristaux, qui étaient offerts au feu. Puis, malgré l'obscurité, il rassembla ses maigres affaires et conduisit sa famille en bas de la montagne, prêt pour le trajet jusqu'à la côte. Son fils, la femme de son fils et leurs enfants sont quelque part loin devant à présent, dans un pickup où les gamins sont entassés à l'arrière.

Si on en croit la datation au carbone 14 de la cendre dans leurs foyers cérémoniaux, ils accomplissent le même rituel, cet homme et ses ancêtres, ces mêmes chants et offrandes au feu, depuis plusieurs milliers d'années. Le groupe indigène auquel ils appartiennent est l'un des rares à ne pas avoir été conquis par les Espagnols, des nomades du désert qui s'étaient réfugiés dans la haute Sierra pour échapper à la poudre, à la torture et à l'oppression des colonisateurs. Ces dix derniers jours, le trajet qu'ils ont emprunté dans ce minibus blanc, à travers le centre, le nord et l'ouest du Mexique, depuis Zacatecas jusqu'au désert de San Luis Potosí, puis jusqu'à la haute Sierra Madre occidentale avant de redescendre jusqu'à la mer, est une ancienne route de pèlerinage. Seulement, avant, ce pèlerinage n'avait jamais été effectué par une bande hétéroclite venue de trois continents, au volant d'un minibus blanc loué à Guadalajara ; avant, on marchait.

L'écrivaine a conscience du caractère improbable de toute cette situation. Ce voyage. Ce pèlerinage. La tentation de tout mettre entre guillemets. Conscience du risque de ridicule, une devinette postmoderne, le début d'une blague :

Qu'est-ce qui rassemble un Mexicain, un Colombien, une Sénégalaise, une Française, une Allemande, une Anglaise et deux Anglais, un Suédois, deux enfants et un chaman de soixante-dix ans sur une autoroute de l'État de Nayarit au Mexique en tout début d'après-midi à l'orée du printemps, au début de la troisième décennie du XXIe siècle ?

Elle a glané des bribes d'histoires, des fragments, des hypothèses quant aux raisons de la présence ici de chacun des autres voyageurs. Le Suédois qui travaille dans un bureau à Stockholm et a évoqué une dépression si profonde qu'il voulait se suicider. L'Allemande, la quarantaine bien sonnée, qui fait bien plus âgée, le visage ravagé par d'innombrables souffrances. La Sénégalaise qui ne parle presque pas en présence des hommes, mais qui s'est animée en faisant la cuisine l'autre soir, lui racontant comment elle est venue ici, comment elle a rencontré son mari mexicain au bord de la route au Sénégal, comment elle en est tombée amoureuse et a quitté tout ce qu'elle connaissait, les terres de sa famille, sa mère, ses cousines et ses tantes, pour une vie en périphérie d'une ville mexicaine. Comment, malgré les longs jours de voyage, le manque de confort, le manque de sommeil, elle se retrouve à effectuer ce trajet pour sa fille. Pour donner les offrandes. Demander protection.

Oui, acquiesça l'écrivaine. C'était aussi la raison de sa venue ici. Pour donner les offrandes. Demander protection. Oui. Oui.

Il existe de nombreuses façons d'expliquer sa propre présence à l'arrière de ce minibus, de nombreux points de départ à cette histoire.

On pourrait dire la vérité, main sur le cœur, expliquer que la femme est écrivaine. Qu'elle est ici au Mexique afin d'effectuer des recherches pour l'écriture d'un roman, un roman qu'elle ne sait comment entamer.

Mais même ça ne serait pas toute la vérité : la véritable histoire commence bien des années plus tôt.

Pour faire simple, on pourrait dire qu'elle et son mari ont tenté pendant sept ans d'avoir un enfant. Durant ces sept années, ils ont tout essayé, graphiques, régimes, médicaments, applications, aiguilles, mais rien n'a fonctionné. Et puis, un jour, le mari a été contacté par le jeune Mexicain à l'avant du minibus. Il travaillait avec un groupe indigène du nord du Mexique. Ils voulaient venir au Royaume-Uni. On lui avait dit que son mari était le genre de personne susceptible de pouvoir écrire une lettre de recommandation sur un papier à en-tête universitaire, le genre de papier qui pourrait aider un chaman wixárika à franchir les barrières de l'immigration. Son mari pourrait-il l'aider ?

Et voilà comment l'écrivaine s'était retrouvée, plusieurs années en arrière, assise autour d'un feu, à prier pour un enfant.

Cet acte, cette prière, ne lui étaient pas venus facilement, pas du tout. Comment donc était-on censé prier ? À qui donc, après deux mille ans de chrétienté et de patriarcat, était-on censé adresser cette prière ? Qui était censé écouter ? Dieu ? Le feu ? Le cerf bleu sacré pour les Wixárikas mais qui n'avait absolument rien à voir avec son héritage culturel ? Et puis quel droit avait-elle en cette phase avancée du jeu du colonialisme, de la violence et de la dépossession, d'être tranquillement assise là près d'un feu avec un chaman indigène pour réclamer ce qu'elle désirait ?

Néanmoins, tout le reste ayant échoué, elle avait suivi les instructions. Essayé de prier. Plus tard, une fois la cérémonie terminée, l'homme l'avait allongée dans une petite pièce, avait fait brûler du charbon, puis s'était penché sur elle avec une plume, dont il avait sucé la tige pour extraire de son utérus ce qui ressemblait à de petits cristaux. Cristaux qu'il avait examinés en marmonnant dans sa barbe.

Il y a un an, l'écrivaine s'était rendue pour la première fois dans la haute Sierra. Cette visite était non négociable. Après avoir prié pour un enfant, l'enfant était arrivé, il fallait s'acquitter du marché. Cela n'impliquait pas d'argent, du moins pas directement. Cela impliquait un sacrifice. Cela impliquait d'emmener leur fille au Mexique pour remercier.

Peu après leur arrivée au village, on leur avait demandé, à son mari et à elle, d'acheter un mouton. À ces mots, elle avait éclaté de rire : Vous plaisantez, non ? Mais le chaman et sa famille étaient loin de plaisanter. Ils étaient on ne peut plus sérieux.

L'animal avait été tué lors d'une petite cérémonie au pied de la croix en bois de la place du village. Sa fille, naturellement curieuse, juchée sur les épaules de son père, avec son chapeau de pompier rose pour la protéger du soleil, avait regardé les derniers soubresauts de vie du mouton. Le sang de l'animal avait été recueilli dans un petit saladier en calebasse, et les hommes avaient plongé leurs plumes dans l'épais liquide rouge avant de les tamponner sur des pièces, sur leur peau, et tout ce qu'ils voulaient bénir. En regardant agoniser le mouton, son gros œil noir révulsé vers le ciel, la femme avait été surprise. Elle s'était toujours imaginé le sacrifice comme une abstraction, quelque chose d'immatériel, or il n'y avait guère plus matériel que de regarder un animal mourir.

Le mouton avait ensuite été rapporté au domaine familial, où les femmes l'avaient découpé en silence, efficaces, afin de le plonger avec des légumes et de l'eau dans une grande marmite qu'elles avaient scellée avec de la pâte et mise à cuire sur le feu pendant des heures. Plus tard ce soir-là, bien d'autres personnes étaient arrivées, chargées d'assiettes en plastique, elles s'étaient assises sans bruit avec de gigantesques bouteilles de Coca, de Fanta et de Sprite et des piles de tortillas, attendant qu'on leur serve un peu de ragoût de mouton, attendant de manger la chair de l'animal qui avait été tué en remerciement de la vie de leur fille.

Malgré leurs doudounes, leurs pickups et leurs téléphones portables, les Wixárikas obéissent à des logiques plus anciennes et plus vastes : la réciprocité, le sacrifice. Un soleil qui ne se lève pas de plein droit. Un soleil qu'il faut célébrer. Un soleil qu'il faut remercier.

Dans la poche latérale du sac de la femme se trouvent plusieurs petits bols en calebasse : des *xukuri*, chacun de la taille d'une main d'adulte. Des figurines en cire d'abeilles sont collées à l'intérieur : on leur a demandé de les confectionner, hier après-midi, à l'ombre d'une chaumière. Demandé de façonner la cire en cerf, en gerbe de maïs, en figurines censées représenter leur famille. L'écrivaine se rongeait les sangs : ses figurines n'étaient pas assez nettes, pas assez claires, son cerf avait l'air boiteux. Elle n'était même pas complètement sûre de ce à quoi ressemblait une gerbe de maïs. Mais elle faisait de son mieux pour former les images, qu'elle plaquait sur la peau grattée de la calebasse.

Ces offrandes votives, ils doivent les relâcher

sur l'eau, elle le sait : quand ils atteindront le rocher blanc, d'ici quelques heures.

Dans son sac à lui, son mari transporte une bougie, sur laquelle est soigneusement cousu un ruban bleu : la troisième de trois. La première a été déposée dans le désert, une semaine auparavant ; la deuxième au sommet d'une montagne sacrée, El Quemado ; la troisième, la seule qui reste à présent, sera offerte à la mer.

Le minibus ralentit, quitte l'autoroute pour rejoindre une station-service. De l'autre côté d'une aire se trouve une boutique. Pas un OXXO, mais ça pourrait convenir.

Son mari se gare devant une pompe et se penche par la vitre pour demander à l'employé de faire le plein.

Le *mara'akame* ouvre un œil et contemple l'aire en béton nue. *Muy bonito,* dit-il sèchement, avant de refermer l'œil.

Le mari de la femme apparaît devant leur vitre ouverte. Il se penche, fait une grimace à leur fille, qui lève les yeux, aux anges, en tendant ses petites mains pour appuyer sur les joues de son père.

Papa !

À voir le plaisir vertigineux et électrique qu'ils éprouvent au contact l'un de l'autre, on dirait qu'ils ne se sont pas vus depuis des mois, des années.

Ça va, vous deux, à l'arrière ? demande-t-il.

Étouffant.

Ouais. C'est mieux avec la clim ?

Un peu. Tu peux rester avec elle pendant que je vais chercher du lait ?

Bien sûr.

L'écrivaine cherche à tâtons son porte-monnaie dans la poche du siège, puis franchit cahin-caha des pieds, des sacs et des couvertures poussiéreuses pour atteindre le bitume, dehors. Le soleil brûle, réverbéré par les pompes à essence et les flaques de gazole. La chaleur est intense. Son mari est allé se mettre côté passager. Il s'étire, elle voit le bas de son torse. La peau pâle à l'endroit où elle disparaît dans le pantalon. Il porte un jean, des bottes, un bandana noué autour du cou – une chemise noire brodée, comme celle d'un cow-boy. Une casquette de base-ball. Des lunettes de soleil burlesques achetées à un étal en bord de route quelque part sur le trajet : ridicules, improbables, le genre de lunettes à effet miroir qu'une femme aurait pu porter dans les années 1980. Bizarrement, ça lui va bien, tout juste, mais ça lui va.

On n'est plus très loin maintenant, dit-il sur la fin de son bâillement.

Ouais. Tu veux que je t'achète quelque chose ?

Il hausse les épaules. De l'eau ?

Pas de problème.

Ils se sont mis à se parler comme ça. Comme les personnages d'une pièce. Minimalistes. Gênés. En un sens, précis.

Elle hésite ; avant elle lui mettait les mains sur les joues. Avant, elle lui mettait les mains sur le cou. Avant, elle mettait ses mains à l'endroit où son torse plonge dans son jean. Parfois ils s'embrassaient, pendant des heures et des heures. Le contact de sa peau lui retournait les sangs. Désormais ils se contentent d'un hochement de tête, comme de vagues connaissances.

Elle traverse l'aire pour se rendre aux toilettes. Elle porte encore ses vêtements d'hier soir : des leggings pour avoir chaud, une jupe longue, un maillot de corps Thermolactyl à manches longues. Dans la cabine elle retire les leggings épais, puis le maillot de corps qui crépite d'électricité statique et de sueur. Elle passe aux toilettes puis va se laver les mains au lavabo. Dans le petit miroir, son visage semble étonné : les yeux méfiants, les cheveux couverts de poussière, les lèvres gercées et fendillées presque jusqu'au sang.

Le distributeur libère une gouttelette de savon vert pomme. Dans sa tête, tandis qu'elle se lave les mains, le visage du Premier ministre britannique apparaît – son visage clownesque – et lui intime de chanter *Joyeux anniversaire* deux fois. Obéissante, elle s'exécute.

La dernière fois qu'elle s'est retrouvée à proximité du Wi-Fi, il y a trois jours, elle a réussi à regarder les informations. Il était clair que ce qui avait semblé, avant qu'ils quittent Mexico une semaine plus tôt, une menace susceptible d'être facilement contenue, se muait vite en autre chose : des rayons de supermarchés vides dans toute l'Angleterre, des unités de soins intensifs débordées en Italie. Plus de papier toilette ni de gel hydroalcoolique dans les magasins. Un Premier ministre britannique s'adressant à la nation pour expliquer qu'il faut se laver les mains pendant vingt secondes – *le temps qu'il faut pour chanter* Joyeux anniversaire *deux fois.*

Joyeux anniversaire.

Joyeux anniversaire.

Joyeux a-ni-ver-sai-re. Joyeux anniversaire.

Elle a eu quarante-cinq ans quelques mois auparavant. Plus de la moitié de sa vie.

Avec de la chance.

Et pourtant ce fléau, ce *nouveau coranavirus*, n'est pas le cheval sur lequel l'écrivaine avait misé.

Pas depuis l'avant-dernier été, quand, en pleine canicule, elle avait lu l'article d'un universitaire anglais qui prédisait des étés arctiques sans glace au cours de la prochaine décennie, la faillite de nombreuses régions à céréales, la probabilité d'un effondrement sociétal à court terme.

Pas depuis que, peu après cette lecture, elle avait regardé la vidéo YouTube d'une quinquagénaire qui, dans son salon, prononçait un discours intitulé « En route vers l'extinction, comment y remédier ». Cette femme avait un doctorat en biophysique moléculaire. Elle parlait calmement des données récentes, du fait qu'il y avait plus de dioxyde de carbone dans l'air qu'à n'importe quel moment depuis la période du permien, où 97 % de la vie sur Terre s'était éteinte, gazée par du sulfure d'hydrogène. Du fait que la Terre était déjà bien avancée dans la sixième extinction de masse, et que cette annihilation biologique s'accélérait. Que le principe de précaution avait été abandonné par ceux qui nous gouvernaient et qu'ils avaient capitulé devant les lobbies de combustible fossile et du gain à court terme. Cette femme parlait de gestionnaires de fonds spéculatifs, de PDG de sociétés de courtage qui mettaient la dernière main à leurs bunkers souterrains en se demandant comment ils parviendraient à maintenir leur autorité sur leurs agents de sécurité quand la société se serait effondrée, et que l'argent aurait perdu toute valeur.

Cette femme parlait ensuite tout aussi calmement du fait que la seule réponse logique à l'inaction criminelle des gouvernements face à ces menaces était de s'engager dans la désobéissance civile non violente. Elle parlait d'action sacrificielle. De la nécessité d'être un bon ancêtre. Du besoin de courage, pas d'espoir. Elle expliquait que le courage est la détermination à bien faire, sans l'assurance d'une fin heureuse.

Elle parlait des suffragettes, de Gandhi, de Martin Luther King, de la nécessité d'avoir des gens prêts à se faire arrêter lors d'actions perturbatrices de masse. Prêts à aller en prison.

L'écrivaine avait eu la même réaction, en lisant cet article et en regardant cette vidéo, que lorsque son mari lui avait avoué ses multiples infidélités : un souffle court qui confinait au halètement, presque risible. De la sueur qui perlait sur ses paumes. L'impression de se regarder d'un point de vue extérieur, de remarquer sa respiration, ses mains, son corps, de percevoir nettement cette sensation qui, dans les deux cas, ressemblait à un choc et à la confirmation d'une chose qu'elle savait depuis très longtemps.

Elle restait éveillée dans son lit, nuit après nuit, à vérifier son fil Twitter, à lire article sur article ; les différentes conséquences causées par deux degrés de réchauffement, trois, quatre.

C'était le non linéaire qui la terrifiait : l'idée qu'une fois les seuils critiques franchis, le monde risquait de se réchauffer à une vitesse dévastatrice, l'Amazone se transformant en savane. L'eau sombre ne faisant qu'absorber toujours plus de carbone à cause de la disparition de la glace polaire qui, par sa blancheur, réfléchissait les rayons du soleil – l'effet albédo. Tout serait déformé, retourné, les puits de carbone changés en déversoirs.

Elle parcourait les chemins poussiéreux autour de son village avec sa fille, cueillait des mûres, lui apprenait à nommer ce qu'elle voyait : aubépine, noisetier, gland, rouge-gorge, chêne.

Elle emmenait sa fille à ce groupe parents-enfants, la regardait célébrer le cycle des saisons au rythme des travaux manuels avec les autres mais, au fond d'elle, elle cherchait désespérément une prise : bientôt il n'y aurait plus de saisons, plus de plantations, de bourgeonnements, de fruits ni de récoltes, plus aucun des rythmes qui avaient alimenté l'humanité pendant plus de onze mille ans, depuis que la glace avait fondu au début de l'holocène.

Il nous faut de nouvelles histoires, disaient les gens, il nous faut de nouvelles histoires pour nous sortir de ce pétrin.

Mais alors que l'été devenait de plus en plus chaud puis que l'automne cédait place à l'hiver, avec son lot de nouvelles toujours plus terrifiantes (apparemment les insectes avaient déserté les pare-brise des voitures et les jungles : 75 % d'entre eux, disparus, nul ne savait où), les seules histoires qui lui venaient à l'esprit en plein cœur de la nuit, c'étaient des cauchemars. Elle ne cessait de penser à *La Route*, le moment où la mère, comprenant qu'elle n'a pas la force de continuer, s'ouvre les veines avec un éclat d'obsidienne.

Elle se dirige vers le distributeur de papier, il est vide, alors elle se sèche les mains sur sa jupe et sort en se protégeant les yeux du soleil tandis qu'elle retraverse l'aire pour aller à la boutique.

L'écrivaine a conscience que plus tard dans la journée, ou demain, quand ils auront achevé ce périple, quand ils auront mangé et dormi, elle et son mari devront se reconnecter avec leur ordinateur pour évaluer la situation. Prendre des décisions. Essayer de contacter des compagnies aériennes susceptibles ou non de les prendre en charge. S'ils parviennent à réserver des vols, ils quitteront le Mexique pour l'Angleterre, retourneront à un printemps gris, à des rayonnages vides, à la séparation, au divorce et

– qui sait ? – à un potentiel effondrement de la société.

Il n'y a pas de lait dans les réfrigérateurs, pas de lait d'avoine, d'amande ni de vache, juste de l'eau et de la bière. Elle choisit la plus grande bouteille d'eau puis se dirige vers le comptoir pour payer.

En avril dernier, par une journée où il faisait 25 degrés à l'ombre, l'écrivaine s'était jointe à plusieurs milliers de personnes pour bloquer Oxford Circus dans le centre de Londres. Elle était assise au tout premier rang de la foule, à côté d'un bateau rose baptisé du nom d'un activiste du Honduras assassiné, quand quatre agents de la police métropolitaine étaient venus l'informer qu'elle contrevenait à l'article 14 de la Loi sur l'Ordre public, et l'avaient invitée à se déplacer. Comme elle refusait de bouger, ils avaient tendu les bras vers elle, un officier pour chacun de ses membres, et l'avaient emportée.

Elle avait été emmenée à un commissariat non loin de Victoria Station, où elle avait passé la nuit dans une cellule, les yeux rivés sur le numéro d'un centre de désintoxication peint à la bombe au plafond. Toutes les demi-heures, quelqu'un venait voir si elle allait bien. On lui avait donné une couverture et des pommes de terre et des flageolets réchauffés au micro-ondes.

Il y avait eu plus d'un millier de personnes arrêtées durant ces quelques jours d'avril. Elle avait été jugée à l'automne avec deux autres femmes : une grand-mère de Swansea, et une jardinière d'Oswestry. La grand-mère avait pleuré à la barre. Et la jardinière expliqué qu'elle constatait chaque jour les impacts du changement climatique dans son travail, que ses filles refusaient d'avoir à leur tour des enfants. Que cette évolution, au sein même de sa relativement courte vie, lui brisait le cœur.

Quant à l'écrivaine, elle avait revêtu sa plus belle robe et plaidé non coupable. Elle avait affirmé que ses actions étaient proportionnelles à la menace. Elle avait dit au juge qu'elle avait agi pour sa fille. Afin qu'elle puisse avoir un monde où habiter.

Elle avait conscience, debout à la barre, de quelque chose de performatif, de théâtral, dans cette procédure judiciaire. La greffière, une quinquagénaire, avait pleuré. Le juge avait écouté, hoché la tête, et lui avait donné une amende. En quittant la salle d'audience, elle avait eu le sentiment intense et étourdissant d'être du bon côté de l'histoire.

Mais parfois l'écrivaine imagine une autre sorte de tribunal, un tribunal du futur, un Nuremberg intergénérationnel, où l'on demanderait à sa génération de répondre des crimes contre l'avenir. Elle s'imagine prendre place à la barre.

Qu'avez-vous fait quand vous avez compris que le monde brûlait ?

J'ai manifesté. J'ai été arrêtée, j'ai passé la nuit en cellule.

Et pourquoi avez-vous fait ça ?

Je l'ai fait pour ma fille. Je voulais lui donner un avenir. Cela me semblait être le seul moyen.

Le seul moyen pour faire quoi ?

Pour attirer l'attention sur l'échelle et l'urgence de la menace.

Et ensuite ?

J'ai pris un long-courrier pour aller au Mexique.

Je vois. Pouvez-vous expliquer pourquoi ?

Il fallait que j'adresse des remerciements. Des offrandes. Que je demande protection. Pour ma fille. Que je fasse des recherches pour mon livre.

En traversant la planète en avion ? En carbonisant les os des ancêtres animaux de votre fille à dix mille mètres d'altitude ?

Elle paie l'eau, puis retourne là où attend le minibus. Le réservoir rempli des os de dinosaures prélevés sous les déserts de Syrie ou du Koweït, ou dans les gisements de pétrole du Venezuela.

À peu près à l'époque où elle avait été arrêtée, un écrivain noir de renom avait posté un Tweet dans lequel il se demandait si ces activistes qui se retrouvaient dans des cellules auraient été si prompts à se livrer corps et biens si des gens comme eux avaient connu dans leur histoire des morts en garde à vue.

À l'époque, quand elle avait lu ce commentaire, l'écrivaine s'était sentie sur la défensive : c'était tout l'intérêt, justement, non ? Ces gens issus en majorité de la classe moyenne blanche, ces grands-mères, ces pasteurs, ces médecins et ces rabbins utilisaient ce privilège en se laissant arrêter.

Mais entre-temps, elle était devenue moins sûre ou, du moins, plus consciente de son propre désir de se trouver au centre de l'histoire. D'être celle qui sauve, finalement, la planète.

Elle sait parfaitement qu'elle était une touriste dans cette cellule.

Ces derniers temps, elle a eu l'impression d'être piégée dans un paysage à la Escher – chaque entreprise condamnée à une complication, à l'hypocrisie, aux conséquences.

Vaut-il mieux, alors, ne pas agir du tout ?

Prête ? demande son mari.

Ouais.

Elle regagne son siège. Sa fille lève les yeux vers elle. Du lait ? demande-t-elle, pleine d'espoir.

Pas de lait. Juste de l'eau, ma chérie.

Le visage brûlant de sa fille se décompose. Je-Veux-Mon-Lait !

Je suis désolée, mon cœur. Il n'y avait pas de lait.

JE-VEUX-MON-LAAAAAIT !

Je suis désolée. Je… On est presque arrivés, promis. Alors, s'il te plaît, tiens bon.

Son mari met le moteur en route, la musique redémarre à l'avant, une playlist du Colombien. *Cuuumbiaaaa !*

Elle verse de l'eau dans la bouteille de sa fille, celle-ci boit une gorgée, puis repousse la bouteille. La femme ouvre l'ordinateur d'un coup sec. Replace le casque sur la tête de sa fille. Les justiciers en herbe bondissent de toit en toit. Cette fois-ci, sa fille ne chante pas.

Comme le minibus réintègre l'autoroute, elle ouvre la vitre en grand. La brise s'engouffre. La terre rouge cède place aux broussailles, une fine pellicule de sable. De grands palmiers. Plus très loin, maintenant, plus très loin. Ils sont tous réveillés à présent : les trois hommes à l'avant, la Française et l'Allemande, la Sénégalaise et sa fille, qui piaille, suce une orange, le *mara'akame*, les deux hommes à l'arrière. On monte le volume de la musique. Ils le ressentent tous : l'ozone, l'océan, la fin du trajet, enfin.

Les téléphones des voyageurs trouvent du réseau, vibrent sous les messages : ils les consultent, le visage plissé devant l'écran. La Sénégalaise écoute un long message vocal d'une femme, peut-être sa mère.

Ils lèvent la tête, s'échangent les nouvelles diffusées par leurs réseaux d'information : l'OMS a qualifié le coronavirus de pandémie, Trump a décrété l'état d'urgence nationale.

On ferme les frontières, disent-ils, puis ils discutent nerveusement desquelles.

Que ce serait-il passé, se demande-t-elle, si tout s'était effondré pendant qu'ils étaient là-haut dans la haute Sierra Madre, à des centaines de kilomètres de la ville ou du signal Wi-Fi les plus proches ? Comme dans l'un de ces films de zombies où le virus balaie la planète en l'espace de quelques heures, laissant le chaos dans son sillage, et à peine quelques îlots d'humanité pour refaire le monde. Comment s'en seraient-ils tirés ?

Dans sa tête, elle les évalue, les survivants de l'Apocalypse. Le Mexicain s'en sortirait bien, il sait découper un animal, manier un couteau. Les autres hommes ont moins de savoir-faire. Certains sont équipés de machettes, mais ils ne savent pas vraiment s'en servir, ce ne sont guère plus que des accessoires. C'est sur la Sénégalaise qu'elle parie. Elle sait cuisiner au charbon de bois et préparer un repas avec trois fois rien en deux coups de cuiller à pot. Elle sait dormir à poings fermés sur une couverture à même le sol. Elle sait garder son enfant propre. Elle trouverait le moyen de prospérer. Elle gagnerait sur tous les tableaux. L'écrivaine, elle, arriverait tout en bas de la liste. Son besoin de solitude. Cet atroce désir, si handicapant, d'avoir du confort, d'avoir un lit. Sans compter qu'en cas de crise, personne n'a besoin d'une écrivaine.

Son mari s'en tirerait certainement bien, en revanche.

Elle s'est souvent dit que cet homme qu'elle a épousé, avec ses mains habiles aux larges paumes et son absence d'angoisse constitutive, lui serait fort utile en cas de fléau, d'incendie, ou d'inondation. Souvent, durant l'année passée, quand sa peur commençait à pointer, elle allait dans son bureau, s'asseyait par terre.

Il faut qu'on achète du terrain, disait-elle. Qu'on vende ici. Le pays de Galles, le Connemara, quelque part avec un puits. Qu'on apprenne l'agriculture. À creuser des trous. Tout ça.

Et il lui répondait de sa voix impassible : Nous avons toujours vécu dans des époques incertaines.

Mais maintenant qu'il est là, ce dénouement, qu'il se rapproche – l'un des chevaux se détachant du peloton ; voilà qu'eux aussi se dénouent. Bientôt, le tissu de leur famille sera décousu – le fil gisant à terre – dépouille de la silhouette qu'il renfermait jadis.

Elle tend la main et tire vers elle le bras de sa fille, lui déplie ses doigts moites. Lui souffle dans le cou. Ses paumes sont larges, comme celles de son père. Elle n'a pas encore quatre ans, mais elle connaît déjà les noms de tous les outils dans la boîte à bricolage paternelle. Clef à douille, dit-elle. Clef à molette. Niveau. La femme s'en réjouit. Cette capacité à nommer les choses utiles.

Maintenant c'est au tour de son téléphone de trouver un signal, il se met à vibrer sous une pluie de notifications dans la poche du siège devant elle, un arrivage en vrac des messages de sa famille, qui se percutent dans leur impatience d'être lus :

J'ai rendu papa accro à Schitt's Creek !
BRAVO !!
Oh, GÉNIAL
Le match de ce soir a été annulé.
Purée
Bonjour
C'était l'enfer au boulot hier. Personne n'a le droit de mettre du sel et du poivre sur sa nourriture à moins qu'ils soient en sachets, et on n'en a pas

Ça fait tellement de déchets.
Tout ça me semble un peu exagéré
À mon avis ce n'est que le début
Mon Dieu, oui. Et les compagnies aériennes qui s'effondrent
On sera 80 % à le choper
Entre 250 et 500 mille Britanniques vont en mourir
Le festival de Glastonbury va être annulé
Le marathon de Londres aussi
Bande d'oiseaux de malheur
Y a pas d'oiseaux de malheur, maman
C'est la réalité
Mon Dieu, je n'arrive pas à réaliser
Retour aux livraisons pour moi.
Cela dit y a une bonne nouvelle. Les concerts gratos vont recommencer. Rave parties illégales dans les bois
Chaud !
Ouais ben c'est ce qui se passe en Italie les ados s'échappent pour faire la fête et en revenant ils infectent tout le monde.
Tu arrives à aller chez Tesco pour les médicaments de papa ?
Ce sont des somnifères
L'heure du gin dégueu a sonné
TOM HANKS A LE COVID 19 !!
À tous les coups il a aussi le traitement
Alléluia, il va tous nous sauver
J'espère que je vais pas être confinée avec mes gosses dans cette maison
Moi ce qui m'inquiète c'est de savoir s'ils pourront rentrer du Mexique.
Ils devraient tous revenir
J'espère qu'ils ne pensent pas qu'on en fait trop.

Elle passe à ses mails. Il y en a plusieurs de sa mère :

Ton père se remet à écouter des audiolivres, c'est une bonne chose. Au moins son cerveau est stimulé même s'il n'est pas capable de sortir marcher. C'est trop dur pour moi de le pousser, alors parfois il arrive à s'asseoir dehors un moment, bien emmitouflé. Pour rigoler on dit qu'il est à Marienbad.

Coucou mon lapin… on est tous très inquiets de cette épidémie de coronavirus. C'est vraiment très grave. Les aéroports pourraient même fermer… hier le médecin de ton père a dit que les hôpitaux n'arriveraient pas à suivre.
On pense tous que vous devriez envisager de revenir à la maison le plus vite possible… vous tous. La situation empire de jour en jour. Le gouvernement tient une réunion cobra aujourd'hui.
Je me suis dit que tu devais lire ça le plus vite possible…
Vraiment penses-y sérieusement… c'est grave bisous
Je me demandais juste si ça allait et si tu avais retrouvé le Wifi ? La situation empire ici mon poussin… Jet 2 arrête les vols… essaie avec Tui !
Papa veut que tu appelles Aeromexico pour trouver des prix il me rend chèvre

Elle repose son téléphone sur ses genoux.

À Manchester, dans une maison en périphérie de la ville, son père est malade. Il est un peu plus âgé que l'homme vigoureux dans le siège de l'autre côté de l'allée, mais pas beaucoup plus : né en août 1945, à la fin d'une guerre.

C'est son père qui l'avait amenée pour la première fois dans l'Ouest, quarante-deux ans en arrière, alors qu'elle avait trois ans.

Elle a une photo de lui de cette époque : quelque part dans le Nevada, les mains sur les hanches, le menton levé, comme s'il avait répondu pleinement à une question posée par lui plus jeune quand il grandissait pauvre dans le Yorkshire, lisant Hemingway, Kesey et John Dos Passos, écoutant Dylan, the Byrds et Simon and Garfunkel, « We've all gone to look for America », on est tous allés voir l'Amérique.

Et il y était allé.

Alors jeune maître de conférences à Manchester, il avait embarqué sa jeune famille, échangeant leur village des landes du Nord avec La Nouvelle-Orléans et un boulot d'enseignant d'un an à Tulane, avant de voyager aux quatre coins de l'Amérique : Louisiane, Mexico, Morelia, Californie, Oregon. Dans les albums de cette maison de Manchester, on les retrouve sur des photos jaunies : à côté de machines à sous à Reno ; sur la corniche du Grand Canyon ; montant des chevaux dans des ranchs du Colorado.

Et ensuite, alors qu'elle avait huit ans, il les avait ramenés dans l'Ouest, à Tucson, en Arizona, où ils habitaient à la périphérie de la ville, juste au pied des montagnes de Santa Catalina, où le quadrillage de maisons laissait place à des canyons et des ruisseaux.

Il y avait de la beauté là-bas : les orages électriques qui brodaient le ciel au-dessus des montagnes sans que jamais le tonnerre ne résonne. La façon dont ses petites sœurs couraient nues sous la pluie du désert. Mais il y avait de la peur aussi : chaque matin le nouveau visage d'un enfant disparu affiché sur les briques de lait posées sur la table du petit déjeuner. Les serpents à sonnette dans le jardin.

C'est à cette époque qu'elle s'était mise à compter les choses, à vérifier sous le lit, dans le placard et derrière la porte. Mise à frotter la poussière du désert de ses plantes de pied sur les paumes de ses mains.

En décembre dernier, trois mois plus tôt, juste avant qu'elle ne parte pour ce voyage, son père arrivait encore à marcher, à peine, parvenait encore à se traîner dans la maison avec l'aide de barres d'appui. Désormais il faut pousser son fauteuil de pièce en pièce, du lit au fauteuil et retour. Il n'arrive plus à se nourrir.

L'écrivaine connaît le canevas d'une histoire, une vieille histoire, l'une des plus vieilles : celle d'un roi à l'agonie et des terres en friche autour de lui. Le vieux roi pourrait être sauvé par *la* bonne question. Ses terres aussi, pourraient être sauvées par *la* bonne question. Le bon questionneur. Ils en ont posé beaucoup, des questions, ces dernières années, à mesure que son père faiblissait, ils ont peiné à établir un diagnostic. À la fin il y avait eu une réponse : paralysie supranucléaire progressive, une maladie neurodégénérative qui ravage la partie centrale du cerveau.

Son père a toujours été amateur de questions, lui aussi : c'est son mode de communication préféré. Qu'est-ce que tu lis ? lui demande-t-il au début de chaque conversation téléphonique, et elle répond – en général pas à sa convenance. Trop limité. Trop peu d'ambition. N'a-t-elle pas lu le nouveau Samantha Schweblin ? Ou Laurent Binet ? N'a-t-elle vraiment jamais lu *Au-dessous du volcan* ? Bon Dieu ! Il l'a lu deux fois.

De fait, elle l'a lu, *Au-dessous du volcan*, pendant ce voyage. En partie pour son père. En partie pour elle. La dernière fois qu'elle l'a eu au téléphone, trois semaines plus tôt, elle lui a dit qu'elle en était à plus de la moitié.

Chose étrange, quand elle en a enfin entamé la lecture, elle s'est souvenue de quelque chose : un souvenir du début de sa relation avec son mari qui s'était sédimenté pendant vingt ans.

Lors de cette première rencontre dans la jungle mexicaine, ils n'étaient pas devenus un couple, elle et son mari, pas exactement : ils s'étaient rencontrés, puis étaient repartis chacun de son côté, elle à Londres pour étudier, lui, pour enseigner l'anglais, à Mexico. Mais ensuite, neuf mois plus tard, elle était retournée le voir en avion. Il avait abandonné son travail d'enseignant et habitait dans un petit village du Morelos, non loin de Cuernavaca, à côté de l'hacienda d'un homme qu'elle connaissait vaguement, un vieil ingénieur allemand. Elle avait écrit à l'Allemand pour lui demander si elle pouvait venir chez lui d'abord. Cela semblait plus convenable en somme. Une sorte de chaperonnage. Une zone tampon.

Elle avait acheté le billet d'avion le moins cher possible, atterri à Cancún, à mille cinq cents kilomètres de la capitale, puis traversé le Mexique à bord d'un bus de nuit. Arrivée dans le Morelos, elle était fatiguée et lasse du voyage, mais le vieil Allemand était courtois, accueillant. Il lui avait préparé à dîner, servi du café et fait visiter sa magnifique demeure. Un vaste salon feutré rempli de livres et d'objets d'artisanat donnait sur le patio. Sur le mur étaient affichées des photos – l'une en particulier avait attiré son attention, elle représentait un homme derrière une caméra, la lumière éclaboussait la rue pavée autour de lui, il levait une main, mesurait quelque chose entre les doigts et le pouce.

Qui est-ce ? avait-elle demandé à son hôte.

John Huston, avait répondu l'Allemand avec une note de fierté. Il a séjourné ici pendant le tournage de *Au-dessous du volcan* avec Albert Finney.

Elle avait de nouveau regardé la photo, le visage ridé et barbu du réalisateur : l'angle de ses mains, levées comme s'il naviguait en observant les étoiles.

Vous l'avez lu ? lui avait demandé l'Allemand.

Non.

Vous devriez. C'est un livre merveilleux.

Après le repas, le vieil Allemand était allé se coucher, et elle était sortie. Le calme régnait dans le patio ; assise dans le crépuscule odorant, elle avait écouté les bruits de la petite ville qui se préparait à la nuit, et tandis qu'elle attendait là un homme qu'elle pourrait sans doute aimer, elle sentait lovée en elle la promesse de l'avenir. Elle venait juste d'avoir vingt-cinq ans, elle était à l'orée lumineuse de sa vie.

Le minibus arrive à une intersection : une petite *tienda* vend des jouets de plage gonflables, du cake à la banane ; un restaurant vante son poisson frais.

Ils prennent à droite, et désormais la route est plus petite, plus étroite, la végétation plus dense, des mangroves et des marais : un sanctuaire de crocodiles, la vaste embouchure d'un fleuve. Des panneaux affichant des moustiques peints – des insectes de dessin animé avec d'horribles visages burlesques – vous exhortent à toujours appliquer du spray anti-moustiques afin d'éviter le Zika et la dengue. Les bestioles sont dangereuses ici : les moustiques et les *jejenes*, de petits insectes hargneux qui vivent dans le sable. Cette partie de la côte, des zones humides et marécageuses en remontant jusqu'à Sonora, est connue pour ça. Son téléphone vibre, un message que lui envoie directement sa mère :

> Ma chérie. Il faut que tu reviennes vite. Trouve un vol aujourd'hui. Reviens à la maison.

Elle répond :

Je vais le faire, promis.

Elle appuie sur envoyer. Elle va le faire. Elle regardera ce soir. Dès qu'elle aura suffisamment de réseau. Elle le fera, elle le sait, parce que c'est la bonne chose à faire. Parce que dans une situation comme celle-ci, c'est la bonne chose de revenir sur sa terre natale, auprès de sa famille.

Même si c'est tentant, bien sûr, de rester ici où les arbres sont chargés de mangues et de la lumière mielleuse du soleil de l'après-midi, où les *tiendas* croulent sous les avocats, pendant que le reste du monde court à sa perte en faisant la razzia sur les derniers rouleaux de papier toilette dans les magasins.

Hé.

Elle se retourne : l'Anglais dans le siège derrière elle se penche pour l'interpeller. Je pourrais avoir un peu d'eau, s'il vous plaît ?

Bien sûr. Elle s'empare de la bouteille à ses pieds pour la lui tendre.

Quelque chose chez cet Anglais l'intimide. Un certain calme. Une certaine maîtrise de soi. De tous les occupants du minibus, ses blessures sont peut-être les plus cachées. C'est un producteur de musique qui vit seul dans le désert mojave en Californie, complètement isolé, sur un bout de terrain à des kilomètres de la route la plus proche, où il compose des musiques de films et travaille avec des groupes de Los Angeles. Cela, elle l'a appris en surprenant quelques conversations ; son mari et lui sont devenus amis au cours de ce voyage. Tous deux semblent avoir beaucoup de connaissances en commun : des gens qui occupent un territoire incertain quelque part entre le Burning Man et la Silicon Valley. De vieux visages psychédéliques des années 1960. Des utopistes d'Internet qui écrivaient jadis des paroles pour les Grateful Dead et ont fini par obtenir des postes de chercheurs à Harvard. Ce genre de chose.

En réalité elle n'a vraiment parlé à cet Anglais qu'une seule fois. C'était au début du trajet, quand aucun des voyageurs ne se connaissait vraiment. Ils se sont arrêtés dans une minuscule bourgade au beau milieu du désert pour acheter des œufs, du café et des tortillas. Son mari était avec leur fille, qu'il laissait jouer et se dégourdir les jambes dehors. L'écrivaine était attablée avec le producteur de musique et le Suédois, ils parlaient de leur destination : la ville endormie au bord du Pacifique où ils achèveraient leur pèlerinage. Elle leur expliqua qu'elle y était déjà allée, qu'elle avait vu le rocher blanc dans l'océan, l'endroit que les Wixárikas appellent *Tatéi Haramara*, notre Mère Océan, l'origine de la vie.

C'était la première fois qu'elle parlait, ils se sont tournés vers elle, comme surpris.

Elle leur expliqua qu'elle était écrivaine, qu'elle se trouvait ici, au Mexique, en partie, pour effectuer des recherches et entamer l'écriture d'un roman, dont l'idée lui était venue dans sa globalité, un beau matin, un an plus tôt. Qu'à l'époque ils séjournaient dans un village de pêcheurs, elle, son mari et leur fille, en attendant que leur ami mexicain, le même qui voyageait avec eux à présent, leur dise quand ils pourraient se rendre dans la Sierra. Il avait fini par prendre contact avec eux et leur avait dit que tout était organisé, qu'ils étaient attendus dans les deux ou trois jours suivants, et que leur voyage comprenait une visite de la ville du rocher blanc.

L'écrivaine expliqua aux hommes qui l'écoutaient qu'elle ne connaissait pas cette ville auparavant et que, afin de préparer leur voyage, elle s'était documentée. Et avait appris que, lieu sacré pour les Wixárikas, cette ville était aussi un avant-poste crucial pour les forces espagnoles coloniales au XVIIIe siècle, c'était le port duquel leurs navires avaient mis les voiles pour explorer et revendiquer le nord de la Californie et le Nord-Ouest-Pacifique. Que le bateau qui avait emmené les premiers Européens dans la baie de San Francisco en 1775 était parti de là.

Qu'elle avait trouvé les versions numérisées des journaux de bord de ces marins, et avait lu que, en mars 1775, alors qu'il était à l'ancre à côté du rocher blanc, prêt à partir pour la Californie, l'un des principaux lieutenants de la flotte espagnole avait, paraît-il, perdu la tête, s'enfermant à clef dans sa cabine avec quatre pistolets, un pour chacun des hommes qui commandaient l'expédition. Que le jeune homme avait été jugé par une junte la nuit même, événement dont ne restait aucune trace de sa défense hormis le fait qu'il était « incohérent » et souffrait d'une « perte malheureuse de ses facultés », et après lequel il avait été déchu de son poste sans qu'on entende plus jamais parler de lui.

Elle avait été fascinée par cet incident : qu'avait dit ce jeune lieutenant devant cette junte ? Et pourquoi avait-il été réduit au silence depuis ?

Elle leur raconta qu'elle avait également appris que la ville avait été le port d'arrivée de milliers de Yoemem, déportés de Sonora au tout début du XXe siècle, sous le régime de Porfirio Díaz. Des gens qui avaient été arrachés de force de leurs maisons et de leurs villages parce qu'ils s'opposaient à la dépossession de leur terre ancestrale, la vallée fluviale la plus vaste et la plus fertile du Mexique, pour laisser la place à des entrepreneurs capitalistes mexicains et américains.

Que des milliers d'hommes, de femmes, d'enfants et de personnes âgées étaient entassés dans des bateaux au départ de Guaymas pour un voyage de trois jours au sud de Nayarit, avant de débarquer en face du rocher blanc, et d'entamer une marche forcée de plus de trois cents kilomètres, une marche qui tuerait un grand nombre d'entre eux, pour atteindre une gare ferroviaire de l'autre côté des montagnes, où ils montaient à bord de wagons à bestiaux qui les conduisaient jusqu'à Mexico, et étaient vendus comme esclaves puis emmenés dans les champs de sisal du Yucatán, à plusieurs milliers de kilomètres à l'est. Que là-bas ils étaient morts, par dizaines de milliers, dans ces champs, la plupart en moins d'un an. Que bien des gens considéraient qu'il s'agissait tout bonnement là d'un génocide.

Et que, au milieu du siècle dernier, le port était devenu une station balnéaire pour les célébrités fortunées. Qu'un jeune chanteur y avait passé un week-end en 1969, à l'âge de vingt-cinq ans, deux ans avant d'être retrouvé mort dans une baignoire parisienne en 1971, alors qu'il fuyait sa propre personne, la justice et une Amérique qui devenait de plus en plus sombre et dérangeante à mesure que la guerre au Vietnam s'intensifiait. Guerre dans l'accélération de laquelle son père, le plus jeune amiral de la marine américaine, avait lourdement pesé, lorsqu'il avait pénétré dans le golfe du Tonkin en août 1964.

Que, après cette première visite dans la Sierra, ils avaient en effet visité la ville, vu le rocher blanc et les vestiges de l'ancien fort espagnol et du bureau de comptabilité, le Contaduría, sur la colline volcanique qui surplombe la ville, un endroit inquiétant, et à côté une église dont les chevrons avaient disparu depuis longtemps.

Qu'elle et son mari avaient emprunté des vélos pour pédaler le long de la grande bande de sable, leur fille juchée sur le cadre du vélo de son père, jusqu'à ce qu'ils trouvent l'hôtel où le chanteur avait séjourné – Playa Hermosa – tout au bout de la plage. Une ruine gagnée par la jungle désormais, où ne subsistaient dans la piscine vidée que des graffitis, et où des préservatifs usagés, des bouteilles en plastique et des paquets de chips jonchaient le sentier qui menait à la plage. Mais la vue, une fois qu'on était sur cette plage – au sud les montagnes les pieds dans l'eau, au loin le rocher blanc – était féerique.

Debout, là, cela lui avait paru logique, leur dit-elle, que le chanteur ait pu se rendre à cet endroit. Elle en était venue à le considérer comme une sorte de transistor cassé, accordé aux fréquences de la révolution et de la révolte, là sur cette lointaine côte ouest, à contempler le Pacifique en réfléchissant à son sort.

Son mari réapparut alors dans le café, leur fille dans son sillage ; il était temps de remonter dans le minibus. L'écrivaine regagna donc son siège à l'arrière, réduite à nouveau au silence.

Le lendemain soir, cependant, le producteur vint lui parler. Ils faisaient étape dans un alignement de maisons en adobe au milieu du désert. Son mari, près du feu, bavardait avec le Mexicain. Sa fille dormait à l'intérieur. L'écrivaine était assise seule sur un banc. Il faisait froid, un froid typique des nuits désertiques, où les bourrasques de vent s'infiltrent dans les moindres interstices.

Je voulais vous dire, fit le producteur. J'ai bien aimé ce que vous avez raconté. À propos du chanteur. En 1969. Cette expression que vous avez employée, que c'était un transistor cassé.

Oh ?

Ouais. Et puis… c'est bizarre. Bizarre que vous ayez parlé de lui.

Pourquoi ?

Parce qu'on m'a confié une de ses chansons à remixer. Il y a quelques années. C'est sa maison de disques qui m'a contacté.

C'est vrai ?

Vous aimeriez l'écouter ? Je me suis dit que oui. Je l'ai ici.

Il plongea la main dans son sac à dos, sortit son iPad et son casque, s'apprêtait à les lui tendre, puis s'arrêta.

Quand la maison de disques m'a envoyé les originaux, et que je les ai écoutés pour la première fois, il y avait ce… cri à la fin de l'enregistrement. Ce type criait, tout simplement. Et ça n'a pas été utilisé dans le single. L'original, je veux dire. Le type se lâchait vraiment. C'était dingue. Et ça faisait quarante ans qu'on ne l'avait pas entendu. Ce cri. Alors je l'ai pris et je m'en suis servi. Je l'ai libéré.

Sur quoi il lui tendit le casque et son iPad, mit en pause la piste, puis la laissa là, pour rejoindre les hommes de l'autre côté du feu.

Au loin on distinguait la silhouette des montagnes qui se découpait ; en dessous, à trois ou quatre kilomètres, le phare d'un train de marchandises qui, venu du nord, se dirigeait vers la capitale. Du feu lui parvenaient les voix des hommes, basses, puis plus fortes. Des rires. À l'intérieur de la maison, la douce mélodie de la Sénégalaise qui berçait son enfant.

L'écrivaine mit le casque sur sa tête et appuya sur play. La piste démarra lentement ; une pulsation électro continue.

Du duh du-du duh. Du du du-du duh. Du duh du-du duh. Du du du-du duh.

Puis le chant – reconnaissable, mais déformé, un peu dénaturé :

Hello, I love you…

Le chanteur s'adressait à une femme, une femme qu'il connaissait à peine. Mais au fil des paroles, la femme ne lui répondant pas, la chanson semblait moins évoquer une personne en particulier qu'un hurlement existentiel. À la fin il criait, exactement comme le producteur l'avait dit – à s'en déchirer les cordes vocales : *Hello hello HELLO ???* Ensuite venaient les sirènes – les sirènes de police – noyant le cri, comme si elles venaient le chercher, l'enfermer ; l'aliéné qui criait trop fort contre les dieux. Puis les sirènes s'estompaient et quand il revenait, ce *hello*, il semblait résigné, à croire que le chanteur avait somme toute été battu, remis dans sa boîte.

À la fin du morceau, elle le réécouta. Et puis encore. Quelque chose dans la colère du chanteur. Quelque chose dans son cri. Comme s'il criait pour elle, pour eux tous. Après l'avoir écouté trois fois de suite, elle rapporta l'iPad près du feu.

Le vent, qui avait soufflé infatigablement

pendant plusieurs jours, était tombé. Merci, dit-elle en rendant l'appareil au producteur. J'ai beaucoup aimé.

Elle s'accroupit près du feu et le regarda brûler – sa lente langue bleue. La blancheur de la cendre.

Par la vitre du minibus, la femme voit qu'ils arrivent en périphérie de la ville : des maisons en béton bordent la route, percées de petites ouvertures pour se protéger du soleil, puis ils franchissent une arche blanche et se retrouvent dans la ville elle-même, parcourent ses vastes rues coloniales, passent devant la gare routière, entrent sur une jolie place entourée d'arbres aux troncs peints en blanc. Le piaillement de centaines d'oiseaux. Des enfants, bonbons à la main, qui se poursuivent en rond. Une église à double clocher.

Ils tournent à gauche, longent un square où s'est installé un petit marché d'artisanat, puis tournent à droite devant un hôtel-hacienda rouge avec un drapeau mexicain, roulent lentement sur le bitume défoncé. La femme avait séjourné dans cet hôtel aux murs rouges et au charmant patio avec des tomettes en terre cuite, des palmiers, des fontaines, des fauteuils à bascule en cuir et des photos de famille des années 1930. Elle avait acheté des cadeaux dans ce petit marché d'artisanat en face, où les filles wixárikas et coras vendent leurs bijoux en perles et leurs sacs tressés traditionnels.

Juste à côté du marché se trouve une imposante

bâtisse en pierre, encadrée par un élégant portique en arche : l'ancien bâtiment des douanes. Était-ce là que les prisonniers yoeme avaient été détenus et comptés, avant d'entamer leur marche de trois cents kilomètres par-delà les montagnes ? Probablement : il n'y a aucun autre bâtiment de ce genre, et celui-là se trouve juste à côté du quai.

Le mois dernier, son mari, elle et leur fille se sont rendus à Sonora pour visiter les terres ancestrales des Yoeme : elle voulait voir d'où ils venaient, comprendre ce qu'ils avaient laissé derrière eux.

En roulant sur l'autoroute depuis l'aéroport, ils sont passés devant des milliers de silos à grains, marquant le territoire le plus productif du Mexique, mais lorsqu'ils ont atteint l'endroit où, d'après Google Maps, aurait dû se trouver le fleuve, il n'y avait rien d'autre qu'un filet d'eau trouble et pollué. Le fleuve – ce magnifique fleuve fertile que les premiers Espagnols avaient comparé au Nil – avait été condamné bien des années auparavant, détourné par un aqueduc gigantesque vers les usines de Hermosillo et Ciudad Obregón, et tout ce qui restait dans les villages traditionnels, devenu toxique, ne pouvait être utilisé sans risques, ni pour l'irrigation ni pour boire.

En route vers le nord sur l'Autoroute 15, à côté d'eux le désert, les *chollas*, les *saguaros*, les camions-citernes, les trains de marchandises et les montagnes, ils ont été retenus par un barrage routier à Vícam Switch, où des hommes et des femmes en bandanas brandissaient des pancartes en carton fatiguées. Ils distribuaient des tracts par la vitre de chaque véhicule, des papiers où il était écrit qu'ils se battaient, toujours, pour défendre leurs droits, leur fleuve, qu'ils avaient été abandonnés par le gouvernement fédéral, qu'ils avaient absolument besoin de fonds. Son mari a donné un peu d'argent, et on leur a fait signe de passer.

Ils ont visité Guaymas, un vieux port croulant, dont l'âge d'or était depuis longtemps révolu, ont pénétré dans le Palacio municipal en pierre : la cour animée par le pépiement de petits oiseaux, le toit à ciel ouvert. Elle est descendue sur le quai et s'est tenue main dans la main avec sa fille à l'endroit où les Yoeme avaient dû embarquer pour leur voyage vers le sud.

Ce soir-là, ils ont passé la nuit dans un hôtel baptisé du nom de Cortés, où la salle de bal s'appelait la Suite des Conquistadors. Et mangé des club sandwichs dans un restaurant désert, sous une gravure sur bois représentant à première vue le viol d'une femme indigène par des soldats enragés. Par la fenêtre, on voyait de jeunes étudiants mexicains en tenue de diplômés qui posaient devant les fontaines avec leur famille. Une femme s'est approchée de leur table pour leur demander poliment ce qu'ils faisaient là ; elle leur a dit que les plages de San Carlos, de l'autre côté de la baie, étaient splendides. Qu'elles avaient eu l'honneur du *National Geographic.*

Maman ?

Une main poisseuse se pose sur son genou.

Quoi, mon chou ?

Pipi.

On est presque arrivés, ma puce. On va bientôt sortir. Tu pourras faire pipi à ce moment-là. Promis.

Le minibus s'arrête devant un ponton. Les pèlerins rassemblent leurs affaires, s'entassent maladroitement devant le véhicule et restent là, hébétés, à cligner des yeux au soleil. C'est la fin de l'après-midi, ils sont partis avant l'aube.

L'écrivaine emmène sa fille dans une zone broussailleuse à proximité, lui baisse son short et la soulève pour qu'elle puisse faire pipi. À côté d'eux est garé le pickup avec la famille du *mara'akame* : son fils, sa belle-fille et leurs quatre enfants. Les deux plus jeunes, tout sourire, agitent la main en direction de sa fille, qui leur répond d'un geste timide. Son mari assène une bourrade dans le dos du fils du *mara'akame*. Le fils plaisante sur la lenteur du mari au volant – dit que lui et sa famille les attendent depuis une éternité.

Le Mexicain se dirige vers le bout du quai, se met à négocier avec l'un des skippers, marchandant le prix d'un bateau qui les emmènera tous sur l'île. Le soleil est bas dans le ciel. Ils sortent leurs téléphones et consultent de nouveau leur fil d'actualités, sourcils froncés devant leur écran. Ils se giflent. C'est l'heure des moustiques, des *jejenes*, ils attaquent déjà. À toute vitesse, ils vont chercher du spray anti-moustiques dans leur trousse de toilette, se le font passer, s'en aspergent le moindre bout de peau nue. L'écrivaine court après sa fille, l'attrape par le poignet et lui vaporise les tibias, les chevilles et les bras.

Son mari discute avec la jeune Française. Qui rit de nouveau. L'écrivaine remarque le grain de beauté idéalement placé au coin de sa bouche. La Sénégalaise parle à son mari mexicain, lui explique que les moustiques sont trop virulents, trop difficiles à supporter pour leur fille, qu'elle ne veut pas aller sur l'île, et il l'apaise d'un hochement de tête en répondant qu'elle n'y est pas obligée, qu'il lui louera une chambre dans un hôtel à proximité. L'écrivaine les regarde traverser rapidement la rue pavée, disparaître dans l'entrée fraîche d'un modeste hôtel en face. Elle pourrait les suivre, faire pareil. Louer une chambre. Allumer la clim. Fermer les rideaux et dormir.

Ou lire, finir *Au-dessous du volcan* au moins.

Elle connaît parfaitement la suite des opérations : traverser en bateau une langue d'eau pour atteindre l'île puis la parcourir à pied jusqu'à voir le rocher blanc. Donner leurs offrandes à l'océan : ces calebasses en bois, ces bougies qu'ils transportent depuis des jours et des jours. Demander protection. Remercier.

Ce ne sera pas long. Et ensuite ce sera fait.

Ce n'est pas grand-chose. C'est le moins, vraiment, qu'elle puisse faire. Mais somme toute, là, avec son mari qui flirte avec une jeune Française au grain de beauté idéalement placé, avec sa fille grognon et épuisée, c'est trop.

Devant il y a le ponton, la langue de mer et l'île. Un phare sur une colline. Des buses dans les courants d'air ascendants.

Ici les navires avaient mis cap sur San Francisco et plus au nord.

Ici avaient dû débarquer les prisonniers yoeme.

Ici s'était peut-être tenu le chanteur.

Ici se tient-elle.

Elle n'aurait jamais dû venir.

Elle est une touriste. Des touristes, c'est tout ce qu'ils sont.

Pire, ce sont des mineurs, venus extraire tout ce qu'ils peuvent de cette culture ancestrale, de ce *mara'akame* et de sa famille, pour exploiter le filon cristallin de leurs chants et de leurs récits qui remontent loin, loin, des milliers et des milliers d'années en arrière.

Mais ce ne sont pas leurs récits, pas leurs chants, pas ceux du Suédois, de l'Allemande, ni de la jeune Française, ni même du Mexicain de Guadalajara avec sa femme sénégalaise.

Et puis elle, pourquoi est-elle là si ce n'est pour exploiter, elle aussi ? Prendre la matière brute de l'histoire, la douleur, les conflits et les pertes incalculables pour les modeler en un récit, l'espoir d'un profit. Pas moins vénal. Pas moins avide que ceux qui sont venus en ces lieux il y a trois, quatre, cinq cents ans, à la recherche d'or.

Là, debout, à attendre de monter à bord de cette embarcation, d'enfiler son gilet de sauvetage, d'être emmenée de l'autre côté de la langue d'eau jusqu'à l'île et au rocher blanc, elle ressent la même chose que le chanteur à la fin du morceau : ce hurlement existentiel.

Qui écoute ? Qui en a quelque chose à foutre que vous hurliez dans le vide ?

Hello ?

Hello ??

HELLO ???

LE CHANTEUR

1969

Il plonge loin dans la lumière diffractée, frappe l'eau avec précision, et l'espace d'un instant vert mordoré le monde est en apesanteur, silencieux. Une lente longueur sous l'eau jusqu'à ce que ses poumons cèdent, puis il émerge, haletant, se tourne sur le dos et s'accroche avec les bras au rebord du bassin. La tête posée sur le béton, les yeux fermés pour se protéger du soleil. Des bruits : des bavardages discrets, le clapotis de l'eau contre le bord de la piscine, l'appel strident d'oiseaux, le grondement sourd de l'océan, son cœur. Des pas, qui approchent.

Buenos días, señor.

Il plisse les yeux, voit un jeune homme, à l'envers. Chemise blanche, sourire éclatant.

Quelque chose à boire ? *Jugo? Cerveza?*

Il se tourne sur le ventre, sa barbe goutte sur le carrelage. Vous avez de la Tecate ?

Tecate, no. Pacífico? Es muy bueno.

Pacífico. Ouais. Apporte-m'en deux.

Mande?

Dos. Por favor.

Le gamin s'en va et le chanteur se hisse hors de l'eau pour retourner à sa chaise longue, où il a laissé ses affaires. Il s'essuie, en rentrant le ventre. C'est encore une surprise, ce volume, encore nouveau, cette carrure de morse. Il était plus mince avant. Il est devenu une autre sorte de mammifère.

Il s'entoure la taille avec sa serviette, en coince l'extrémité, allume une cigarette et fait le point. À sa droite derrière lui, l'hôtel, un bâtiment tout en longueur, de trois étages. Hier soir, quand le taxi s'est arrêté et que la douce voix du chauffeur l'a réveillé, on ne voyait que l'extrémité sableuse d'un sentier dans les phares, l'odeur épaisse de la végétation dans l'obscurité peuplée de cigales. Les remous de l'océan non loin de là. Le chauffeur lui a désigné les lumières de la réception puis est reparti, vers l'aéroport, à trois heures de route au sud.

Quand il a sonné, un homme à l'air fatigué est venu lui ouvrir et a consulté le registre en se grattant la joue avant de le guider vers une chambre modeste au dernier étage. Pas la meilleure (pas la meilleure chambre dans le meilleur hôtel de Mexico, dans une enceinte gardée par un type avec un fusil dans un étui imperméable ; pas une limousine blanche prête à le conduire où bon lui semblait), juste une chambre ordinaire pour un homme ordinaire, parce que personne ne s'en était chargé pour lui ; personne n'avait effectué la réservation, personne ne lui avait envoyé son itinéraire, personne n'avait appelé de taxi pour lui ni ne l'avait fourré dans l'avion. Personne ne s'était assis à côté de lui ni n'avait compté ses verres en suggérant que, peut-être, il devrait s'arrêter là. Il a dit ouais, pas de problème, je la prends, puis s'est endormi comme une souche, encore dans son jean, et quand il s'est réveillé ce matin la lumière était forte, il transpirait et il n'avait pas la moindre idée d'où il pouvait bien se trouver.

Le soleil est brûlant. La piscine retrouve son immobilité céruléenne. Derrière, une petite élévation hérissée de palmiers et de broussailles, et ensuite la plage, une bande brun-gris derrière.

Cerveza.

Le gamin est de retour avec deux bières suintantes, verse la première avec une certaine cérémonie dans un verre glacé.

Quelle heure est-il ? Tu as l'heure ?

Heu… *Como a las tres.*

Tres? L'heure de la biture a sonné alors.

Pardon ?

La biture. Il est temps de boire un coup. Hé : donne-moi juste la bouteille la prochaine fois.

Pardon ?

C'est la bière que j'aime, pas le verre. Juste la bouteille, c'est très bien.

D'accord.

Il boit, le garçon ne bouge pas.

Vous êtes d'où, monsieur, d'Amérique ?

Ouais.

América del Norte?

Del Norte. Ouais. C'est ça.

Ça lui plaît. *Del Norte.* Ça la remet à sa place, l'Amérique.

Beaucoup d'Américains ici. Le mois dernier Liz Taylor. *Muy famosa. Y* Ricardo Burton.

Liz Taylor ? Ricardo Burton ? Waouh.

Sí. Beaucoup d'Américains célèbres ici.

Il attend, attend le mouvement qui indiquera que le gamin a pigé qui il est (il est devenu expert là-dedans maintenant, dans ses moments de sobriété : il perçoit quand il est observé, quand la personne qu'il voit du coin de l'œil va l'approcher pour lui demander quelque chose – un autographe, un baiser, du cul), mais le gosse le regarde simplement comme un serveur regarde un hippie barbu qui a débarqué au beau milieu de la nuit et aime boire de la bière au petit déjeuner.

C'est ça. Des Américains célèbres. Le chanteur hausse les épaules. Faut bien qu'ils aillent en vacances quelque part, j'imagine.

Mais surtout l'hiver, précise le gamin. L'été y a plein de moustiques et de pluie. Le gamin plisse les yeux vers le ciel, l'air de croire qu'il aurait pu déverser les deux, mais il est seulement, et absolument, bleu. Vous voulez un petit déjeuner ? Un sandwich ? *Fruta?*

Ce serait sans doute mieux, même si les petits déjeuners ne lui réussissent pas trop ces derniers temps.

Ouais, un sandwich. Ce que tu veux. Et une autre bière. Mais juste la bouteille, hein.

D'accord.

Le calme règne au bord de la piscine : un couple de Blancs est installé de l'autre côté, face à la mer. Américains ? La quarantaine bien sonnée. Leurs habits disent leur richesse, la femme porte un de ces grands chapeaux à large bord et un maillot de bain qui semble n'avoir jamais été mouillé. Son mari est à côté d'elle, tous deux lisent des livres aux couvertures criardes, qu'ils tiennent à bout de bras pour ne pas gâcher leur bronzage. Une famille mexicaine à droite – deux bambins. La mère s'agite, le père lit le journal. Le père lève la tête, le chanteur le salue en levant sa bière. Le type détourne les yeux, dégoûté. Ce doit être les cheveux. La barbe.

Peu après leur arrivée dans le pays, lors d'une réunion avec les imprésarios, on a raconté au groupe comment étaient traités les hippies au Mexique. Elle était là – Eva – avec les deux types qui géraient le club, un peu à l'écart avec son porte-bloc, sombre, petite, sérieuse.

Attention, on doit toujours voyager ensemble. Ne sortez pas en ville seuls. On chope les gens dans la rue, on leur coupe les cheveux et on leur rase la barbe.

Qui, « on » ?

La police.

Les autres gars du groupe se sont esclaffés, tournés vers lui. On pourrait pas leur demander de te le faire ? Ils plaisantaient, alors. Mais ensuite, le premier soir, pendant le dîner, alors qu'ils revenaient du club où une fresque ultra-kitsch représentait le jeune dieu trois ans plus tôt, plus grand que nature, avec son brushing ; pendant le dîner, donc, dans la grande salle à manger digne d'une reine de France, ils lui ont demandé, très sérieusement, de se raser.

Ils étaient tous là : le groupe, leurs copines, les journalistes, les managers, les machinistes, les imprésarios, tous à siroter leur Corona, leur vin, et à manger leur homard.

Vous êtes sérieux, là ?

Ça colle pas. L'image, tu vois. C'est pas la personne qu'ils attendent.

Mais putain ! Depuis quand on leur donne ce qu'ils attendent ?

Les membres du groupe ont échangé un regard, remué les pieds. Il a balancé un petit pain à travers la table. Qui a heurté la joue de la copine du guitariste. Elle a poussé un cri, il s'est esclaffé. Le silence s'est imposé. Il a laissé défiler les secondes après l'éclair : deux, quatre, six.

Alors allez vous faire foutre, a-t-il articulé. Allez-Tous-Vous-Faire-Foutre.

Là-bas de l'autre côté de la piscine la femme change lentement de position sur sa chaise longue, croise une jambe sur l'autre. Il l'observe. L'endroit où le maillot couvre l'entre-jambes. Elle doit avoir – quoi ? cinquante ans ? Elle a le corps d'une adolescente de quinze ans.

Quinze heures. Autrement dit plus qu'une heure avant la réunion du groupe. Il le sait parce qu'il a eu le planning de la journée sur un bout de papier hier matin. Le groupe et le manager étaient déjà partis, mais ils le lui avaient laissé, ainsi que cinq billets de cent dollars, plié dans une enveloppe blanche immaculée, soigneusement tapé à la machine, avec les numéros de trois vols au départ de Mexico pour l'aéroport international de Los Angeles ce même jour :

15 h : Réunion du groupe.
18 h : Interview. Jardin de Self-Realization, Pacific Palisades.

L'interview est un gros truc. Ça fait des semaines qu'ils le bassinent, un journaliste new-yorkais vient les voir exprès. *Un type sérieux, il écrit pour* Village Voice. *Il adore notre musique, il t'adore toi. Une opportunité pour donner ta version des choses. Remettre les pendules à l'heure.*

Un nouveau visage à montrer au monde après trois mois de chômage technique forcé. Après qu'il a – soit-disant – montré sa bite à deux mille gamins dans un hangar d'avion à Miami, en mars. Après qu'il est devenu l'Ennemi public numéro un et que le président lui-même a soutenu les croisades puritaines qui ont fait sortir de leur trous gothiques marécageux trente mille cafards de bénitier, assoiffés de son sang. Après que les imprésarios ont pris peur et annulé leur tournée de vingt-cinq dates. Après que les stations de radio ont refusé de passer leurs chansons. Après que le solde de leurs comptes en banque s'est dégonflé.

On s'est dit qu'on allait faire l'interview dans le

jardin de Self-Realization. Il y a les cendres de Gandhi là-bas ! Calme. Paisible, tu piges ? Montre au monde qu'on est de retour.

Quatorze heures. Que fait le reste du groupe à l'heure qu'il est ? Ils méditent, boivent leur jus de fruits, rappliquent au bureau, prêts pour leur bonne vieille grosse réunion et leur bonne grosse putain d'interview et se rendent compte que lui, leur veau d'or, n'est pas là. S'agitent pour savoir où il est fourré. Passent des coups de fil, se demandent s'il a quitté l'hôtel hier, s'il est monté dans l'avion, s'il est rentré à LA, et si oui, où il a passé la nuit. Envoient leurs petits espions à travers toute la ville pour le retrouver : le Topanga, le Phone Booth, les bancs du Sunset Boulevard, le motel Alta Cienega, les chambres de diverses femmes dont ils archivent les numéros de téléphone et les adresses. Il sait très bien qu'ils conservent la liste de ses liaisons. Sa vie privée est tombée dans le domaine public désormais. Tout le monde est dans les affaires à présent.

Qu'ils aillent se faire foutre. Il est encore à plus de mille cinq cents kilomètres.

Il sait ce qu'ils ont derrière la tête ; ils vont lui demander d'arrêter : la picole, les drogues. Surtout la picole. Dire que la situation leur a échappé. Et ils auront l'air nerveux parce qu'ils n'ont aucun levier, vraiment, dans cette conversation : ils savent qu'ils dépendent de lui pour gagner leur vie, pour leurs mariages, leurs baraques, leurs bagnoles, leurs fringues et leur bouffe – qu'ils dépendent de sa montée sur scène devant eux pour chanter les tubes qu'il a (pour la plupart) écrits. Voilà trois ans qu'ils dépendent de lui pour le charisme, la magie, le pur succès dionysiaque, l'union de tous les contraires ; qu'ils dépendent de lui pour les rapprocher de Dieu. Or voilà qu'ils le sentent leur échapper, tout foutre en l'air. Ils le veulent prêt pour le marché : coiffage, maquillage, éclairage. Ils ne le veulent pas lardé de graisse, de procès, de mandats d'arrêt, de chaos et de dissidence. C'est Adonis qu'ils veulent, pas Caliban. Et ils veulent vraiment, *vraiment* qu'il se rase la barbe et qu'il perde son gras.

Cahin-caha, ils ont cheminé ensemble, tous les quatre, liés par les finances, les contrats et les personnes à charge, pareils à l'enveloppe friable d'un mariage quand le sexe a depuis longtemps disparu. Le Mexique était censé remettre les *cojones* dans le jeu : une arène de quarante mille places réservée trois soirs de suite ; les billets à un dollar pièce. Mais ça n'a jamais eu lieu. Ce qui a eu lieu, c'est un restau nocturne dans le style de Las Vegas à Mexico, où ils ont joué quatre soirs devant le fils du président et les gosses de riches.

Le gamin revient vers lui, un plateau en équilibre sur la paume de sa main. Il doit avoir dix-huit, dix-neuf ans, pas plus, son torse fuselé se coule dans un pantalon noir. La proportion parfaite des épaules par rapport à la taille. Lui aussi était comme ça avant – à moitié affamé, un corps de dieu grec, vingt-deux ans, les toits de Venice Beach pour passer la nuit. Pour lune, le visage d'une femme. Réveillé par les oiseaux messagers de l'aurore, lavé par l'océan, nourri par les fruits des avocatiers et des manguiers généreux. Deux cents milligrammes d'acide d'Owsley chaque matin au petit déjeuner. Si tu attrapais le pouvoir de l'aube, tu pouvais surfer dessus jusqu'au soir. Ça te remplissait, ce pouvoir. C'était toi.

Ça c'était avant la déferlante. Avant que quiconque le connaisse. Avant qu'ils soient numéro un. Avant qu'il devienne le chanteur du groupe le plus important du pays avec tout le ramdam qui s'ensuit : les managers, les agents, les compagnies de disques, les machinistes, les imprésarios, les épouses, les filles dans leurs chambres de banlieue résidentielle ; la pression de leur désir à tous.

Avant qu'elle ne les change. Qu'elle ne les éloigne lentement.

Ce que les gars du groupe ne comprennent pas, cela dit, quand ils lui demandent de perdre son gras, c'est que le jeune dieu maigre d'il y a trois ans n'était qu'un rêve d'acide, à moitié affamé.

Petit, il a toujours été gros.

Le sandwich, c'est jambon mayonnaise entre deux fines tranches de pain blanc. Il mord une bouchée, la mie lui colle au palais.

Euh… t'as rien de mexicain ? De la nourriture mexicaine ?

Ah. Oui – *huevos?* Des œufs ?

Ouais. *Huevos.* C'est cool. *Tortillas?*

Le gamin secoue la tête. *No tortillas.*

Merde. Pourquoi *no tortillas* ?

Le gamin hausse les épaules. Ils aiment pas ça. Les Américains.

Merde, mec. J'adore les tortillas. Bon ben apporte-moi des œufs et encore un peu de ce pain dégueu. Et une autre bière. Deux. Et un whisky pour faire couler. Deux whiskys. Ou, non, attends, tu as du mescal ?

Le gamin hoche la tête.

Apporte-moi deux shots. Non, attends. Apporte-moi la bouteille.

Le gamin hoche la tête, s'apprête à retourner en cuisine.

Un scintillement sur la piscine. Un léger changement dans le paysage sonore et il se souvient : le peyote. Il l'a pris dans sa chambre il y a une heure, s'est rendu compte qu'il le portait toujours : plusieurs boulettes séchées de mescaline, enfilées en collier.

On le lui a donné alors qu'il était en route pour le concert, la dernière soirée à Mexico. Un des membres de l'entourage du fils du président : *C'est la meilleure came. Peyote. Ça vient du désert. Ça te fait déééécoller.*

Ce matin, juste après son réveil, il a mis une boulette entre ses molaires, a croqué. Elle s'est coupée sans problème. Il en a avalé une, puis une deuxième. Et il s'est mis le reste autour du cou. À présent il tripote le collier, le porte à sa bouche, arrache une autre boulette. Un goût terreux, amer. Pas mauvais. Pas mauvais du tout. Il l'avale avec sa bière.

Là-bas de l'autre côté de la piscine, le mari se lève, ajuste son caleçon, se penche pour embrasser sa femme sur la bouche avant de s'approcher du bord de l'eau et de plonger. Il se met à nager, brun, fluide, déterminé. Quelque chose chez cet homme rappelle au chanteur son père : sa taille, sa façon de se mouvoir. Même à quarante ans passés, son père s'accrochait d'un bond aux barres asymétriques et exécutait une bascule parfaite. Tenait sans bouger sur les anneaux. Quel âge a-t-il aujourd'hui ? Quarante-neuf ans ? Cinquante ? L'amiral a-t-il eu vent (le plus jeune amiral de la marine américaine, en mer sur un porte-avions de l'autre côté du Pacifique, patrouillant les eaux au large du Vietnam) que son fils aîné encourt neuf mois dans un pénitencier de Raiford pour avoir montré sa bite dans un hangar bondé de milliers de gosses hurlant en bordure d'un marécage ?

Mais le truc, papa, c'est que j'avais été voir le Living Theatre, tu piges ? T'en as entendu parler ? Ils reviennent tout juste de Paris. L'occupation de l'Odéon, tu vois ? Ils ont joué cinq soirs de suite à la fac de UCLA : La Peste, Paradise Now. *Ces gens-là, franchement, ce qu'ils font, c'est la vraie révolution là-bas. C'est Artaud. C'est le putain de vrai rock and roll. Alors je me suis dit que j'allais en restituer un peu. Une petite injection dans les veines de l'Amérique. Leur brandir un miroir, leur montrer leurs tronches.*

Et tu l'as fait ?

Fait quoi ?

T'exhiber ?

Ooooh, merde, vieux. Tu sais quoi ? Franchement je me rappelle plus.

Donc tu avais encore bu ?

La dernière fois qu'il a vu son père c'était il y a trois ans. Les derniers mots qu'ils ont échangés étaient chargés de colère. Il se souvient de l'expression de son visage. L'incompréhension, la consternation. Comme si, à travers son fils, avec son cuir, ses cheveux longs et ses paroles prônant le chaos et la dissolution, il avait enfanté son propre Ça diabolique.

La femme sur la chaise longue sort un appareil photo de son sac, s'écarte de plusieurs pas de son transat et lève son appareil. La lentille reflète la lumière et le chanteur cille, pris dans le cadre, il se couvre le visage d'une main, la femme incline alors la tête et se déplace pour trouver un autre angle, un angle où il n'apparaît pas.

Les objectifs. Ils métastasent. Partout où il va. C'est le karma, il le sait, pour toutes les fois où il a braqué ses jumelles sur des filles et des femmes, dans sa caravane Airstream saturée de sueur d'ado à Tallahassee, ou sur les fameux toits-terrasses de Venice Beach. Le mateur. Le voyeur. Il en avait fait sa vocation, sa religion, tous ces bras délicats passés derrière le dos pour dégrafer les attaches qui soutenaient ces seins, des bras blancs, nus, cerclés de bijoux – reluquer, écrire, éjaculer. À présent c'est sur lui que sont braqués les objectifs. À présent la jeune haleine brûlante de l'Amérique halète sur sa nuque. Que se cache-t-il derrière ces objectifs ? Il sait que le FBI a un dossier qui s'épaissit sur lui, il sait qu'il est dans le collimateur de Hoover. Tout le monde est parano. Tout le monde a peur. On le sent dans les rues brûlantes de la ville. On dirait la scène finale d'un western, tous les pistolets sont pointés les uns sur les autres : la police, le FBI, les gosses de Haight Street, les gosses planqués dans les canyons hantés, les gosses à la Convention démocrate, les gosses dans la jungle et le Viêt-cong.

Il s'est passé quelque chose, là-bas sur la côte ouest de l'Amérique, quelque part entre 1965 et 1967 ; un portail est apparu là-bas au-dessus du Pacifique, la conquête de l'Ouest était terminée, il ne restait plus de continent à brûler, alors les petits-enfants de la doctrine de la Destinée manifeste, les enfants de la bombe atomique, ont lâché de l'acide et contemplé le Pacifique avec des conjectures douteuses.

Pendant un temps, debout là devant eux, il l'avait senti : Pan, Dionysos, qui leur rugissait l'ardent foutre sylvestre en plein visage. L'enjeu n'était rien de moins que l'âme de la nation. Et il y avait des nuits où il le percevait – tout cela s'agitait en lui : les milliers de spectateurs envoûtés, non par lui, mais par le plus que lui, par sa porosité, sa capacité à faire place au grand mystère, à l'antique et aux morts. Seulement les portes avaient beau s'ouvrir, ils n'étaient pas purifiés, et au bout du compte, malgré les satyres, le voyeurisme et les danses folles à flanc de colline, ils n'arrivaient pas à les faire franchir à leur public. Désormais les fans sont de plus en plus jeunes, ils deviennent rustres, vulgaires, ils ne veulent plus que la performance de la dissension, sans sa dérangeante vérité en haillons.

À Miami, on lui avait tendu un agneau vivant, et il s'était demandé lequel, entre eux deux, devait être sacrifié.

Vous n'êtes qu'une bande d'esclaves, avait-il hurlé à la foule. Vous n'êtes qu'une bande d'esclaves à la con.

De l'autre côté de la piscine le gamin pose un verre de margarita à côté de la femme, un jus de fruits devant l'homme. Il y a quelque chose de parfait dans cette boisson, le verre qui suinte dans la chaleur, la femme qui tend ses longs doigts pour s'en saisir, l'éclair de ses bagues au soleil. Le gamin se dirige vers lui, deux autres bières, la bouteille de mescal. Une assiette d'œufs. Il lui tend une bière d'un geste presque théâtral. Pose l'autre sur la table à côté de lui, ainsi que la bouteille de mescal.

Le chanteur s'empare du mescal. Boit une gorgée. La sent faire son œuvre dans son sang. Le monde se résout. Ces derniers temps, ç'a été sa seule source de soulagement : une bouteille de spiritueux par jour.

Du spiritueux pour les esprits.

Hé… gamin ?

Ouais ?

Je cherche un rocher. Un rocher blanc. Dans l'océan. Tu le connais ?

Le gamin fronce les sourcils – Ah oui ! s'exclame-t-il. *La roca de la Virgen.* Il faut aller sur la plage et ensuite une fois là-bas il faut regarder tout au bout par là – il fait un geste vers la droite – et là vous pouvez pas le rater. Ou alors il faut prendre un bateau. Sur le quai. Ça vous emmènera plus près.

Cool. Merci.

Il se rallonge sur la chaise longue, laisse le soleil lui tendre la peau.

Il y a un rocher blanc là-bas, dans l'océan, où les Indiens disent que le monde est né.

Il avait été laissé là pour lui, à son réveil seul dans cette chambre d'hôtel de Mexico. Un mot soigneusement écrit. Enroulé autour d'une lame de verre noir. Une invitation ? Un défi ?

Ceci est un cadeau : sers-t'en pour couper tes liens.

Eva.

Elle ne l'a pas reconnu, là, dans la salle des arrivées, bloc-notes en main. Il avait pris un vol seul de Los Angeles à Mexico, était arrivé avant le groupe. Il ne voulait pas du cirque, des objectifs, des interviews à l'aéroport. Il était fatigué, dormait mal depuis des semaines. Une femme menue l'observait en train d'allumer sa première clope dans le hall des arrivées. Elle a regardé, a détourné les yeux, regardé à nouveau, puis s'est lentement approchée.

Excusez-moi, seriez-vous… ?

Elle a mis un *monsieur* devant son nom. Elle semblait incertaine.

Ouais, a-t-il répondu. Et vous êtes… ?

Je m'appelle Eva. Je suis là pour vous conduire à votre hôtel.

D'apparence mexicaine, elle avait un accent français. Habillée modestement. Élégante. Pas comme une hippie, aucune plume de paon à la con, rien qu'une jupe, une chemise et des chaussures. Des cheveux noirs noués sur la nuque.

Vous n'avez que ce sac ?

Ouais.

Elle s'en est emparée pour le lui porter et il l'a laissée faire, suivant à petite distance, l'observant de dos. À l'arrière de la limousine elle s'est assise tout au bout de la banquette. La climatisation était trop forte. Il a ouvert la vitre, passé la tête dehors : une autoroute à quatre voies, une odeur d'essence, de chaleur, d'animaux, de merde, d'acier.

Vous avez de l'eau ? Sa gueule de bois s'installait.

À l'hôtel, a-t-elle répondu. Ça ne sera pas long. Il l'a vue demander d'un signe au chauffeur d'éteindre la clim.

Vous êtes déjà allé au Mexique ? Elle s'est tournée vers lui.

Ah, ouais… Ensenada.

À deux jours de la frontière, avec son petit frère, la première fois qu'ils passaient du temps ensemble depuis des années. Il avait payé autant de tequila et de putes qu'un adolescent de dix-sept ans pouvait encaisser. À son retour il avait attrapé la chtouille, s'était mis à pisser du pus vert.

Ensenada ? Elle l'a répété après lui avec son accent français et a souri. Eh bien, avec un peu de chance vous trouverez un peu plus de culture au cours de ce voyage. Le reste du groupe arrive cet après-midi ?

Je crois.

Ce sera un vrai cirque, c'est ça ?

Yep.

C'est pour ça que vous voyagez seul comme ça ? Pour échapper à ce cirque ?

Ouais.

De toute façon je pense qu'on ne vous reconnaîtrait pas. Moi j'ai failli ne pas vous reconnaître. Vous avez l'air différent.

Différent par rapport à quoi ?

À votre photo.

Lèvres fines. Petits seins. Il distinguait le contour de son soutien-gorge sous sa chemise. Petites auréoles de transpiration. Un fantôme de moustache sur la lèvre supérieure. Elle était plus âgée que lui, vingt-huit, vingt-neuf ans, peut-être trente ? Peut-être plus ? Elle ne portait pas d'alliance.

Je suis désolée pour l'arène, a-t-elle dit. L'annulation. Tout le monde est vraiment désolé.

Ouais. Nous aussi on est désolés. Désolés d'avoir été prévenus si tard.

Elle a froncé les sourcils. Nous l'avons appris il y a seulement deux jours. Les autorisations. Le président a refusé. Ici le gouvernement... après les... difficultés de l'an dernier. En octobre.

Ouais, des étudiants se sont fait tirer dessus, c'est ça ? Combien ?

Elle a cillé, s'est tournée pour regarder par la vitre. On ne sait pas combien. Plusieurs centaines ? Plus ? Les corps ont été emportés. Personne ne sait où. Peut-être qu'ils ont été jetés à la mer.

Putain...

Mon cousin fait partie des disparus.

Oh, navré, m'dame.

Elle a baissé les yeux et balayé de la cendre sur sa jupe. La situation est critique. C'est pour ça qu'ils ne vous laissent pas jouer, à cause des... comment on dit déjà... à cause des foules ? Ils ne veulent surtout pas que les jeunes se rassemblent. Ils ont peur.

De quoi ?

Des jeunes. De la révolution. De vous.

Ses yeux étaient d'ambre. D'ambre moucheté de vert.

Ils ont fait pareil. À Chicago. Ils s'en sont pris aux gosses. Ils les ont tabassés.

Oui. Oui, je suis désolée. Je sais.

Pas de meurtre, cela dit. Pas encore.

Ils ont ensuite gardé le silence pendant le reste du trajet, tandis que la limousine parcourait les grandes artères de la ville avant de pénétrer dans l'hôtel grandiose d'un quartier barricadé. Elle s'est occupée de l'enregistrement, a pris avec lui l'ascenseur jusqu'à sa chambre, une suite au premier étage.

Quelqu'un va-t-il vous rejoindre ? s'est-elle enquise discrètement. Je sais que les autres membres du groupe voyagent avec leurs…

Leurs femmes ? Ouais. Non. Pas moi. Rien que moi.

Elle a soutenu son regard. Bien sûr. Bon. Je vais vous laisser vous installer. Je serai votre guide pendant votre séjour. Je pourrai vous montrer des choses.

Quel genre de choses ?

Des choses dignes d'intérêt. Qu'est-ce qui vous intéresse ? Il y a plein de choses intéressantes à Mexico.

Il a songé : *Vous m'intéressez. Ce qui m'intéresserait c'est que vous vous désapiez pour moi, que vous vous allongiez sur le pieu. Que vous m'insultiez avec votre bel accent. Ce qui m'intéresserait c'est de vous lécher la chatte en vous écoutant jurer.*

Mais… le club est sympa. Elle avait un ton plus enjoué. Il vous plaira, j'espère. On espère que vous puissiez jouer à l'Alameda aussi. Le parc est au centre de la ville. On espère que le voyage vaudra le coup malgré tout. Tout le monde est très content que vous soyez là.

Ouais.

Elle a tourné les talons.

Vous êtes française ? a-t-il demandé quand elle avait atteint la porte.

À moitié, a-t-elle répondu en se retournant vers lui. Je suis née à Paris. Mon père est français. Mais ma mère est mexicaine, et j'habite Mexico depuis des années.

Elle était souvent là, à l'hôtel, pour les conduire aux limousines dans lesquelles ils effectuaient le court trajet jusqu'au club ; elle était là aux réunions déjeuners avec son bloc-notes pour leur annoncer les mauvaises nouvelles : la télé n'était pas encore complètement sûre, l'Auditorium national devenait moins probable, les droits d'entrée aux concerts étaient fixés à seize dollars si bien qu'aucun étudiant ne pouvait y assister. Et elle a aussi été là, au fond de la salle, le soir du premier spectacle, alors qu'il portait une chemise hawaïenne et un vieux jean, la barbe et les cheveux bien en place, l'écoutant présenter le groupe dans un espagnol hésitant. Et là aussi, vêtue d'une robe courte à l'ourlet brodé de fleurs, dans la loge après le concert. Il l'a regardée se déplacer dans la pièce, toucher les bras des autres membres du groupe, les remercier. Bizarrement, cependant, elle ne s'est jamais approchée de lui, n'a jamais regardé dans sa direction, jusqu'à ce qu'il lève les yeux et la voie, manteau sur le dos, prête à partir. Il lui a empoigné le bras au passage.

Hé. Prenez un verre. Vous avez essayé ça ? Essayez. Il lui a servi un verre d'une bouteille qu'il avait déjà bue à moitié.

Je suis désolée. Je suis sûre que c'est délicieux. Mais je dois partir.

Où ça ?

J'ai des enfants.

Oh. Où sont-ils ? Ils sont là ? Il a fait mine de regarder sous la table. Il était saoul.

Non, ils sont à la maison.

Seuls ?

Avec une baby-sitter. Il faut que je les rejoigne maintenant.

Il a vu qu'elle était soudain fatiguée. Et qu'il l'ennuyait.

Il l'a regardée partir et quand il s'est retourné, une autre femme avait déjà pris sa place. Rousse, consentante. Ils se sont rendus dans un club. Il s'est réveillé à cinq heures du matin, assis sur la cuvette des chiottes. La braguette ouverte. Il avait toujours la bouteille à la main. Manifestement, on lui avait récemment sucé la bite.

Cependant Eva est revenue le lendemain au petit déjeuner, servi dans la salle à manger à quatorze heures. Elle leur a lu les critiques, qu'elle traduisait en anglais.

El Heraldo dit que vous êtes un pirate. Un mélange à barbe rousse de Fidel Castro et de… Elle a interrompu sa lecture.

Et de quoi ? a-t-il demandé.

Du bossu de Notre-Dame.

Tout le monde a éclaté de rire. Lui aussi. Mais lorsqu'elle a prononcé *Notre-Dame* avec son accent purement français, il a entendu les rues parisiennes, les pavés et quelque chose d'impitoyable, de purgatif, de froid. Il savait qu'il avait faim de ça, de la purge d'une froide lumière septentrionale.

Et aussi, ils disent que vous étiez… *trastornado*… Ça veut dire quoi ?

Hors de votre crâne.

Elle a suggéré une excursion aux pyramides. Teotihuácan, à une heure au nord de la ville. Il a somnolé à l'arrière de la limousine, assis juste derrière elle. Ils passaient du rock américain. La chanson du groupe a retenti et il a ouvert les yeux. Vision d'ânes morts, le ventre gonflé de mouches, hordes de gamins se pressant autour des vitres de la voiture, soleil de plomb.

Ils avaient payé un guide officiel, qui marchait devant, parlait fort. La plus grande ville des Amériques… l'une des plus grandes du monde. Son nom signifie berceau des dieux… Ce n'est pas une métaphore. On pense que c'est là qu'est né l'univers… Et ensuite… effondrement. On ne sait pas exactement pourquoi… Environnemental. Changement de climat. Voilà l'Avenue de la Mort.

Il s'est retranché à l'arrière. Il ne voulait pas le guide, pas être près du reste du groupe et de leurs copines. Il est allé se mettre à côté de la fille. Il avait la tête lourde de la nuit passée. Sans chapeau ni lunettes, le soleil était aveuglant. Elle portait un chemisier brodé, ample. Des sandales. Un jean. Les cheveux serrés dans un foulard. Des lunettes de soleil. Un petit appareil photo en bandoulière.

Ils ne parlaient presque pas, mais c'était confortable entre eux, comme s'ils s'étaient accordés sur le silence.

Elle l'a pris en photo en train de grimper en haut de la pyramide du Soleil. Il portait ses bottes Frye. Jean noir. Tee-shirt blanc. Il n'a pas oublié de rentrer le ventre. Il a mis la main dans la bouche du serpent à plumes. Ça aussi, elle l'a pris en photo.

Cet après-midi-là, ils se sont rendus au musée anthropologique. Une visite privée. Le fils du président ayant assisté au concert, des pattes avaient été graissées et des portes s'ouvraient. À ce moment-là, leur entourage avait grossi à une trentaine de personnes : la rousse qui lui collait aux basques, le fils du président, avec son sac rempli de marijuana et de cocaïne, qu'il faisait tourner à l'arrière de la limousine. Le chanteur observait la façon dont Eva se comportait avec lui : ce jeune homme dont le père était responsable de la mort de centaines de gamins de son âge – du cousin d'Eva peut-être. Il voyait sa politesse, mais il savait qu'en dessous, il y avait un cri.

Les autres se sont rapidement éparpillés, les membres du groupe se filmaient en faisant les imbéciles devant la caméra. Il marchait lentement, de salle en salle. Il n'avait jamais été dans un endroit pareil. Il a fini par atteindre la salle aztèque, l'a parcourue posément. Stupéfiant calendrier circulaire en pierre, trois fois la taille d'un homme. Quetzalcóatl, Xochipilli – le prince des Fleurs.

Rencogné au fond de la salle se trouvait un petit socle : la figurine d'un dieu, les oreilles reliées par une bande noire en travers du visage.

Il y a eu un bruit derrière lui. Il s'est retourné, elle était là, tout près.

Tezcatlipoca, a-t-elle dit. Miroir Fumant. Vous le connaissez ?

Il sentait son odeur : un parfum discret, le musc léger de sa transpiration. Il a gardé les yeux rivés sur la statue.

Racontez-moi.

C'était le dieu qu'on associait le plus au sacrifice humain.

Continuez.

Chaque année, un jeune homme était choisi pour représenter ce dieu. Ce devait être le plus beau de tous. Logé au temple, on lui apprenait à jouer de la flûte, on ne lui refusait rien, on lui donnait tout : les mets les plus raffinés, les femmes les plus raffinées, les bijoux les plus raffinés. On le portait dans toute la ville. Ses pieds n'avaient pas le droit de toucher le sol. Les gens se prosternaient à son passage.

Et ensuite ?

Ensuite, quand le moment était venu, il mourait seul, dans un petit temple. Il devait gravir les escaliers, et à chaque marche briser l'une des flûtes sur laquelle il avait joué. Au sommet le prêtre l'attendait, brandissant une lame d'obsidienne. Prêt à offrir le cœur du jeune homme au soleil.

Un silence entre eux. Les autres étaient ailleurs – leur rire lointain, comme surgissant d'un souvenir. Le bruit de la fontaine dans la cour. Le battement de son cœur.

Il sentait quelque chose se former dans le silence entre eux, quelque chose dont la forme était encore incertaine.

Quel âge as-tu ?

Trente-deux ans.

Où est ton mari ?

Parti.

Dis-moi quelque chose en français.

Quoi ?

N'importe quoi. Il s'est approché d'elle. *Tell me I'm a piece of shit.*

Tu es une merde.

Tell me I'm a monster.

Tu es un monstre.

A hunchback.

Un bossu.

Tell me to go fuck myself.

Va te faire foutre.

Allons à Paris.

Pourquoi ?

Je veux m'échapper.

Vas-y, fais-le. Tu es ton propre maître. Tu es libre.

Je ne suis pas libre.

Alors il faut couper tes liens.

À ces mots, il s'est esclaffé. Comment ?

De quoi as-tu peur ?

D'être kidnappé.

Assassiné.

Incarcéré.

Du petit temple. Du prêtre au sommet.

Du bouc émissaire.

Du sacrifice.

Des yeux derrière les objectifs.

De moi.

Laisse-moi te toucher. Il a tendu la main, défait les boutons délicats de son chemisier, glissé la main à l'intérieur, senti la petite bosse dure de son téton. De l'autre main il a soulevé sa jupe, écarté le bas de sa culotte. Le plaisir sans fard sur son visage.

Ils ont été interrompus. Les voitures partaient : le temps était écoulé. Elle a repoussé sa main, il s'est mis les doigts dans la bouche. Elle s'est rajustée, s'est moquée d'eux, a secoué la tête.

Ce soir-là, il a chanté pour elle. Chanté pour l'endroit où elle se tenait au fond de la salle, sa robe jaune lumineuse sous l'éclairage tamisé. Quand il voulait, il pouvait se faire crooneur, donner à sa voix la douceur de celle de Sinatra.

Après le concert, il l'a cherchée partout. Elle n'était pas là. Elle était rentrée auprès de ses enfants, et quand il s'est réveillé le lendemain matin, la lumière était forte à la fenêtre, il était seul. Glissé sous la porte, un mot du tourneur lui intimait de monter à bord du premier avion à destination de Los Angeles – une grille recopiée en bas de la page indiquait les horaires des vols au départ de Benito Juárez pour l'aéroport international de Los Angeles. Il a fourré ses affaires dans sa valise, enfilé sa veste, vérifié d'un tapotement la présence d'argent et de son passeport dans sa poche. C'est alors qu'il l'a trouvée : une lame d'obsidienne. Petite, crantée, et enroulé autour, maintenu par un élastique, un mot :

Tu as dit que tu avais besoin de t'échapper, alors j'ai pensé à cet endroit.

Il y a un rocher blanc là-bas, dans l'océan, où les Indiens disent que le monde est né. Ils y font leurs pèlerinages. C'est un endroit magnifique. Sauvage. Je pense que ça te plairait.

Voilà un cadeau : sers-t'en pour couper tes liens.

S'ensuivait une succession d'indications d'une belle écriture : *Prends un avion pour Puerto Vallarta, puis un taxi vers le nord pendant environ trois heures. Demande Playa Hermosa. Ils connaîtront : c'est tout au bout de la plage.*

À son arrivée à l'aéroport, il avait les deux, les instructions du tourneur et ses indications à elle, et là, au milieu de la salle des départs, il a sorti une pièce, l'a lancée en l'air, l'a regardée se poser. Puis il a payé son vol et a fait demi-tour et a bu du mescal et a décollé à bord d'un coucou d'où il a vu le volcan – Popocatépetl – rouge dans le crépuscule et blanc au sommet et pendant le vol il a encore bu une demi-bouteille du médicament fumeux et lorsque l'appareil s'est incliné pour atterrir sur la côte l'eau était sombre sous l'avion. Il s'est directement jeté dans les bras tièdes de la nuit du Pacifique, a trouvé un chauffeur de taxi à qui il a montré le papier qu'elle lui avait donné, l'homme l'a lu et a hoché la tête. Playa Hermosa ? Nayarit ?

Et puis à son réveil, combien d'heures plus tard ? trois ? quatre ? il était là.

Un nuage devant le soleil. Il voit la femme

sur la chaise longue lever des yeux agacés. Elle frémit un peu, bien qu'il fasse encore chaud.

Il termine la deuxième Pacífico, qui est en fait la quatrième. Une bonne dose de mescal pour faire couler – il reste encore les deux tiers de la bouteille. Il se lève, un peu instable. Appuyé contre la table en verre, il s'entoure la taille d'une serviette, s'extirpe de son maillot de bain, enfile son vieux jean.

Sur le dossier de la chaise longue se trouve la chemise hawaïenne aux fleurs rouges, la même qu'il porte depuis plusieurs jours à présent. Quel jour on est d'ailleurs ? Mercredi ? Mardi ? Quand a-t-il quitté Mexico ? Hier, c'est ça ? Le dernier concert était lundi soir, et il se rappelle avoir porté cette chemise alors, de l'avoir portée sur scène – cette chemise éclaboussée de fleurs – comment les appellerait-on ? des lys ? des gardénias ? Des lydénias qui se mettent à bouger, respirant discrètement sur le tissu. Il tend les bras vers elles, passe la chemise pardessus sa tête. Elle pue. Comment a-t-il pu ne pas se rendre compte à quel point elle empeste ? Sentait-elle aussi mauvais hier dans l'avion qui l'a conduit ici ? Il va devoir s'acheter de nouvelles fringues en ville.

OK. Habillé. Prêt.

Plus sombre à présent. Les nuages s'amoncellent. D'où sont-ils venus si vite ?

Bon. Où va-t-il ?

Le rocher.

Le rocher blanc. C'est ce qu'elle a dit. Il lève

la bouteille de mescal, boit encore une gorgée. Marche pieds nus sur le béton, la bouteille pendouillant au bout du bras.

'jour, m'dame, dit-il en passant devant la femme – son meilleur accent sudiste.

Elle rassemble ses affaires, s'enveloppe d'un peignoir zébré argent et or, ses bagues lancent des éclairs dans la lumière diffractée.

Bonjour. Elle incline la tête vers lui et sourit. Accent de la côte est, une lueur dans les yeux. Le reconnaît-elle ? Sa fille a-t-elle une photo de lui sur le mur de sa chambre ?

Il s'éloigne de la piscine, monte sur une petite élévation de terrain d'où il peut voir l'océan, une bande de lumière – deux, peut-être trois cents mètres plus loin. Il s'y dirige, gravit une volée de marches en pierre qui débouche au milieu de l'herbe et des broussailles, où il se fraie un chemin entre les épines et les rochers. Le sentier aboutit à la plage, une plage gigantesque, déserte, autant qu'il puisse en juger, à gauche comme à droite. La marée monte, dépose une délicate couche de crème sur le sable dense. Trois pélicans écument les vagues.

Il met une main en visière : à sa gauche, vers ce qui doit être le sud, les montagnes semblent toucher l'eau. À sa droite, au nord, se déroule une langue de terre et là au loin, campé dans l'océan, se trouve un rocher, assez petit, assez trapu vu d'ici, d'une forme étrange, on dirait une pièce montée qui s'effondre. D'une blancheur incontestable, même vu d'ici.

Il s'assoit sur le sable et le contemple : contemple l'eau entre eux, l'écheveau emmêlé de la lumière.

El Pacífico.

Il est là, quelque part, de l'autre côté de l'océan, son père. À bord du porte-avions USS *Hancock.* Probablement en train d'inspecter ses troupes. Presque seize heures. Ça fait quelle heure au Vietnam ?

Comment tu fais, Père ? Toi qui as mis les voiles pour le golfe du Tonkin il y a cinq ans. Tu savais ce que tu faisais ? Tu obéissais aux ordres ? Tu savais que tu entamais cette guerre maudite ?

Son visage placide, détendu. Son père ne se fâchait jamais. Pas vraiment. C'était ça qui l'agaçait le plus.

Que faut-il pour devenir amiral ? Combien de morts ? Que et qui doit-on assassiner pour monter en grade ?

Où sont enterrés les cadavres de son père ?

Petit, il se rappelle avoir visité son navire. L'insistance de sa mère pour qu'il se coupe les cheveux. Les leçons paternelles de tir au pistolet.

Hé ! hurle-t-il à l'horizon. Hé, salopard !

À cet appel, son père pivote à moitié. Un appel fantôme. Le fantôme d'un fils que, jadis, il connaissait. Puis il revient aux rangs serrés des jeunes hommes en uniforme devant lui. Les justes. Ses véritables fils. Cet amiral placide, sur cet océan Pacifique, qui gravit les échelons sur la marée de leur sang.

Le chanteur plonge la main dans sa poche arrière – sort la lame et la tourne dans sa paume.

C'est alors qu'elle arrive en lui – la certitude. S'il rejoint Los Angeles et le journaliste new-yorkais qui l'attendra jusqu'à demain, s'il rejoint le groupe, ça le tuera. À coup sûr, il mourra.

Il la sent, invisible pour l'œil et pourtant plus forte que n'importe quelle force qu'il a jamais connue. Il a fini par la convoquer. Elle était là sur les visages des participants aux rassemblements puritains. Elle est là sur le navire de son père. Elle sera là, il le sait, à son procès à Miami, dans les journaux, sur les visages des jurés de Floride : la machinerie d'État. Ils veulent le stériliser, le castrer. Le punir.

Pensait-il pouvoir tenir à distance les forces qu'il a convoquées ? Il se prenait pour un dieu, mais il n'est qu'un homme, et les voilà désormais flétries, les couronnes de fleurs qui l'auréolaient. Voilà où tout cela le conduisait, depuis le début, l'argent, les femmes, l'adoration : à son corps basculé sur une pierre pour en arracher le cœur. Il pensait qu'il s'agissait d'une métaphore. La blague, c'était lui.

La mort, il l'a toujours sentie proche. Il l'a courtisée sur d'innombrables rebords de fenêtres d'innombrables chambres d'hôtels au-dessus d'innombrables autoroutes, dans des canyons prétendus maudits, balayés par les vents brûlants et arides du désert. Mais à présent il se dit qu'il n'aura peut-être pas la mort d'un bouffon sacré. S'il revient maintenant, ce sera une longue route bien droite jusqu'à un procès et une prison du comté de Miami-Dade. Or il sait de quoi ils sont capables, ces bons vieux types de Floride avec leur boule à zéro, leur chewing-gum, leur flingue et leurs yeux de croco. Il a grandi parmi eux. Il ne veut pas mourir.

Pas encore.

Il ne veut pas mourir pour eux : les gamins gueulards, les pleins aux as.

Il se met à trembler. Ses dents claquent. Pourquoi ses dents claquent-elles ?

Il s'entoure de ses bras pour endiguer le tremblement, mais ça ne fait qu'empirer.

Sortir.

Il faut qu'il se barre.

Arriveraient-ils à le retrouver ici ? Peu de chance, à moins que quelqu'un le reconnaisse. Or il ne se ressemble plus.

Il n'y a rien à quitter de toute façon, rien qui ait le moindre sens. Voilà des années qu'il n'a pas parlé à sa famille. Sa copine de longue date est partie : pour de bon cette fois, du moins il semblerait, hors du pays, à fricoter avec des dealers aristos dans leurs palaces marocains, emportant sa bande de sangsues avec elle, grasses d'avoir sucé son sang jusqu'à la dernière goutte. Il n'a pas de maison, pas de biens. Il n'a jamais convoité ces choses. Il n'a que les fringues qu'il porte, sa carte de crédit et son permis de conduire, les deux dans la poche de son jean.

Il brandit la lame d'obsidienne au soleil.

Coupe tes liens.

Tue le dieu.

Enfante l'homme.
Donc.
Oui.
Le tremblement cesse – un signe.
Il s'empare de la bouteille de mescal. Chaud. Bienvenu. Grâce.
OK.
Si oui, comment ?
Fais semblant.
Va tout de suite en ville. Achète-toi des sapes. Reviens ici, laisse ta chemise puante et ton jean sur le rivage. Retourne en taxi à Puerto Vallarta, en avion à Mexico, va la trouver. Dis-lui qu'il a tué le dieu. Qu'il se barre. Se barre pour être purgé par la lumière septentrionale. Dis-lui qu'elle peut venir le trouver là-bas.
Paris.
Il s'y voit déjà : un bureau tapissé de livres. Une vie différente. Elle dans son lit. La pure lumière froide d'une aube de novembre.
Tu vois, papa ? Regarde-moi.
Il a une grosse quinte de toux, crache. Couleur goudron. Il regarde longuement la glaire, puis se redresse.
Le rocher est là. Le rocher blanc. L'endroit où le monde est né.
Un bon endroit pour recommencer.
Il se met à marcher dans cette direction, avançant sur le sable mouillé en lisière de l'eau, eau qui commence à se rapprocher, les brisants à enfler, se soulever, s'enrouler, se fracasser. Les nuages s'amoncellent, la lumière est maintenant

gris acier. Il frémit. Il marche, se dirige vers le rocher.

Un appel. Un bruit. Un nom. Son nom dans le vent. Sûrement pas le sien ? Personne ne sait qu'il est là.

Il se retourne. Le cœur battant. La bouche sèche.

Attendez !

Quelqu'un accourt.

C'est le gamin qui lui a servi les boissons, il accourt à grandes enjambées, rapide comme un animal. Comme un animal qui sait courir. Et il tient quelque chose, quelque chose qui s'agite au vent.

Attendez-moi !

Le chanteur voudrait courir à son tour. Sait d'instinct qu'il devrait s'éloigner de ce garçon. Courir dans les dunes. Courir dans la mer. Courir pour vivre.

Il sait qu'il ne pourra pas le distancer.

Le gamin gagne du terrain. Facile. À peine essoufflé.

Ça va, ça va. Ce n'est qu'un gamin. Un serveur. Un gentil gamin mexicain qui court vers lui au beau milieu de l'après-midi.

Un gamin qui s'est débrouillé pour apprendre son nom.

Hola, dit le gamin. Il sourit.

Le soleil est bas dans le ciel. Derrière la tête du gosse, les dunes, et derrière elles la jungle respire, massive et verte. La lumière fond comme de la mélasse sur le tronc des arbres.

C'est vous, dit le gamin.

Qui ça ?

Le gamin brandit la chose qu'il porte, il s'agit d'un article arraché dans un journal. Il le déplie, le tient à bout de bras. Une grande photo du chanteur, sur scène à Mexico. Avec sa chemise hawaïenne. Les lys et les gardénias. Les lydénias se déplacent sur la page, sur la scène. Un micro collé au visage, il se penche au-dessus de la foule.

Le chanteur prend le bout de papier. Il a de gros doigts malhabiles, la peau caoutchouteuse, comme s'ils avaient macéré dans l'eau. Il scrute l'article.

Oh ouais, dit-il, ouais, y a pas à dire ça me ressemble.

Il essaie un sourire. Son visage, du caoutchouc.

Je le savais ! La chemise !

Hein, hein.

C'est la même !

Faut croire.

Vous êtes une rock star.

Faut croire.

Vous êtes numéro un !

Ah oui ?

Le gamin chante une bribe de leur dernier tube.

C'est pas mal du tout, dit-il. Ouais.

Vous êtes célèbre ! Le gamin sautille d'un pied sur l'autre comme s'il avait envie de pisser. Vous êtes très très célèbre ! Plus célèbre que Liz Taylor!!!

Ah… bon sang… ça j'en sais rien.

Mais si !

Son cœur. Le battement de son cœur. Il boit une gorgée de mescal. Sent le feu. Se sent un peu plus fort. Tape sur ses poches de chemise en quête de ses clopes, en allume une. Rien qu'un tremblotement de la main. Il gifle un moustique sur son bras et regarde la bouillie sanguinolente.

Combien de peyote a-t-il pris ?

Ça te fait déééécoller.

Hé. Le gamin regarde de droite à gauche puis se penche en avant. Vous vous cachez ? demande-t-il, en aparté. Vous vous cachez ici ?

Heu… La fumée de sa cigarette stagne lourdement dans l'air entre eux.

Le gamin recule. Vous avez l'air effrayé, dit-il. Le sourire a disparu. Quelque chose luit dans ses yeux. Un calcul. Un prix sur sa tête.

Il a mal aux poumons. Il a mal partout.

Hé, dit le gamin. Vous voulez aller en ville ?

En ville ? Il plisse les yeux.

Avec moi. J'ai fini le travail. Je vais en ville maintenant. Vous voulez venir ? Je peux vous montrer des endroits. Des bars. De la musique. Des filles. Des endroits qui vous plairont. Allez, venez, vite, avant les moustiques. *Los jejenes. Pinches cabrones.* Il se gifle le cou. Je peux vous montrer le rocher blanc.

Il a besoin de réfléchir. Il n'y arrive pas avec ce gamin qui le colle comme ça.

Le gamin se penche encore. Ne vous inquiétez pas, dit-il, toujours dans un aparté théâtral. Votre secret est bien gardé avec moi. Puis il reprend l'article de journal, le plie avec un soin méticuleux et le glisse dans sa poche arrière, qu'il tapote ensuite.

Le chanteur ferme les yeux. Compte jusqu'à cinq. Rouvre les yeux.

Le gamin est toujours là.

OK, dit-il, OK.

LA FILLE

1907

Réveillée avant l'aube, elle écoute le bateau fendre les vagues, regarde les couleurs du ciel changer au-dessus de sa tête, et les étoiles disparaître, une à une.

Il n'en reste plus qu'une désormais : Machiwa Choki, la plus brillante, suspendue dans le ciel à côté de la lune décroissante. Elle est toujours là, à sa place habituelle, même quand tout le reste est différent : quand la terre n'est plus qu'un étrange fouillis vert d'arbres et de broussailles jusqu'au rivage, et que les montagnes sont gris et bleu et lointaines.

Le ciel s'éclaire à présent, au-dessus de ces montagnes, la fille se pelotonne un peu plus dans son châle. L'aube est glaciale, l'air marin poisseux a rendu son châle humide, mais bientôt il fera chaud : le soleil commence à se lever, le premier rayon vif de sa lumière frappe le métal du bastingage non loin de l'endroit où elle est assise. Elle est raide, il n'y a nulle part où s'étirer : les gens sont entassés devant et à côté d'elle, silhouettes bossues de centaines de formes endormies. À Guaymas, où ils ont rejoint ce bateau, ils étaient si nombreux qu'ils occupaient tout le quai.

Et depuis, combien de levers de soleil ? Difficile de compter. Son esprit ne semble plus fonctionner comme avant, mais probablement quatre : quatre jours durant lesquels ce bateau n'a cessé de bouger, n'a cessé de brasser l'eau en embruns blanc et jaune, n'a cessé son bruit sourd, poumpoumpoum ; cette bête qui ne fatigue jamais, qui n'a besoin ni de s'arrêter, ni de manger, ni de se reposer ni de dormir, et dont chaque pulsation du cœur métallique froid les éloigne davantage de chez eux.

Quatre jours sur ce bateau. Cinq jours, donc, depuis le jour du pistolet.

Elle se tourne vers sa sœur, qui continue à dormir à ses côtés, la tête qui dodeline. La lumière s'intensifie, la fille voit la coupure sous l'œil droit de Maria-Luisa, les paillettes blanches de la soif au coin de sa bouche, son châle toujours couvert des croûtes brunes du sang de Carlos. Mais c'est le pied de sa sœur qui la préoccupe le plus, qui la maintient ainsi éveillée : l'os, cassé, aurait dû être soigné il y a déjà plusieurs jours, et la blessure tourne mal. Le milieu, cicatrisé, est couvert d'une croûte, mais le bord est enflé, un épais gonflement rouge qui progresse sur la jambe. De sa place, elle en sent l'odeur, douceâtre dans l'air. C'est là, dans cette douceur, que réside le danger, elle le sait.

Par ce matin glacial, elle est à l'affût de la voix de sa grand-mère :

Pour la fièvre, dit sa grand-mère, *il faut du* kovanao. *Viens*.

Elle l'a suivie qui sort dans l'aube : la façon dont les pieds de son aïeule foulent la rosée, dont sa jupe bouge autour de ses chevilles, dont elle s'arrête quand elle trouve le bon buisson, celui couvert de fleurs jaunes, à côté duquel elle s'agenouille avant de le toucher, pour demander à la plante de l'aider à soigner.

Elle a regardé sa grand-mère sécher les feuilles sur la terre dure de la *rama*, puis préparer un thé fort pour le faire boire à Maria-Luisa.

Ça va faire tomber la fièvre, explique-t-elle.

Elle mélange les feuilles bouillies avec des os de cerf moulus et de la salive afin de confectionner un cataplasme. La fille entend sa grand-mère cracher dans le bol, le frottement du couteau, sent la fraîcheur de la pâte que l'on applique délicatement sur la plaie. Sa grand-mère a pansé le pied avec une peau de cerf, puis s'est servie d'un bâton de *carrizo* comme attelle pour maintenir la cheville droite. Elle a enflammé un fagot de brindilles de mesquite et entretenu le petit feu dans un bol. Et elle a veillé : trois jours et trois nuits pour que le traitement fasse effet.

À côté de la fille, Maria-Luisa marmonne, puis crie dans son sommeil.

La fille touche la joue de sa sœur du dos de la main. Ce matin, sa fièvre est montée, elle a la peau moite. Dans la lumière croissante, elle distingue une éruption de boutons sur ses joues. C'est nouveau.

Et sa grand-mère n'est pas là. Elle est toujours au village. Et il n'y a ni herbes médicinales, ni cataplasme, rien du tout pour aider Maria-Luisa. Et leur père est en Arizona, et leur mère est à Hermosillo, et ils sont éparpillés, tous, comme des graines dans le vent. Leur grand-mère a-t-elle appris que ses petites-filles ont été capturées ? Ou leur père, ou leur mère, que leurs filles sont à bord de ce terrible bateau ?

D'autres gens se réveillent à présent, partout sur le pont, des visages émergent des couvertures : des gens qui entament la journée en toussant, en crachant, en se grattant. À tour de rôle, les hommes et les garçons enjambent maladroitement leurs camarades prisonniers pour aller faire leur affaire par-dessus bord. Pour les femmes il y a un trou, dans l'entrepont, mais dès la fin du deuxième jour il débordait déjà, alors personne n'y va plus. Depuis, elles ont dû se débrouiller du mieux qu'elles pouvaient. Les soldats les surveillent en permanence.

Il faudra encore longtemps pour que le soleil atteigne le milieu du bateau. En attendant, ceux de ce côté-là seront à l'ombre, mais très vite, la chaleur les brûlera, et ils supplieront pour avoir de l'eau. Souvent, parce qu'elles sont jeunes, et qu'elles sont assises loin de l'endroit où se trouvent les soldats et l'eau, la fille et Maria-Luisa ne reçoivent rien à boire. Sa langue, énorme et fendillée, est tapie dans sa bouche comme un crapaud qui attend la pluie. Elle ferme les yeux, s'imagine la bassine d'eau en terre chez elle, toute suintante d'humidité. La mousse verte qui s'est développée à l'extérieur. L'abreuvoir en dessous pour les poules. À l'intérieur, l'eau est toujours fraîche, même les jours les plus chauds. Dans sa tête, elle plonge la calebasse, porte l'eau fraîche à sa bouche.

Un cri lui parvient de la famille tout près : le bébé, une fille, agite les mains en quête du sein de sa mère. Celle-ci le lui approche de la bouche en la rassurant, en chantant. Le père du bébé, déjà réveillé, contemple le ciel qui s'éclaircit. Comme la fille, souvent réveillé avant tout le monde, il regarde le ciel, ou l'eau sombre en dessous, garde jalousement ses secrets. Deux garçons sont couchés entre leurs parents, lovés l'un contre l'autre comme une corde tressée. L'homme borde sa femme et ses enfants, à l'affût des endroits où le froid s'infiltre pour les colmater.

Quelque chose dans ces gestes remonte le moral de la fille. Elle est contente d'être à côté de cette famille, comme on est content de s'approcher du feu par une nuit glacée. Au début de la traversée, ils avaient plein de nourriture, que la mère portait dans un panier sur sa tête : des *tamales* fourrés à la viande, des tortillas de maïs, de l'eau, du lait. Ils avaient des couvertures pour se tenir chaud et des chapeaux contre le soleil. Ils avaient même des éclats de rire : il arrivait au père de faire des farces à ses deux garçons, cachant puis retrouvant des grains de maïs derrière leurs oreilles. Ou alors les gamins jouaient entre eux, un jeu de *teeham* : ils lançaient de petits galets dans un cercle de cailloux, puis comptaient leur score.

Parfois, ces premiers jours-là, la mère donnait à la fille et à Maria-Luisa un petit quelque chose, un *tamale* à partager, de l'eau à boire. La nourriture était bonne, elle avait le goût de la maison. Mais quatre jours se sont maintenant écoulés, et tout a été mangé. Les chemises des garçons, blanches à leur arrivée sur le bateau, sont désormais crasseuses.

C'est à leur tour de se réveiller. Le plus jeune se redresse, bâille et se frotte les yeux. J'ai faim, dit-il. *Mama?* J'ai mal au ventre. En général ce garçon a un visage souriant, gai, mais ce matin il est pâle, les traits tirés.

Sa mère l'attire à lui, sort son autre sein, le lui présente, et il tète sous les yeux de son frère aîné. La fille sait ce que pense le plus âgé : à quel point il a faim. À quel point lui aussi aimerait le réconfort du sein de sa mère, mais qu'il doit être fort. Son père plonge la main dans son sac et en sort une feuille d'agave, qu'il découpe avec son couteau de poche avant de la lui tendre. Le garçon aspire le cactus, le regard méfiant dans la lumière matinale.

Cette famille vient d'une hacienda dans le nord du territoire yoeme, près de la frontière avec l'Arizona. La fille le sait parce que le soir, quand le soleil se couche, les gens se mettent à parler entre eux, à s'échanger les récits de leur arrivée ici, sur ce bateau. Le père a expliqué qu'un fonctionnaire était venu à l'hacienda pour intimer aux patrons de donner une liste de tous leurs travailleurs yoeme. Que, quelques jours plus tard, les soldats étaient venus. Qu'on les avait arrachés des champs en pleine récolte : femmes, enfants, tout le monde. Que les propriétaires de l'hacienda avaient supplié les soldats de laisser leurs ouvriers rester, mais que les soldats n'écoutaient pas, et qu'ils les avaient amenés au sud, à Guaymas, pour rejoindre ce bateau. Le père a encore la poussière rouge des champs sur les ourlets de son pantalon.

Le père protecteur a des secrets. De sa place, il arrive à la fille d'apercevoir le rouleau de billets qu'il garde attaché au tibia, caché sous sa jambe de pantalon. L'autre secret, c'est sa culpabilité.

C'est le matin que celle-ci est la plus forte, quand il se redresse, réveillé comme la fille, et qu'il regarde fixement l'eau et le ciel. Elle l'a entendu murmurer à sa femme quand leurs enfants dorment : il aurait dû les amener de l'autre côté de la frontière, en Arizona, chez son frère, quand il en avait l'opportunité. Il savait que la situation changeait – ils le savaient tous –, que les Yoemem étaient désormais tous indifféremment rassemblés. Il aurait dû tenir compte des avertissements. Ils auraient été en sécurité.

Sa femme le réconforte : traverser le désert n'était pas sans danger. Au moins, ils sont tous ensemble et en bonne santé. Il hoche la tête, acquiesce, mais son visage change quand il se détourne. *Arizona*, songe-t-il quand il contemple l'aube. *Arizona.*

De l'autre côté de Maria-Luisa, la prieuse est réveillée, elle aussi, les mains sur son rosaire, elle chuchote sa liste de noms :

« JosefaPedroDomingaChepaRosalioCruz. »

Cette femme a un visage large et anguleux, des yeux attentifs.

Elle aussi a raconté son histoire : elle a raconté que, la semaine dernière, son mari avait été aligné lors des sessions dominicales à Hermosillo, auxquelles tous les hommes yoeme de la région sont obligés d'assister. Il y avait trois files : une pour les hommes qui devaient être fusillés, une pour les bateaux de déportation et une pour les hommes qu'on laisserait travailler encore une semaine. Izabal, le gouverneur de Sonora, présidait ces sessions, trônant dans un fauteuil, le cigare à la bouche, comme un dieu. *El Segundo Dios.* Certains Yoemem aidaient Izabal à accomplir ce tri : des *torocoyoris,* qui se couvraient le visage d'un bandana rouge afin de ne pas être reconnus.

Mais tout le monde sait qui ils sont.

Elle a raconté que, quand ç'avait été au tour de son mari de passer devant Izabal, ces *torocoyoris* avaient hoché la tête : oui, c'était un *bronco,* son frère combattait dans la Sierra avec les rebelles. Oui, il devait être fusillé.

Et donc, cet après-midi-là, son mari avait été conduit au Rincón del Burro, où il avait été tué par six soldats.

Quand elle est arrivée à cette partie du récit, où son mari est fusillé sous ses yeux, la femme s'est plaquée les mains sur le visage. Elle suffoquait.

« Après son exécution, dit-elle, ils ont suspendu mon mari à un arbre. »

Pourquoi ? Pourquoi alors qu'il était déjà mort ?

Elle avait dû attendre la tombée de la nuit pour couper la corde, le sauver des oiseaux. Puis, le lendemain, ils l'avaient arrêtée elle aussi, ils étaient venus les chercher dans sa maison elle et ses enfants, et les avaient conduits à la prison de Hermosillo.

« Il y avait tellement d'enfants, dans cette prison, dit la femme. Plusieurs centaines. Enfermés dans des cages comme des bêtes.

L'odeur de ces cages », ajoute-t-elle en se signant.

Ils l'avaient arrachée à ses enfants pour l'emmener sur ce bateau. Et ses enfants sont restés là-bas, dans ces cages.

Parfois elle ouvre son balluchon, sort les vêtements de ses petits et les serre contre elle, mais surtout elle prononce leurs noms, encore et encore, comme si eux-mêmes étaient devenus la prière.

« JosefaPedroDomingaChepaRosalioCruz. »

Qui prendra soin d'eux à présent ?

Elle a peur, cette femme, pour ses enfants, pour elle, sa peur dégouline, forme une flaque autour d'elle, sur le pont. La fille voudrait éloigner Maria-Luisa de la peur de cette femme, mais il n'y a pas de place pour bouger. Sa sœur doit rester assise là, tout comme d'autres doivent s'asseoir dans les flaques que font leurs enfants, parce qu'il n'y a nulle part où aller ; seul le soleil les sèche. Mais le soleil n'assèche pas la peur, il ne fait que l'étirer.

Cette femme rappelle un peu à la fille sa propre mère : la façon dont elle coiffe ses cheveux en tresses si longues qu'elles lui arrivent aux genoux. Mais la mère de la fille est comme Maria-Luisa, sans peur. Si sa mère était là, elle crierait sur les soldats. Elle obtiendrait de l'eau.

Cela dit, n'est-ce pas la faute de leur mère si elles se retrouvent ici ? Si leur mère n'avait pas annoncé à Maria-Luisa qu'elle allait être mariée, elles ne seraient jamais allées dans la montagne. Elles n'auraient jamais pris le pistolet.

Maria-Luisa ouvre les yeux.

« C'est mieux ? demande-t-elle en se contorsionnant pour voir. Mon pied ? J'ai mal.

— Oui, répond la fille. Ça s'améliore chaque jour. »

Elle arrange le châle de sa sœur, afin qu'il la protège du soleil.

Non, ça ne s'améliore pas, dit la voix de sa grand-mère. *Le mal se propage. Si on ne l'arrête pas, Maria-Luisa devra sacrifier son pied. C'est le seul moyen.*

Jamais sa grand-mère ne mentirait pour améliorer les choses : elle les améliorerait, les choses, et si c'était impossible, alors elle dirait la vérité.

De l'autre côté de la fille, un homme remue et tousse. Elle se tourne vers lui. Avec son visage émacié et ridé, il ressemble aux urubus à tête rouge : les *wiiru,* qui se juchent dans les arbres en bordure du village, ou au sommet des plus grands cactus, en attendant de pouvoir rogner les os des charognes une fois que tous les autres animaux s'en sont repus.

Il est assis seul au bord du bateau, juste sous le drapeau. Quand les autres racontaient leurs histoires, il gardait le silence, observait de loin, sous sa couverture. Mais ce matin il est différent, penché en avant, il scrute l'horizon comme s'il y voyait quelque chose qui résonne en lui, les muscles du visage et du cou tendus à l'extrême.

Alors il ouvre la bouche et parle :

« Bientôt, dit-il, nous verrons le rocher. »

Il parle d'une voix grave et rocailleuse. Douce. C'est une surprise, cette grande douceur.

La mère qui allaite lève les yeux, son fils cadet dévisage l'homme. Le père protecteur se tourne vers lui. La prieuse se tait. Même Maria-Luisa ouvre les yeux.

« Quel rocher ? demande le père.

— Le rocher blanc. À ce moment-là notre bateau se mettra à quai, et nous descendrons. »

L'auditoire se penche en avant. Si c'est vrai, alors c'est une bonne nouvelle, si tant est qu'une nouvelle puisse être bonne sur ce bateau.

« Comment le savez-vous ? demande le père.

— Parce que j'ai déjà fait ce voyage.

— Racontez-nous, alors, demande la prieuse. Où nous emmènent-ils ?

— Aux plantations, répond lentement l'homme-urubu, dans le Yucatán. »

La prieuse retient un petit cri :

« C'est donc vrai ? Ils nous emmènent cultiver du sisal ?

— Oui, ma sœur, c'est vrai. Pour certains d'entre nous du moins.

— Alors comment se fait-il que vous soyez là ? On dit que personne ne revient. »

Ils chuchotent tous, de peur d'attirer l'attention des soldats, leur petit groupe encore plus compact à présent.

« Donnez-moi du tabac, dit l'homme-urubu, et je vous raconterai. »

Le père lui tend sa blague en velours. L'homme-urubu met une pincée de tabac dans sa paume, le roule, puis le dépose soigneusement entre sa joue et ses dents. Il le laisse infuser, le mâchonne pour en extraire le jus. Il accomplit tous ces gestes comme s'il avait le temps, plein de temps. Son auditoire s'impatiente, cependant.

« Allez, insiste la prieuse. Racontez-nous. »

L'homme tousse puis crache par-dessus bord.

« Quand nous verrons le rocher blanc, commence-t-il, notre bateau se mettra à quai, et nous descendrons.

— On sera dans le Yucatán ? » demande la prieuse.

L'homme s'esclaffe.

« Non, ma sœur. Le Yucatán sera encore à des dizaines de jours. Si vous vivez jusque-là.

— Alors, où ?

— Nous serons dans une ville au bord de l'océan. Nous serons enfermés là-bas dans des enclos, comme du bétail. Ensuite ils nous feront marcher, franchir les montagnes pour aller au début du chemin de fer.

— On marche combien de temps ? » demande le père.

Il n'a pas l'air inquiet. Il a l'air de quelqu'un qui pourrait marcher longtemps.

« Vingt jours. »

Une onde de stupéfaction se diffuse parmi le groupe. Vingt jours de marche ? La fille sent Maria-Luisa se raidir à côté d'elle, elle lui prend la main.

« Les enfants ne peuvent pas marcher aussi longtemps », dit la mère au visage bienveillant.

Elle l'énonce simplement, comme si cette vérité suffisait à les protéger.

« C'est vrai, dit l'homme-urubu. Ils ne le peuvent pas. Mais dans ce cas, ils mourront. »

La femme bouche les oreilles de ses enfants, mais c'est trop tard : ils ont entendu.

« *Mama ?* » fait l'aîné.

Leur mère secoue la tête : non, non, ça ne leur arrivera pas.

« Hé, intervient le père protecteur. Ça suffit. Vous leur faites peur. »

L'homme-urubu hausse les épaules, se tait, mais la fille sait que le père protecteur ne veut pas qu'il s'arrête. Personne ne veut qu'il s'arrête.

« Continuez, demande la prieuse. Parlez. C'était quand, ça ? »

L'homme-urubu déplace la chique dans sa bouche. Il regarde le père, qui lui signifie de poursuivre d'un imperceptible hochement de tête.

« C'était il y a quatre ans. Je travaillais à la mine. À La Colorada. »

Ils hochent la tête. Ils ont tous entendu parler de La Colorada.

« Les magasins de la compagnie se sont fait attaquer. Les *Rurales* sont venus, ils nous ont tous embarqués. On n'y était pour rien, mais ils s'en fichaient. Ils disaient que c'était notre faute. Ils avaient besoin de leur quota pour les bateaux. Alors ils m'ont pris moi, ma femme et ma famille. Nous avions trois enfants, comme vous. Nous n'avions aucune idée de ce qui nous attendait.

— Continuez.

— La traversée a été dure, mais c'est la marche pour franchir les montagnes qui a tué. Ma femme et moi avons porté nos deux plus petits. Notre aînée marchait à côté. Après bien des jours, elle a commencé à fatiguer, mais ils refusaient de s'arrêter pour elle. Elle a essayé de marcher encore, mais elle est tombée. Je ne pouvais pas tous les porter. »

L'auditoire se signe, murmure une prière.

« Ils ne m'ont pas laissé l'enterrer. »

Il ferme un instant les yeux : un vacillement sous ses paupières, puis il les rouvre, et désigne les soldats assis.

« Ils n'ont aucune pitié, aucune. Si vous flanchez, ils vous abandonnent. Si vous vous asseyez, ils menacent de vous fusiller. Si vous tombez, ils vous laissent en proie aux vautours et aux jaguars. »

La paume de Maria-Luisa est brûlante. La fille perçoit le galop chaotique du cœur de sa sœur.

« Après la marche, les survivants sont emmenés en train jusqu'à Mexico, et là nous sommes vendus.

— Vendus ? » répète le père protecteur.

L'homme-urubu hoche la tête.

« Nous sommes des esclaves maintenant, mon frère. Tous autant que nous sommes. »

Esclaves. Ce mot tombe entre eux sans se poser : il se débat comme un poisson sur le pont.

« Et ensuite ?

— Ensuite, si on est acheté, il y a un autre train, un autre bateau, et ensuite on arrive dans le Yucatán. Et ensuite on est en enfer. »

Longtemps, personne ne parle, puis :

« Au Yucatán, dit le père protecteur, dans les plantations. On travaille, là-bas, c'est ça ? »

La fille sent la force de l'homme croître à ces mots ; il sait travailler. Il a travaillé dur toute sa vie. Tout se passera bien s'il peut travailler.

« On travaille, répond l'homme-urubu, mais pas comme vous connaissez. Il faut couper deux mille feuilles de sisal par jour. Et en laisser trente sur chaque pied : laisses-en une de moins et ils te fouettent, une de plus et ils te fouettent. Si tu n'arrives pas à deux mille tu es fouetté. Si tu tailles mal tes feuilles tu es fouetté. Si tu arrives en retard à l'appel tu es fouetté. »

Soudain, sans que personne ne le lui ait demandé, l'homme soulève sa chemise et se tourne un peu pour qu'ils puissent voir son dos, zébré de cicatrices rouges.

« Ils disent qu'ils veulent qu'on travaille, reprend-il en baissant sa chemise, mais vous savez ce qu'ils veulent vraiment ?

— Quoi ?

— Ils veulent qu'on meure.

— Non. »

Le père protecteur se penche en avant et secoue la tête.

« Vous vous trompez. Ils savent que nous sommes les travailleurs les plus robustes du Mexique. C'est pour ça qu'ils nous prennent.

— C'était peut-être vrai, jadis. Mais regarde autour de toi, mon frère. Tu crois qu'ils emmènent ces vieux, ou ces mères, ou ces enfants, parce qu'ils veulent qu'ils travaillent ? »

Ils font tous comme il dit, regardent autour d'eux le pont bondé. Il a raison. Il y a beaucoup de personnes âgées ici. Beaucoup d'enfants. Leurs visages crus dans la lumière matinale.

« S'ils voulaient qu'on meure, ils nous fusilleraient, proteste le père à voix basse. Ils pourraient le faire maintenant. Ils ont leur pistolet.

Ils pourraient nous exécuter et nous jeter par-dessus bord.

— C'est impossible. Ils ne veulent pas être vus comme des barbares. Combien sommes-nous sur ce bateau à ton avis ? »

Le père secoue la tête.

« J'ai compté. On est plus de six cents. On ne peut pas fusiller comme ça six cents personnes. Il faut trouver d'autres moyens pour qu'elles meurent. Alors ils nous font gravir des montagnes et les vieux tombent. Les jeunes tombent. Les femmes avec leurs enfants tombent. Mais personne n'a tué personne. Tu comprends ? »

La mère serre ses enfants plus fort, mais ils se tortillent pour lui échapper. L'homme-urubu l'observe.

« Je peux te dire quelque chose, ma sœur ? Et à toi, mon frère ? »

La femme le regarde. Le père protecteur le regarde. Lentement, ils hochent la tête.

« Dans cette ville du rocher blanc, les Mexicains vont venir. Ils vont regarder les enfants. Ils en emporteront peut-être certains.

— Pour aller où ?

— Dans différentes familles. Pour devenir mexicains. Quand nos enfants deviennent mexicains, ils chassent le Yoeme en se reproduisant.

— Ta femme ? demande la prieuse. Tes enfants ? Que sont-ils devenus ? Où sont-ils à présent ?

— Ils ont été achetés. À Mexico.

— Par qui ?

— Des *hacendados.* Peut-être qu'ils les ont emmenés au Yucatán. Peut-être à Valle Nacional. Je ne les ai jamais revus.

— Mais tu pourrais. »

L'homme rit et secoue la tête.

« Ils sont morts, ma sœur.

— Comment le sais-tu ?

— Tout le monde meurt.

— Mais vous, vous n'êtes pas mort. »

C'est Maria-Luisa qui vient de parler.

Tous se tournent vers elle. Ses yeux noirs écarquillés, brillants de fièvre, sont rivés sur l'homme-urubu.

« Vous êtes allé dans les plantations, poursuit Maria-Luisa, et vous êtes revenu. »

L'homme-urubu la regarde à son tour.

« Peut-être, murmure-t-il. Mais je ne suis qu'un fantôme.

— Non ! » s'écrie Maria-Luisa, son regard claque. « Vous êtes là, dit-elle. Vous êtes vivant. Et je veux savoir comment. »

L'homme-urubu considère le pied de Maria-Luisa, puis la regarde de nouveau dans les yeux. La fille sait ce qu'il pense : que sa sœur ne s'en sortira pas dans ces montagnes.

Mais tu ne connais pas ma sœur, rétorque-t-elle en pensée.

« Je suis désolé pour toi, dit-il à Maria-Luisa de sa voix rocailleuse. Je suis désolé pour vous tous. »

Puis il s'adosse, crache par-dessus bord, place sa chique de l'autre côté de sa bouche et tire son chapeau sur ses yeux. Il ne parlera plus.

Le petit groupe bat en retraite, la fille se tourne alors vers Maria-Luisa, mais elle aussi a fermé les yeux, comme si ce faisant, l'homme-urubu et toutes ses vérités terribles allaient disparaître.

Le soleil est au-dessus du mât à présent, elle le sent lui brûler le crâne. Elle sent le contour acéré de sa panique, de sa peur. Elle retire son châle de façon à former une tente au-dessus de sa tête, sous le tissu elle est à l'abri : le bateau est parti, l'homme-urubu est parti.

Mais bientôt ils seront à quai. Et ils marcheront. Or Maria-Luisa ne peut pas marcher.

Elle doit faire quelque chose.

Revenir en arrière.

Il n'y a peut-être pas d'herbes médicinales ici pour la blessure de Maria-Luisa, mais si elle peut remonter le fil des jours jusqu'à ce fameux matin, jusqu'à l'aube de la mort de Carlos, alors peut-être pourra-t-elle extraire le poison, assainir la plaie, guérir sa sœur.

« Passe-moi le *huchahko* », dit la grand-mère.

C'est le matin, presque l'aube, sa grand-mère s'occupe d'un homme allongé par terre sur un tapis de jonc. Cet homme est arrivé dans la nuit : porté là par deux autres qui sont vite repartis.

La fille sait où se trouve le *huchahko*, le bois du Brésil, elle sait où se trouvent toutes les plantes médicinales dont se sert sa grand-mère pour soigner. Elle le trouve sur l'autel, le lui passe.

Sa grand-mère connaît les propriétés de toutes

les plantes. Elle les enseigne à la fille : feuille de *toloache*, à mettre sur une écharde pour la ramollir jusqu'à ce qu'elle tombe. Graisse de coyote contre les rhumatismes ; *hu'uapa*, les feuilles de mesquite, broyées dans l'eau, contre la conjonctivite. Cire d'abeilles et tabac contre une rage de dent.

Mais cet homme n'a pas de rage de dent. Il a été blessé par un pistolet.

« Va chercher de l'eau, intime la grand-mère à la fille. Et dis à Maria-Luisa de se lever pour piler le maïs. »

La fille sort dans le matin. Une légère brume venue de la rivière s'accroche aux arbres, mais tout là-haut, le ciel est clair. Dans la cour, le gros mesquite se profile. À son pied, les chiens se réveillent : ils savent qu'il se passe quelque chose, mais elle les rassure, ils fourrent leurs têtes sous leurs pattes et se rendorment. Elle entre dans la *rama*, où Maria-Luisa dort, allongée sur sa natte. Elle s'agenouille et secoue sa sœur par l'épaule.

« Réveille-toi. Grand-mère dit que tu dois piler ce matin.

— Fais-le, toi, réplique sa sœur. Je dors.

— Impossible. » Elle secoue Maria-Luisa plus fort. « Grand-mère soigne, et moi j'aide. »

Elle essaie de ne pas avoir l'air fier, mais peut-être ne peut-elle pas s'en empêcher.

« Réveille-toi. »

Maria-Luisa s'assoit et se frotte les yeux. L'une de ses tresses s'est défaite et ses cheveux se déversent sur son épaule telle une eau noire.

Elle bâille, s'étire, la bouche grande ouverte comme celle d'un chat.

« Je rêvais. »

La fille se dirige vers le vieux faitout en terre cuite d'où elle tire de l'eau dans une cruche. Le faitout est froid au toucher, une pellicule verte sur l'extérieur du rebord.

« De quoi ? » demande-t-elle, même si elle connaît déjà la réponse.

« De lui. »

Maria-Luisa est amoureuse. Elle se balade avec un sourire secret sur le visage, mais il n'est pas si secret en réalité ; on le dirait constitué de lettres capitales qui épellent son nom.

C-A-R-L-O-S

La fille sait que Maria-Luisa aimerait tout lui raconter de son rêve, mais ce matin, elle a plus important à faire. Alors elle laisse sa sœur au lit, et sort le broc d'eau de la *rama* pour l'apporter dans la hutte de sa grand-mère.

Elle aussi a rêvé ce matin. Un rêve qu'elle essaie de se remémorer. Mais il n'y a que des fragments, comme une poterie cassée qu'elle ne saurait pas réparer : un lièvre à l'aube, le rose du soleil éclairant ses oreilles par-derrière. L'animal qui se sauve, dévale en zigzag le flanc d'une montagne. Le sentiment de quelque chose de mauvais, à peine éloigné.

La fille pose la cruche au sol à côté de l'autel de sa grand-mère. Elle la regarde éplucher l'écorce du *huchahko* dans l'eau, puis en remplir une tasse qu'elle porte à la bouche de l'homme.

Il boit, puis sa grand-mère pose le reste de l'eau sur l'autel, au milieu des fleurs, des ramures et des croix en feuilles de palmier.

La fille observe : si l'eau devient rouge l'homme vivra. Grise, rien ne pourra être fait.

La fille sait déjà que l'homme vivra.

Elle le sait à cause de son *seataka*.

Elle l'a depuis sa naissance, depuis que sa grand-mère l'a prise dans ses bras et a vu les volutes du duvet sur son cuir chevelu : les deux épis circulaires qu'il forme sur sa tête. Ça veut dire qu'elle est douée avec les plantes. Douée pour trouver son chemin en observant les étoiles. Ça veut dire aussi que, parfois, elle peut voir à l'intérieur des gens, sentir à l'intérieur des gens, et que parfois, comme ce matin, elle sait ce qui va arriver avant que ça arrive.

Ça veut aussi dire que ses cheveux refusent de rester en place, qu'ils se dressent sur sa tête et se libèrent de ses tresses. Pas comme ceux de sa sœur. Sa magnifique sœur aux cheveux pareils à l'eau, qui à tous les coups est encore au lit, et s'est probablement rendormie.

Sa grand-mère se met alors à chanter la chanson pour ramener l'esprit de l'homme dans son corps. Assise dans la pénombre, la fille écoute. Un jour, une femme est morte sur la natte dans la hutte de sa grand-mère, et sa mort a rempli la pièce de fleurs. Sa grand-mère a bercé sa mort. La femme était jeune, mais elle a eu l'intelligence de suivre le fil du chant de la grand-mère jusque dans le *sea ania*, le monde des fleurs, et elle a eu une belle mort, sans peur. Mais cet homme ne va pas dans ce sens-là : il revient. Son esprit, d'abord une brume laiteuse, s'éclaircit à présent. Il suit le fil du chant de la grand-mère pour revenir dans son corps, dans cette pièce, où il gît par terre sur un tapis de jonc. Où il est toujours vivant. Où, pour l'instant, il est en sécurité. Où, pour l'instant, il a faim, plus faim que jamais.

Vite, sa grand-mère s'empresse de lui demander ce qu'elle a besoin de savoir : « Que s'est-il passé ? Où étiez-vous ? Combien sont morts ? »

L'homme répond à toutes ses questions. Il lui répond parce qu'elle est Augustinia Morales, la mère d'Ernesto Morales, le chef des guérilleros dans les montagnes Bacatete, et que les rebelles lui font davantage confiance qu'à n'importe qui dans les huit *pueblos*.

Il lui explique qu'il y a eu une attaque, qu'ils ont été surpris par un groupe de *Rurales*, là-haut dans les montagnes, et que leur camp a été pris. Que plusieurs hommes ont été tués, mais pas leur capitaine – le fils de la grand-mère et le père de la fille. Il est toujours vivant. Mais les *Rurales* ont empoisonné les trous d'eau, les hommes ont dû déplacer les camps. Désormais ils sont proches du *pueblo*, et ils ont désespérément besoin de réserves : nourriture, pistolets, munitions. Bientôt, sans ces réserves, ils devront aller en Arizona, deux jours et deux nuits de course à travers les montagnes. À Tucson ils seront en sécurité.

De sa place dans la pénombre, la fille entend tout ça. Tandis que les paroles de l'homme se coulent dans la pièce, elle a l'impression qu'il lui faut les retenir, retenir aussi cette sensation d'être là, avec la terre sous ses pieds, la fumée de mesquite, l'attention de sa grand-mère qui écoute, qui tient la main de cet homme.

Quand l'homme a fini de parler, l'aïeule se tourne vers l'eau. Rouge.

Plus tard, une fois l'homme parti, évacué discrètement sous une couverture, la fille vaque à ses corvées matinales. Elle fait bouillir de l'eau, tremper des haricots, les rince. Les met dans une marmite pour les faire cuire. Elle confectionne des tortillas, gifle la pâte entre ses mains avant de poser les galettes sur le feu.

Le petit déjeuner terminé, le café bu et la cour balayée, sa grand-mère étend sa natte à l'ombre et s'endort. Sa sœur apparaît à ses côtés, projetant son ombre sur elle, cachant le soleil.

« Alors », dit Maria-Luisa.

La fille lève les yeux.

Maria-Luisa lui tire sur une natte.

« Qui était là, Petite Ombre ? demande-t-elle. Qui était soigné ? »

Petite Ombre. C'est ainsi que l'a baptisée Maria-Luisa, quand elle était petite. Parce qu'elle la suivait toujours partout. Elle déteste ce surnom, mais il lui colle à la peau comme les épines d'un cactus collent à l'ourlet d'une robe.

La fille jette un regard à sa grand-mère. Parfois

elle ne dort que d'un œil, vigilante, mais là elle ronfle.

Elle rapporte à sa sœur le nom du blessé. Maria-Luisa fronce les sourcils.

« Mais il combat avec papa dans les montagnes.

— Oui.

— Et avec Carlos aussi. »

La fille hoche la tête.

Maria-Luisa se plaque une main sur la bouche. S'accroupit.

« Que s'est-il passé ? demande-t-elle en empoignant le bras de sa sœur. Dis-moi. Maintenant.

— Il avait une blessure. D'arme à feu.

— Depuis quand ?

— Un jour.

— Une attaque ?

— Oui.

— Des victimes ?

— Oui.

— Carlos a été tué ?

— Non. Je ne crois pas.

— Et papa ?

— Non. Mais ils ont abandonné leur camp. Ils avaient de la nourriture là-bas. Et des armes. Ils disent qu'ils vont peut-être aller en Arizona. »

Maria-Luisa se lève. Elle fait trois fois le tour de la *rama*.

« Non, dit-elle en marchant. Non, non, nonnonnonnonnon. »

La fille sait ce que Maria-Luisa voit dans sa tête : Carlos. En Arizona avec une fille potelée, mûre comme un fruit. Il touche la joue de la fille potelée et voilà qu'il l'embrasse et maintenant elle a sur la joue une fossette à l'endroit où il a posé sa langue. La fille potelée touche son superbe torse. Le creux entre les muscles.

La fille sait tout du torse de Carlos parce qu'elle l'a vu souvent, tout comme Maria-Luisa, quand elles regardaient les jeunes hommes s'entraîner à la danse du cerf le samedi soir.

Carlos dansait torse nu, le front couvert du masque de cerf. Dans ses mains il agitait des castagnettes en calebasse, autour de sa taille étaient suspendues encore d'autres castagnettes en sabots de cerf. Et, des chevilles jusqu'aux genoux, il était couvert de castagnettes en cocons de phalènes.

Ils dansaient à tour de rôle, tous les jeunes hommes. Carlos faisait l'imbécile en regardant Maria-Luisa, presque gêné, mais ensuite, juste avant de danser, il partait ailleurs, le regard perdu dans la nuit. Puis, alors que les autres chantaient en frappant leur tambour, il bondissait au centre de la pièce, son corps imitait les mouvements du cerf, il tournait la tête au moindre bruit, se courbait pour boire, puis soudain immobile, ressort tendu, comprenait que la chasse avait commencé, qu'il devait s'enfuir à toutes pattes.

C'était avant l'attaque du chemin de fer. Avant que Carlos fasse partie du groupe d'hommes qui avait saboté les rails, provoquant l'accident de la locomotive. Avant qu'il doive s'enfuir dans la

Sierra pour rejoindre les combattants, échapper aux soldats à ses trousses.

« Non. » Maria-Luisa secoue la tête. Non. Non. Non. Ça n'arrivera pas.

Elle tape du pied.

« Mais ils ne sont pas loin, pour l'instant », précise la fille.

À peine ces mots prononcés, elle voudrait pouvoir les ravaler. Mais ils sont sortis. Elle les voit lancer des éclairs comme des couteaux au soleil.

« Où ? »

Maria-Luisa s'accroupit.

La fille nomme le lieu que le blessé a décrit : le sommet d'une montagne voisine. Pas très haute. Une montagne qui peut être gravie en un nombre d'heures de marche raisonnable depuis là où elles sont. Maria-Luisa se penche davantage.

« Il faut qu'on les aide. Qu'on leur apporte à manger et à boire. Il faut qu'on leur apporte l'arme. »

L'arme. Le mot est lourd et froid.

Elles l'ont trouvée la semaine dernière quand elles sont parties chercher de l'eau au fleuve : un beau pistolet brillant, la crosse ornée de fleurs, emballé dans un linge blanc et fourré derrière un rocher, au beau milieu des joncs, au niveau du méandre du fleuve. Caché par quelqu'un pour que quelqu'un d'autre le trouve.

« Quand ?

— Ce soir. »

La fille sent se contracter son ventre, ses boyaux.

« On sait comment aller à la montagne. Ce n'est pas loin. On pourra voir papa. On pourra lui apporter l'arme. Il sera fier. »

Maria-Luisa sait exactement ce qu'il faut dire.

« Tu as peur, Petite Ombre ? raille-t-elle.

— Non, rétorque la fille.

— Parfait. Alors nous irons ce soir. »

Maria-Luisa ressemble comme deux gouttes d'eau à leur mère quand elle parle. Le fouet de ses yeux. Sa bouche aux dents droites et blanches. « Elles se ressemblent trop », dit leur grand-mère. La fille sait que ça signifie qu'elles sont toutes les deux trop belles ; que toutes les deux ont une beauté qui pousse les hommes à les suivre des yeux. C'est ainsi que leur mère avait capturé leur père.

Leur mère habite à Hermosillo et travaille à l'hacienda Las Playitas, à deux jours de trajet au nord. Elle marche aux côtés d'un autre homme à présent, depuis que leur père est parti se battre dans les montagnes, et elles ne la voient que rarement.

Maria-Luisa se penche au-dessus du feu. L'attise. Scrute son visage sur le ventre de la marmite. S'assure qu'elle est toujours aussi belle qu'un peu plus tôt ce matin.

Elle l'est.

Plus, même. Ses joues brillent d'un nouvel éclat.

Mais malgré sa beauté, Maria-Luisa est en

colère. En colère depuis longtemps. Dernièrement, cette colère a atteint un nouveau pic. Un pic si intense que souvent, quand la fille est à côté d'elle, l'intérieur du crâne de Maria-Luisa lui donne l'impression d'un cri.

Elle est en colère contre sa grand-mère, qui la fait se lever avant l'aube pour piler du maïs. Elle est en colère contre leur père, qui est parti depuis des années, combattre dans les montagnes. Mais surtout, elle est en colère contre leur mère. Ça, c'est parce que leur mère a décidé que Maria-Luisa devait être mariée à un garçon à Hermosillo. Elle a annoncé cette nouvelle lors de sa dernière visite chez leur grand-mère.

« Tu es folle, femme, s'est récriée leur grand-mère. Tu as perdu la tête. Le père de ce garçon est un *torocoyori*. Il aide Izabal à tuer nos hommes.

— Elle sera en sécurité là-bas. J'essaie de la protéger.

— Si tu veux la protéger, laisse-la avec moi. »

Alors leur mère a dit que c'était leur grand-mère qui était folle : qu'elles n'étaient pas en sécurité au village. Que tout le monde savait qui elle était, qui était son fils. Qu'on savait que toutes les nouvelles, toutes les balles, toutes les informations venues des combattants, transitaient par sa maison.

Sa mère parlait vite et à voix basse, comme si elle craignait d'être entendue :

« L'ordre a été envoyé que tous les Yoemem au nord de Hermosillo devaient être arrêtés. Ils postent des soldats tout le long de la frontière avec l'Arizona. Ils mettent tout le monde sur les bateaux maintenant. *Tout le monde.*

Tu penses être en sécurité, disait-elle, tu penses qu'ils te laissent tranquille parce que tu brûles des herbes et que tu récites les prières comme dans l'ancien temps, mais ils viendront bientôt te chercher, et à ce moment-là, qui protégera mes filles ?

La plus jeune pourra aller vivre chez sa sœur quand celle-ci sera mariée. Maria-Luisa s'en occupera. C'est le seul moyen. »

Quand sa mère a annoncé à Maria-Luisa qu'elle allait être mariée, Maria-Luisa lui a ri au nez. Puis, quand il a été clair que sa mère ne plaisantait pas, Maria-Luisa s'est enfuie, et n'est revenue que tard ce soir-là, quand leur mère était déjà repartie.

« Nous partirons quand grand-mère dormira, dit à présent Maria-Luisa. Elle est fatiguée. Elle se couchera tôt ce soir.

— Et si grand-mère a besoin de moi ? Pour soigner ? Dans la nuit ?

— Mais non, réplique Maria-Luisa. Et je ne peux pas y aller seule. J'ai besoin de toi. Tu entends mieux. Tu vois mieux que moi. »

La fille sait que c'est vrai, que Maria-Luisa est une créature du jour, alors qu'elle voit dans le noir.

« Je porterai la nourriture, dit Maria-Luisa, et toi le pistolet.

— Moi ? Le pistolet ?

— Tu es encore un bébé. Ils ne te tireront pas dessus s'ils nous trouvent. Tu as peur ?

— Non », ment-elle.

Les mots de Maria-Luisa s'accrochent à elle comme des épines. Elle n'est pas un bébé. Elle a douze ans.

« J'ai un mauvais pressentiment, dit-elle. Je vois…

— Quoi ? Qu'est-ce que tu vois ? »

Elle ferme les yeux, mais ce qu'elle voit n'est que confusion, le même imbroglio d'images : un lièvre, qui la regarde. Une fleur jaune.

Elle secoue la tête. Elle ne voit pas, pas vraiment. Il n'y a que ce sentiment, qui gonfle dans son ventre comme du maïs dans l'eau.

Elles ne devraient pas y aller.

Elle se tourne vers Maria-Luisa. Elle sait qu'elle doit le lui dire, maintenant.

Mais Maria-Luisa est partie.

La fille regarde sa sœur s'éloigner. La façon dont elle bouge son corps. La façon dont l'air autour d'elle s'écarte pour la laisser passer.

S'est-elle mise à faire ça à un moment précis ? Ou l'a-t-elle toujours fait ? L'air l'a-t-il toujours fait aussi ?

L'après-midi, elles vont laver le linge au fleuve. Elles prennent leurs bidons avec elles, dissimulés sous les vêtements. Elle descendent la berge glissante puis plongent les habits dans l'eau. Les frappent contre les rochers.

Deux soldats viennent se camper sur le pont.

Bizarrement, ils se débrouillent toujours pour apparaître pile quand Maria-Luisa est au fleuve. La fille sait qu'ils aiment regarder sa sœur, la façon dont l'eau glisse autour d'elle, l'humidité sur ses bras, la façon dont sa jupe s'alourdit et lui colle à la peau. Ils se tiennent jambes écartées, fusil à la main. Ils ne se séparent jamais de ces fusils. Ils les bercent comme leurs enfants, les yeux rivés sur Maria-Luisa.

La fille déteste leur façon de regarder, mais sa sœur semble aimer ça. C'est comme un jeu pour elle. Elle dit des choses sur eux. En souriant.

« Le truc avec les *Rurales*, dit-elle aujourd'hui, c'est que, ils ont beau croire qu'ils ont le pouvoir, ils sont bêtes. Très, très bêtes. Regarde-les, avec leurs chapeaux idiots et leurs uniformes grisâtres. La tresse brillante ridicule sur leur pantalon. Ils se croient si raffinés.

Ils n'ont aucune idée de ce qu'on prépare. Qu'on va voir père et Carlos ce soir. Ils n'ont aucune idée du pistolet, là, au bord du fleuve. »

Quand Maria-Luisa parle, on dirait une chanson, une chanson qui carillonne avec les remous de la rivière sur les rochers. On croirait qu'elle prononce les mots les plus doux du monde. Bêtes, bêtes, bêtes, fait sa chanson.

« Bêtes. Bêtes. Bêtes », serine Maria-Luisa avec le plus doux des sourires sur le visage.

Et tout le temps qu'elle dit ça et d'autres choses du même genre, les hommes n'entendent rien, à cause du fleuve ; ils ne peuvent que regarder. Et même si le fleuve était silencieux, ils ne comprendraient pas : ils ne comprennent que la façon dont les lèvres de sa sœur s'entrouvrent, les fossettes qui se creusent sur ses joues, l'éclat blanc de ses dents.

Après avoir regardé un moment, les soldats passent leur chemin.

Dès qu'ils sont partis, Maria-Luisa repose la jupe qu'elle lavait et l'étend sur les rochers pour la faire sécher.

« Attends-moi ici et remplis les bidons, intime-t-elle. Moi je vais chercher le pistolet. »

Elle disparaît au milieu des joncs et la fille se retrouve seule.

Elle se met à trembler. S'ils les trouvent ici, si les soldats reviennent et voient Maria-Luisa avec le pistolet, ils les arrêteront toutes les deux et les tueront.

Ou pire. Elle sait qu'il y a pire qu'être tuées pour les filles.

Peut-être qu'ils leur couperont les mains et les exposeront sur la place du village.

Elle l'a déjà vu une fois. C'était l'an dernier, pendant le carême, où les mains tranchées d'un homme étaient clouées sur une planche devant l'église. Les soldats qui les avaient clouées là rigolaient, faisaient mine de les serrer, mais quand, lassés, ils ont passé leur chemin, la fille s'est approchée. Elle s'est forcée à les étudier : leur façon de s'incurver vers l'intérieur, les lignes étroites sur les paumes. Les ongles cassés avec de la crasse tout autour, les parties rouges poisseuses qui avant les reliaient aux bras de l'homme : des mains qui avaient travaillé, touché, vécu. Elle cherchait les marques qui auraient indiqué qu'il s'agissait des mains de son propre père. Mais ce n'étaient pas elles : son père avait de grosses mains.

Elle aurait aimé que son père soit là alors. Qu'il rentre à la maison. Afin qu'il puisse poser sa grosse main à l'arrière de sa tête et qu'elle comprenne qu'elle était en sécurité. Que lui aussi était en sécurité.

La fille s'empare des bidons et se penche au-dessus de l'eau. Elle a l'estomac vaseux, comme la boue du fleuve.

Le fleuve est haut. Il a les muscles d'un animal, il est fort de la force de la saison, de la pluie récente, presque prêt pour sa deuxième crue, profond et silencieux au centre mais tapageur ici, où il chevauche les rochers au galop. C'est comme ça qu'elle le préfère, charriant ses odeurs de boue, les secrets, les fleurs, les créatures qui vivent sur la berge. Bientôt, serpents, néotomas et grenouilles s'enfuiront vers les arbres, et les berges seront inondées, déversant toute cette vie dans les champs qui attendent.

Mais le fleuve a beau être haut, la fille sait qu'il est plus bas qu'il ne devrait l'être. Et que c'est parce qu'on le vole.

Leur grand-mère raconte que depuis le *vatnaataka*, le commencement des temps, depuis que la grande crue est redescendue, les Yoeme ont vécu avec leur fleuve et qu'il n'a pas changé de cours.

Mais à présent il est drainé : ils sont partout, les Yankees, sur la rive sud, avec leurs machines, leurs pistolets, leurs bâtons mesureurs, debout dans les champs, avec leurs cheveux blonds et leurs visages rouges plissés pour se protéger du soleil. Ils apportent des machines, énormes, pour arracher les broussailles et retourner la terre. Ils creusent des canaux. Ils divisent le territoire en longues lignes droites, créant de gigantesques champs où ils font pousser des cultures : champ après champ d'un blé aussi jaune que leurs cheveux. Ils amènent des soldats pour garder ces champs, la terre, et l'eau qu'ils ont volée. Ils plantent des panneaux écrits dans leur langue, en espagnol et en yoeme.

DÉFENSE D'ENTRER DÉFENSE D'ENTRER DÉFENSE D'ENTRER

Mais ce que dit sa grand-mère, c'est que les gouverneurs, les généraux et les Yankees du Nord ne comprennent pas : la terre n'est pas juste la terre qu'on voit ou la terre qu'on mesure. Ce sont les mondes qui cohabitent, les *yo ania, sea ania, huya ania* : le monde enchanté, le monde des fleurs et le monde sauvage. Tous ces mondes-là ne peuvent être scindés ni mesurés avec des bâtons.

Dieu a donné cette terre à tous les Yoemem, et non pas un bout à chacun.

Ce vol du fleuve est un crime si monstrueux qu'on ne peut vraiment le comprendre. Et de ce crime découlent tous les autres : les hommes qui se battent dans les montagnes pour résister, les mains clouées sur la planche devant l'église. Les soldats sur les ponts, la bouche ouverte et le fusil à la main.

Et maintenant ils apportent le chemin de fer et les hommes qui le construisent.

Il se trouve juste au nord d'ici, ouvrant une voie entre leur *pueblo* et les montagnes. Maria-Luisa et elle sont discrètement montées espionner, espionner les hommes qui le construisent : Chinois, Russes, Mexicains et Yankees, avec leurs habits différents, leurs chapeaux différents, leur langue différente, leur couleur de peau différente, qui se fraient un chemin vers l'est à coups de marteau, posent les rails.

Il y avait aussi des Yoemem qui travaillaient avec eux, mais d'autres ne le faisaient pas ; ils attaquaient la nuit, brûlaient les abris, comme Carlos, faisaient sauter les rails.

Maria-Luisa est de retour, les cheveux noirs, longs, sauvages, la jupe mouillée. On dirait une créature du fleuve, elle sent la vase et les eaux montantes. Elle porte un petit paquet enveloppé dans un tissu sale.

« Tiens. »

Sa sœur lui donne le paquet. La fille le prend, l'ouvre. À l'intérieur, le revolver. La crosse est décorée de vrilles de vigne, qu'elle caresse du bout du doigt. Il est presque joli.

« Il est lourd, dit-elle.

— Parfait. Un bon revolver doit être lourd. Viens, dit Maria-Luisa. Vite, cache-le dans ton sac. »

Quand le soleil commence à décliner, elles mangent. C'est difficile d'avaler la nourriture. Ensuite elles vont s'allonger sur leur natte. Elles écoutent la respiration de leur grand-mère. La respiration des chiens. Le craquement sourd du mesquite. Les soupirs du feu préparé pour la nuit.

Des feuilles sèches se soulèvent dans une brise légère ; et puis, au loin, à peine audible, le fleuve, qui s'écoule vers l'ouest à travers l'obscurité.

Il n'y a aucun bruit d'alarme, rien qui pourrait suggérer la présence d'inconnus tout près, ou de soldats qui se meuvent dans le noir vers la maison de leur grand-mère. Les chiens dorment profondément. Leur grand-mère ronfle. Un instant, la fille pense que Maria-Luisa aussi dort. Mais soudain sa sœur lui empoigne la main.

« Maintenant », siffle-t-elle.

Elles attrapent leur châle et s'en enveloppent les épaules. Hissent leur sac sur leur dos. Elles traversent la cour en silence, passent devant le gros mesquite, sortent par le portail. Elles n'ont pas besoin de traverser la place où dorment les soldats. Elles se dirigent vers le fleuve. Le ciel est clair. La fille cherche Machiwa Choki, et elle est là. Il y a aussi la lune, très lumineuse, presque pleine. C'est bien et c'est mal : bien parce qu'elles voient où elles vont, mal parce qu'elles peuvent être vues.

« Arrête-toi, intime Maria-Luisa. Attends. Donne-moi ton sac. »

La fille s'en déleste et le tend à Maria-Luisa. Celle-ci y plonge la main pour sortir le revolver, ouvre le barillet, puis se penche sur son propre sac, d'où elle sort une poignée de balles. Elle les insère dans le barillet, l'une après l'autre.

« Tu les as eues où ?

— Grand-mère. Je sais où elle les cache. »

Maria-Luisa se relève et soulève le revolver.

« Je suis Lola, dit-elle, Lola Kukut. »

Elle pointe l'arme, dont le petit œil rond dévisage la fille.

« Il n'y a rien pour moi ici, dit Maria-Luisa. Je n'épouserai pas le fils d'un *torocoyori.* Je vais aller trouver Carlos dans les montagnes et marcher avec lui. Et on sera comme Jose et Lola Kukut. »

La fille connaît Lola Kukut. Tout le monde la connaît. Lola est une combattante, la *Señora de la Sierra.* Elle est mariée à Jose, ils marchent ensemble dans les montagnes et tuent autant de soldats mexicains que possible. Jose Kukut a reçu son pouvoir du *yo ania*, à *Sikili Kawi*, la montagne Rouge. Il y est allé quand le soleil est au plus haut et a entendu la musique venir du centre de la terre. Il a été mis à l'épreuve là-bas, par les Surem, il a réussi, et ils lui ont donné son pouvoir. Et désormais il peut tuer autant de soldats mexicains qu'il veut.

« Pourquoi tu m'as demandé de t'accompagner alors ? Si tout ce que tu veux c'est rester avec Carlos, vas-y toute seule.

— Chuut. »

Maria-Luisa baisse l'arme. Elle parle d'une voix douce, apaisante :

« Je suis désolée, Petite Ombre. J'ai besoin de toi. J'ai besoin que tu trouves le chemin. En plus, pense à la tête de père quand il nous verra. Il sera tellement fier. Peut-être qu'il nous emmènera en Arizona avec lui. »

La fille se balance d'un pied sur l'autre. Elle n'a pas envie d'aller en Arizona, mais elle a envie de voir son père.

« D'accord », dit-elle.

Au loin, au clair de lune, là où elles vont, se dressent les montagnes.

La fille passe en premier, les guide sur le pont, puis plonge vite dans les champs, évitant la voie principale qui mène au chemin de fer. Parfois elle entend un bruit, s'arrête, tend l'oreille, mais ce n'est que la course d'un néotoma dans les ronces, ou bien le vent dans les arbres, ce vent qui envoie les nuages vaporeux cacher la lune.

Elle les conduit à travers des joncs qui cèdent place à de gigantesques peupliers d'Amérique, courbés au-dessus d'une terre dure et sèche qui, une fois inondée par le fleuve, se changera en boue.

Elle entend alors quelque chose – un long gémissement, à peine audible, porté par le vent. Ça vient de l'ouest. Derrière elle, Maria-Luisa s'approche.

« Qu'est-ce que c'est ? Qu'est-ce que tu entends ? »

Le bruit revient, plaintif et grave.

Pour l'instant il est loin, simple lumière, qui descend la vallée dans leur direction.

« Le train. »

Elles marchent vite, et maintenant elles courent – courent vers ce train – comme si son sifflet les appelait, contournent les champs dans un grand arc de cercle, veillent à éviter le *pueblo* où le train s'arrêtera. Et à mesure qu'il se rapproche il grossit, son gros phare transperce l'obscurité, se jette à bride abattue dans la nuit, jusqu'à ce que dans un grand hurlement il commence à ralentir. Elles l'ont déjà vu avant, mais jamais elles n'ont été aussi près ; on dirait le monstre d'une histoire, une *sierpa*, une créature envoûtée qu'on a métamorphosée pour la punir d'une mauvaise action et qui déchire la nuit de ses lamentations.

Les filles s'accroupissent à côté des rails, lèvent les yeux vers les wagons éclairés. À l'intérieur, des gens se déplacent dans la lumière vive, des gens qui portent de lourds vêtements et des chapeaux. Certains regardent dehors, par les vitres, mais la fille sait qu'ils ne peuvent pas les voir, là, dans la nuit noire et désertique.

Puis le train s'ébranle de nouveau, et les filles le regardent prendre de la vitesse : de plus en plus vite, il roule. Qu'arrive-t-il, songe la fille, aux gens à l'intérieur ? Comment une âme peut-elle voyager aussi vite ? plus vite que la course d'un cheval ? Toutes les âmes de tous ces gens arrachés aux terres où ils ont grandi – comme si ce n'étaient pas des jambes qu'on verrait, en jetant un œil sous leurs vêtements, mais des racines blanches ballantes qui se languissent de retrouver un sol noir.

Les filles traversent les rails en courant le plus silencieusement possible. Leurs sacs rebondissent sur leur dos. Elles courent jusqu'à en avoir mal aux poumons, se penchent en avant et crachent par terre, puis se dirigent vers le nord.

Elles marchent, marchent ; elles sont dans le désert à présent, et là, il y a de quoi avoir peur, des créatures de ce monde et des autres royaumes – coyotes, serpents à sonnette, *sierpas.* Le mauvais pressentiment avait disparu, mais le voilà qui revient. Il y a les *aachi* et les cactus, si nombreux que les épines et les piquants vous harponnent, se prennent dans votre jupe, votre châle, ou vos cheveux. De temps à autre, un *sauwo* gigantesque se cabre devant elles – ses branches levées très haut. Une fois, elles dérangent une chouette, qui prend son envol tel un fantôme.

C'est plus dur pour la fille de s'orienter ; elle a l'impression de ne pas trouver le sol sous ses pieds, comme si le bruit et le chaos de ce train avaient tranché la nuit en deux. Mais la lune est haute. Elle projette leur ombre au sol devant elles, et puis la fille est déjà allée ici – souvent, pour cueillir des plantes avec sa grand-mère –, alors elle guide et Maria-Luisa suit, et elles continuent à marcher.

Quand elles ont marché longtemps, elles

s'arrêtent, s'assoient, boivent un peu au bidon, mastiquent de la viande séchée. La fille retire ses sandales pour se masser la plante des pieds.

« C'est encore loin ? » demande Maria-Luisa.

La fille regarde là d'où elles viennent.

« On a fait la moitié du chemin. »

Maria-Luisa émet un petit bruit d'impatience.

« J'aimerais qu'on puisse arriver plus vite. J'aimerais qu'il y ait un train pour y aller. »

La fille se tourne vers sa sœur, qui la regarde à son tour, le visage éclairé par la lune, un défi dans les yeux.

« J'aimerais être à bord de ce train avec Carlos, voyager loin de cette vallée.

— Ce train est mauvais. Carlos ne voudrait jamais y monter. Il le déteste. Ce train, c'est la raison pour laquelle il se bat dans les montagnes.

— Peut-être. » Maria-Luisa hausse les épaules. « Peut-être qu'il voudrait bien.

— Où iriez-vous ?

— À Mexico. Ou en Arizona.

— Mais – c'est chez nous ici. Tout est là.

— *Tout ?* Tu n'as jamais envie d'aller voir ailleurs ? »

La fille ferme les yeux, s'imagine être assise comme les gens dans ce train, voyager si vite sur un monstre qui déchire la nuit. Ce serait comme être aveugle. Regarder le paysage derrière les vitres sans rien voir.

Elle rouvre les yeux et secoue la tête.

« Viens. »

Maria-Luisa se lève et tend la main à la fille.

Mais celle-ci ne la prend pas. Elle se sent frondeuse. Comme une mule qui s'arrête net et refuse de bouger.

« Ce train est mauvais, répète-t-elle.

— Peut-être, réplique Maria-Luisa. Mais il est là, qu'on monte à bord ou non. » Une main sur la hanche, elle ajoute : « Et Yomomuli ? »

La fille la dévisage.

« Tu te rappelles qu'elle disait que le train viendrait ? Tu veux que je te raconte l'histoire ? »

Sa voix est caressante.

La fille se laisse amadouer : après sa grand-mère, Maria-Luisa est la meilleure conteuse qu'elle connaisse. Alors elle prend la main de sa sœur, la laisse la hisser sur ses pieds, et elles recommencent à marcher.

« Il était une fois, raconte Maria-Luisa, dans le *vatnaataka*, un père, qui avait deux filles. La plus jeune de ces filles s'appelait Yomomuli, Abeille enchantée, et ils vivaient tous ensemble, en bordure des choses, quand le monde devenait neuf.

C'était l'époque des Surem, les Lutins, quand tous les êtres – hommes, femmes, insectes et fleurs – se comprenaient à merveille.

Là-bas à Omteme Kawi il y avait un arbre, et un jour il se mit à produire des sons, bzzzzzz bzzzzzz comme des essaims d'abeilles. »

La fille connaît *Omteme Kawi*, la Montagne en colère. Elle sait que si le soleil était là et qu'elle se retournait vers la vallée, elle verrait son pic à tête plate à ses pieds.

Elle commence à se sentir mieux, à sentir la

magie noire du train se dissiper, sentir ses pieds trouver leur chemin : les étoiles s'ordonnent au-dessus de sa tête.

« Les hommes les plus sages se rassemblèrent autour de l'arbre. Ils étaient vingt, et pas un seul d'entre eux ne le comprenait.

"*Vous comprenez cet arbre ?* s'interrogeaient-ils.

— *Non,*

— *Non,*

— *Non,*

— *Non,*

— *Non !*" »

Maria-Luisa fait des imitations, chaque voix d'homme est différente, et la fille se moque d'eux, ces sages qui ne savaient pas.

« Ils avaient beau se gratter la tête et le menton, ils ne comprenaient pas – c'était la première fois que ça arrivait. Personne ne comprenait les bruits de l'arbre. Alors ils décidèrent d'interroger tous les animaux, tous les oiseaux présents.

"*Comprenez-vous l'arbre ?*

— *Non,*

— *Non,*

— *Non,*

— *Non,*

— *Non !*"

Jusqu'à ce que l'un des oiseaux, le plus petit de tous, parle :

"*Je connais une fille,* dit l'oiseau, *qui habite tout là-bas en bordure des choses.* Elle, *elle saura.*"

Alors tous se rendirent là-bas, en bordure des choses, tous ces sages, et ils demandèrent au père de Yomomuli s'il voulait bien emmener ses filles à la Montagne.

Et le père de Yomomuli accepta, mais dit qu'il devait faire une chose avant. Et sais-tu ce qu'il fit ? »

Maria-Luisa s'arrête net de marcher et se tourne vers sa sœur.

« Non, répond la fille, même si elle sait.

— Il emmena ses filles à l'océan, et ses filles plongèrent dans l'eau, et nagèrent avec les poissons, et les poissons leur offrirent les dons nécessaires pour comprendre l'arbre.

Ainsi donc ils se rendirent à Omteme Kawi et Yomomuli, la benjamine, s'avança vers l'arbre, s'assit à son pied, et écouta, écouta, écouta.

Et les sages s'impatientaient : "*Que dit-il ? Dis-nous ! Vas-y ! Que dit-il ?*"

Mais Yomomuli avait peur :

"*Euh… Je ne suis pas sûre que ça va vous plaire.*

— *Parle !* s'écrièrent-ils tous.

— *Parle donc !*

— *Parle !*

— *Parle !*"

Alors Yomomuli leur expliqua ce qu'il disait : il disait qu'il y aurait des hommes qui viendraient en bateau, de l'ouest, qu'ils essaieraient de s'emparer du fleuve et de la terre. Il parlait de bien des souffrances à venir : peste, famine, nouvelles maladies. Il parlait de baptême. Et il parlait même des rails : "*Il sera fabriqué une route de fer, qui sera chevauchée par un monstre d'acier.*"

Il raconta encore beaucoup d'autres choses à

venir, puis il décréta : “*À présent vous devez décider quoi faire.*”

Alors les Surem se réunirent, et lors de ce rassemblement certains décidèrent de partir, tandis que d’autres choisirent de rester pour voir ces choses nouvelles.

Et ceux qui partirent s’en allèrent sous la terre, à l’intérieur du sol, dans le *yo ania.* Certains plongèrent dans l’eau et les vagues. Et là dans ces endroits les Surem existent désormais comme un peuple enchanté. Ce sont nos ancêtres, et si l’on a besoin d’eux, ils nous viendront en aide.

Alors tu vois, murmura Maria-Luisa. Yomomuli avait tout raconté. »

Les deux filles continuent à marcher, mais les choses sont différentes à présent, à la suite de cette histoire. La fille le sent, c’est dans la façon dont les ombres de la lune tombent au sol, dont les murmures épaississent l’air autour d’elles : elles se trouvent dans le *yo ania*, le royaume des Surem. Il est toujours là, mais on ne le sent pas toujours. Elle sait qu’elles sont observées à présent. Elle sait qu’en cas de besoin, il y a ici des êtres qui leur viendront en aide.

Elles sont très haut et montent encore, le long d’un sentier éclairé par la lune ; Maria-Luisa est devant, la fille suit, cette histoire lui a donné de l’énergie et Maria-Luisa marche vite, encore plus vite, folle d’impatience ; derrière, la fille doit esquiver les cailloux qui dégringolent dans le sillage de sa sœur. Elle sent comment tout l'être de Maria-Luisa pense à Carlos, telle une tempête de poussière qui ne cesse de tourbillonner : Carlos pendant la danse du cerf, sa poitrine qui imite les mouvements de l'animal, ses pieds au sol, les castagnettes qui frappent le rythme. La sueur sur son torse. Sa façon de bondir au centre de la *rama.* Elle le veut tout entier. Elle vole vers lui.

Et la fille pense à son père : à son expression quand il les verra, à sa fierté qu'elles aient parcouru tout ce chemin, avec de l'eau et des balles et le pistolet. À sa main ferme sur l'arrière de sa tête.

Et maintenant, les voilà : sur le plateau au sommet, debout dans la clairière, elles reprennent leur souffle. La fille a son chemisier qui lui colle au dos. Maria-Luisa siffle. Deux longs sifflements suivis de trois courts : le signal que leur a appris leur père. Puis rien. Alors Maria-Luisa recommence. Les grands rochers les dominent, leurs silhouettes sombres détachées sur le ciel où la lumière gagne lentement.

Rien.

« Peut-être qu'ils sont partis », dit la fille.

Maria-Luisa lève une main pour la faire taire. Au même moment, un caillou dévale du col au-dessus d'elles. Puis la réponse sifflée arrive, et le cœur de la fille bondit.

« Qui êtes-vous ? » lance-t-on.

Une voix masculine. Mais ce n'est pas celle de leur père.

« Nous sommes les filles d'Ernesto Morales,

lance Maria-Luisa. Nous sommes les petites-filles d'Augustinia Morales. On vous apporte à manger. Et des armes. »

Il y a un long silence, puis :

« Restez où vous êtes, mes sœurs. »

Lentement, les hommes descendent : cinq silhouettes sombres et dépenaillées. Le premier s'avance. Il pointe son arme sur elles, des munitions lui quadrillent la poitrine.

« *Lios em chaniavu,* dit Maria-Luisa.

— *Lios em chania,* répond l'homme. Vous avez de l'eau ? demande-t-il d'une voix rocailleuse.

— Oui.

— Jetez-la au sol. »

Les filles plongent la main dans leur sac et sortent les bidons. Les posent à terre.

« Maintenant reculez. »

Les filles s'exécutent.

« Qui vous envoie ? »

L'homme pointe toujours son fusil.

« Notre grand-mère, Augustinia Morales, a soigné un de vos hommes. Il lui a dit où vous étiez. Que vous aviez besoin d'aide. Alors on est venues.

— Deux filles toutes seules ?

— Oui. »

Maria-Luisa redresse le menton.

Lentement, les autres hommes s'avancent. Dans la lumière de l'aube, ils ressemblent à des oiseaux déplumés.

« Où est papa ? » murmure la fille à sa sœur.

Mais Maria-Luisa ne répond pas, elle a vu

Carlos, au bout de la ligne. Il paraît plus mince, plus vieux, et il scrute Maria-Luisa, dressée là au sommet de la montagne, comme sortie d'un rêve.

« Où est mon père ? » demande la fille.

Sa voix a un timbre étrange, là-haut sur la corniche. Elle rebondit sur les grands rochers, comme un écho.

« Parti, répond le premier homme.

— Où ?

— À Tucson. Avec dix camarades. »

L'homme ne ment pas. La fille perçoit la vérité : son père est parti depuis longtemps. Elle sent sa déception l'inonder, former des flaques au sol à ses pieds. Et derrière, autre chose. L'épuisement. La peur. Le mauvais pressentiment de son rêve : elles n'auraient jamais dû venir.

Lentement, lentement, le premier homme approche de l'eau. Il ramasse le bidon. Dévisse le bouchon. Boit. La fille voit qu'il a soif, terriblement soif, qu'il pourrait boire tout le bidon et plus encore, mais il s'arrête, le passe au suivant.

« Rien qu'un peu », recommande-t-il aux autres.

Et un par un, ils boivent. Carlos en dernier. Il bascule le bidon et verse les dernières gouttes dans sa gorge.

« Vous avez dit que vous aviez des armes ? demande le premier homme.

— Oui. »

Maria-Luisa désigne la fille et celle-ci sort le

pistolet de son sac. Sent de nouveau les fleurs sur la crosse. Son poids dans ses mains. Elle le passe à sa sœur et Maria-Luisa le brandit.

« Ce revolver est à vous. On a aussi des balles. Mais… j'ai une condition.

— Toi ? Une condition ?

— Oui. »

Le premier homme la dévisage. La fille sait ce qu'il pense : il n'arrive pas à croire cette folle.

« Je voudrais d'abord passer une heure avec Carlos.

— Carlos ?

— Oui.

— Ce Carlos ? »

L'homme pointe un doigt derrière lui.

« Oui. »

Le commandant siffle une fois, une longue note grave, et Carlos s'avance. Il regarde fixement Maria-Luisa. Maria-Luisa lui retourne son regard. L'air frémit entre eux.

« D'accord, s'esclaffe le commandant. Il est à toi. »

Il se tourne vers Carlos. Bref signe de tête.

La fille est fière de sa sœur, à cet instant. Il n'y a rien de plus puissant dans les huit *pueblos* réunis que sa sœur ici présente, là-haut sur cette montagne, qui obtient ce qu'elle veut.

« Une heure, dit le commandant. Pas plus. Nous reviendrons le chercher. »

Les autres s'éloignent.

Maria-Luisa se tourne vers la fille.

« Sois sage. Va attendre derrière ce rocher. »

Elle désigne un gros rocher qui se dresse non loin de là, plus haut qu'un homme.

« Ne regarde pas, dit-elle. On viendra te chercher une fois le temps écoulé. »

La fille ne bouge pas.

« Va, lance Carlos, et sa voix se fait menaçante.

— Va, Petite Ombre, dit Maria-Luisa. Je te promets que je viendrai te chercher quand le temps sera écoulé. »

La fille a envie de taper du pied. De crier sur sa sœur. De lui dire qu'elle est égoïste, qu'elle est folle et qu'elle n'est plus fière d'elle. Que c'est ce que Maria-Luisa avait prévu depuis le début. Et qu'elle, elle est juste la Petite Ombre imbécile qui l'a aidée. Qu'elle a un mauvais pressentiment depuis ce matin, depuis son rêve. Pourtant elle obéit et va se mettre de l'autre côté du grand rocher. S'y adosse. Il est glacé, et son corps se refroidit maintenant que l'ascension est terminée.

Elle retire ses sandales d'une secousse, prend un pied dans une main et enfonce les pouces dans la pulpe sous les orteils. Mais quand elle lève la tête elle oublie d'être en colère, car elle n'est jamais allée aussi haut avant. D'ici on surplombe la vallée. Et tout autour d'elle, le monde s'embrase, transformant le fleuve en un fil scintillant. Elle dessine dans l'air un trait d'est en ouest, suit la ligne argentée du fleuve.

Elle voit tout juste le sommet plat d'Omteme Kawi en dessous, l'endroit où Yomomuli a écouté l'Arbre Chanteur, l'endroit où elle a énoncé sa prophétie. Et elle perçoit sans la voir l'immensité de l'océan à l'ouest, où Yomomuli a appris l'enseignement des poissons. C'était là. Tout était là.

Et était-ce là aussi que les porteurs d'histoires furent laissés, après la grande crue dans le *vatnaataka*, le commencement des temps ? Cette crue terrible qui détruisit presque tout ce qui était vivant sur terre ?

L'eau était-elle aussi haute que ce pic, recouvrant la vallée, léchant les flancs de ces rochers ? Les rares survivants s'assirent-ils ici, comme elle à présent, tout en haut de ces montagnes – des îles alors –, pour regarder l'eau monter, monter encore, en attendant l'aube ?

Et lorsque l'eau se retira, descendirent-ils, chargés de leurs seules histoires, pour créer un monde nouveau ?

Maria-Luisa et Carlos sont désormais silencieux. Peut-être dorment-ils.

De petits oiseaux chantent quelque part derrière les rochers, le soleil nouveau-né frappe les fleurs jaunes d'un buisson de *kovanao* à côté d'elle.

Tu vois comme il pousse ? dit sa grand-mère. *Comme il retient son eau, quand tout autour de lui a soif ?*

La fille commence à apprendre les particularités de ce buisson, qu'il s'agit de la plante la plus ancienne du désert, qu'il vivait dans le *vatnaataka* et qu'il est toujours là aujourd'hui ; que sur ses branches poussent des feuilles puis des fleurs, puis des graines, et que ces branches mourront, mais que sur la même racine d'autres branches pousseront et grandiront.

Et elle songe qu'il en va de même pour l'*etehoim*, les histoires : elles bourgeonnent et fleurissent sur la langue du conteur, dont la vie est courte, mais dont la langue goûte la racine, qui a survécu depuis l'époque immémoriale de la crue.

Nous prendrons les feuilles et les fleurs : pour la fièvre, les baumes, les plaies, pour soulager la douleur.

Quatre de chaque, du côté est de la plante. Tu vois, là où le soleil les éclaire ?

La fille tend la main vers une de ces fleurs jaunes, mais sa grand-mère l'arrête : *Attends, il faut demander d'abord.*

Aussi elle demande la permission à la plante, et promet d'offrir ses feuilles aux racines d'un autre buisson quand elle aura terminé.

Ensuite elle cueille quatre de ses fleurs et quatre de ses feuilles les plus vertes, les frotte entre le pouce et l'index pour en libérer le parfum et les porte à son visage : leur odeur est enivrante, comme le désert après la pluie.

À cet instant, un mouvement de l'autre côté du buisson attire son regard : un lièvre qui grignote les feuilles, ses oreilles roses éclairées par le soleil levant. Tandis qu'elle l'observe, il se dresse sur ses pattes de derrière, les oreilles couchées : il écoute, écoute.

Soudain il tourne la tête vers un bruit d'éboulis : une pierre qui tombe.

Il pivote, fixe sur elle ses yeux d'ambre, puis fait volte-face et détale dans la pente, aussi vite que possible, traçant des zigzags à flanc de montagne.

Elle entend des mots, clairs dans l'air d'altitude. De l'espagnol. Il y a des animaux : des chevaux dont la large silhouette sombre arrive en haut du col. Des cavaliers sur leur dos.

Elle se couvre la bouche pour empêcher le cri de sortir. Et elle comprend, le lièvre lui dit de courir. Les petits oiseaux lancent l'alarme à leur tour. Lui disent de courir. Tout l'univers flamboyant de l'aube lui dit de courir.

Elle quitte son rocher, appelle sa sœur, elle est allongée par terre avec Carlos.

« Maria-Luisa, siffle-t-elle. Il y a des hommes qui viennent. Au col. Des soldats. Ils sont presque là. »

Maria-Luisa et Carlos redeviennent deux personnes, ils la rejoignent vite en se rhabillant. « Quoi ? Où ? » Ils tournent vivement la tête – de quel côté ? La peur, débridée, se répercute entre eux : pourpre, rouge, bleu, elle jaillit d'eux comme les premières étincelles d'un feu.

Mais il est trop tard – ou trop tôt – les soldats sont déjà là. Sur leurs chevaux. Sur le plateau. Ils ont des fusils, et les lames aiguisées au bout du canon sont braquées sur eux. Le soleil éclaire le métal. La fille tremble, tremble, il y a de l'humidité chaude sur ses jambes.

Soudain elle sent quelque chose, derrière son dos. Lourd et froid : le pistolet.

Maria-Luisa le tient, le pointe vers les soldats.

« Demi-tour, intime-t-elle. Faites demi-tour et redescendez la montagne. Alors vous vivrez. »

La fille sent le tremblement dans le corps de Maria-Luisa. Mais la voix de sa sœur est claire et forte.

Le premier soldat lève son fusil.

La fille ferme les yeux.

Tu es Lola, songe-t-elle à l'adresse de Maria-Luisa.

Tu es Lola Kukut.

Tu es Lola Kukut et tu as tué tellement de Mexicains que c'est facile.

Si facile.

Rien ne te fait peur.

Maria-Luisa tire. Le pistolet rebondit comme un être vivant. D'autres tirs s'ensuivent, ils claquent, percutent les rochers, éparpillent les oiseaux dans le ciel.

La fille se retourne, voit que Carlos est au sol. La tête à moitié arrachée, son sang se déverse sur la terre.

Il a des mouvements convulsifs comme le cerf dans la danse, le cerf qui se sait tué, et son souffle soulève laborieusement sa poitrine avec des bulles et un bruit de crécelle. Maria-Luisa, agenouillée à côté de lui, allongée sur lui, rabat un de ses bras sur son dos, s'immerge dans son sang, l'appelle, l'appelle de très loin, mais il voyage déjà, il quitte déjà Maria-Luisa, il quitte les hommes cachés au-dessus. Il est avec les montagnes, il est dans le nid des fleurs, dans l'endroit sous l'aube.

Machiwa Choki est là, ferme, elle attend. L'étoile du matin. La dernière à rester dans le ciel. *Viens,* dit-elle, en accueillant le garçon à l'agonie. *Viens.*

Quelqu'un hurle. Le hurlement de sa sœur la fait revenir. Et elle tremble, les hommes crient, les chevaux ruent, il y a l'odeur de la pisse de cheval et Carlos est mort. Son souffle s'est arrêté, ses yeux se sont tournés vers le ciel. Et la voilà qui tire sa sœur, qui lui dit cours, *cours !*

Et elle est forte, curieusement, assez forte pour relever violemment sa sœur, la pousser droit devant, la faire courir, à l'instar du lièvre, et suivre sa piste. Seulement Maria-Luisa n'est pas dans son corps – elle est toujours avec Carlos, toujours allongée sur lui, toujours à soulever son bras – alors elle glisse, tombe, dégringole, la fille entend un os craquer, le cri de douleur de sa sœur.

Elle la rejoint, se penche sur elle, elle sait qu'il n'y en a plus pour très longtemps, maintenant, que les soldats seront bientôt là. Elle lui prend la main et attend la venue des fleurs. Mais les fleurs ne viennent pas. Non, ce sont les soldats qui viennent – le tissu rêche de leurs uniformes. L'odeur de viande cuite de leurs corps, leur haleine brûlante. Ils les prennent toutes les deux et les ligotent. Les hissent sur le dos de leurs chevaux, les sanglent, et laissent Carlos là où il est tombé.

Ils les conduisent dans la vallée, mais ils ne les ramènent pas au village, non, ils les livrent au *pueblo* à côté du chemin de fer et les enferment dans une cellule. Assises là, les filles s'entourent les genoux de leurs bras. Elles ne parlent pas. Parfois Maria-Luisa pleure de chagrin et de douleur. Elle appelle Carlos. Sa jupe est écarlate de son sang.

« Petite Ombre ! Petite Ombre ! »

Sa sœur l'appelle. La fille ouvre les yeux, la lumière crue du matin l'aveugle un instant. Maria-Luisa a les yeux grands ouverts, le souffle court ; le cœur de la fille fait un bond, car sa sœur est de retour, peut-être que le poison se retire, peut-être était-ce le traitement qu'elle cherchait depuis le début.

Ses yeux se portent sur la plaie de sa sœur : elle est toujours là, aussi vilaine qu'avant. Ça n'a pas marché, songe-t-elle. Peu importe ses bonnes intentions, peu importe sa détermination à trouver le traitement, ça n'a pas marché.

« Non, dit Maria-Luisa, regarde – *là-bas.* »

La fille suit le doigt pointé de sa sœur et voit un rocher, cabré en surplomb de leur côté du bateau. On dirait un visage, un visage avec des creux pour les yeux, et en bas, une rangée de dents irrégulières.

« Petite Ombre », Maria-Luisa l'agrippe, l'attire vers elle. « Écoute-moi, dit-elle. Il faut qu'on saute. »

La moindre partie de sa sœur est en feu, dedans et dehors : ses yeux, sa peau, ses paumes, son cœur. Sa fièvre est encore plus élevée qu'avant.

La fille scrute le rocher. Elle le sent, salé et profond, elle voit les eaux troubles gifler et s'insinuer dans le ventre du rocher grouillant de crabes, elle entend l'appel des oiseaux sur sa pointe. Mais il est trop découpé, il n'y a nulle part où se poser.

« Non, proteste-t-elle en reculant. On va mourir.

— Il n'y a qu'une seule façon sûre de mourir, Petite Ombre, c'est de rester sur ce bateau. Tu as entendu ce que cet homme a dit. Dès qu'on aura débarqué, ils nous feront marcher à travers les montagnes. Je ne peux pas marcher. Tu le sais bien.

— Nous trouverons un autre moyen.

— Quel moyen ? demande Maria-Luisa en l'agrippant. Dis-moi. Quel moyen ?

— Tu as de la fièvre. Tu n'es pas bien.

— Dis-moi un autre moyen et je resterai. »

Maria-Luisa lui empoigne les mains.

« Nous en trouverons un… », répond la fille, mais tout en parlant, elle sait que ses mots sont faibles, qu'elle-même n'y croit pas.

« Aide-moi », dit Maria-Luisa.

Le bateau effectue un arc de cercle, s'oriente vers le rivage. Personne ne regarde dans leur direction, les gens sont occupés à rassembler leurs affaires, leurs enfants, concentrés sur eux-mêmes. Si elles devaient sauter maintenant, si elles devaient se laisser glisser le long de la coque, personne ne le remarquerait, personne ne le verrait.

Il ne faut pas grand-chose, il y a moins d'un mètre entre leur place et le bord du bateau. Lentement, Maria-Luisa se tourne vers le bastingage. Lentement, elle fait pivoter ses jambes. La fille l'imite. Elles se retrouvent toutes deux assises les chevilles ballantes, la jupe gonflée. De là, comme ça, la fille ne voit pas la plaie de sa sœur. Elle pourrait imaginer qu'elle va bien. Que le poison est parti.

« Aidez-nous », demande Maria-Luisa au ciel, à l'eau, au rocher.

La fille sent la chaleur de la coque du bateau, comme si lui aussi avait la fièvre : les embruns brûlants de l'eau en dessous, brassée en écume. Elle sait que sous la surface, le bateau doit brasser l'eau ainsi, et que quand elles sauteront, elles devront essayer de sauter loin. Mais elle sait aussi qu'il y a des créatures dans l'océan, des dauphins et des baleines, et aussi des Surem, leurs ancêtres, le peuple enchanté, et peut-être entendent-ils l'appel de Maria-Luisa. Peut-être leur viendront-ils en aide.

Alors, à croire qu'elle a entendu ses pensées, Maria-Luisa lui saisit la main.

« Regarde », sa sœur lui presse les doigts. « Un aigle, tu vois ? »

Le visage du rocher a de nouveau changé, et le ventre de la fille se serre, car Maria-Luisa a raison, elle le voit : la tête d'un aigle, son bec fier face au nord.

« Cet aigle nous protégera », affirme Maria-Luisa.

Ses mots sont sûrs : si sûrs qu'ils seront peut-être suffisamment forts pour leur procurer un endroit où grimper.

« Regarde-moi, dit Maria-Luisa. Regarde mon visage. Il y avait deux sœurs, tu te rappelles ? »

La fille hoche la tête.

« Elles allèrent à l'océan, tu te rappelles ?

— Oui.

— L'océan leur enseigna comment comprendre l'arbre, comment comprendre l'avenir, comment savoir ce qui s'ensuivrait. Tu te rappelles ? »

Le ventre de la fille se contracte, mais elle se sent légère, si légère.

Elle se demande s'il s'agit là des derniers moments de sa vie : le vrombissement de ce bateau, cette eau turquoise, cette lumière du soleil, ce rocher…

« Ne me quitte pas des yeux. »

La fille regarde sa sœur. Sa magnifique sœur, c'est tout ce qu'elle voit.

« Maintenant », dit Maria-Luisa.

La fille sent l'air la gifler – elle attend que l'eau les frappe – mais elle ne tombe pas. Elle est tirée brutalement en arrière par une force puissante.

« Non, dit la force. Non. »

Le père protecteur est derrière elles.

Il les a toutes les deux, une dans chaque bras.

Elles se débattent, lancent des coups de pied, mais il les tient fermement.

« Restez, petites sœurs, dit-il. Restez. »

LE LIEUTENANT

1775

« Sire ! »

C'est le Galicien, qui appelle du pont avant.

« Oui ? »

Le lieutenant se tient à la poupe, mains levées, paumes à plat, il surveille la brise.

« Je crois que vous devriez venir voir ça.

— Pas maintenant. »

Le lieutenant se tourne – infime mouvement vers l'est, puis reprend sa position, infime mouvement vers le nord. Toujours un moment où l'on doute de soi, où l'on croit inventer le vent qu'on a tant attendu, mais non : il est là. Le lieutenant se penche, prend note dans son journal :

6 pm, vent NNE. Horizon clair.

« Sire ! »

Il repose son crayon. Il lui faut bien trente pas pour parcourir le pont du *Sonora* jusqu'à l'endroit où se trouve le jeune Galicien, la longue-vue plaquée sur l'œil.

Le lieutenant sort à son tour la sienne, trouve

l'île, qui n'en est pas vraiment une, juste un long éperon de terre qui enserre le delta du Río Grande de Santiago. Derrière, à peine visible, s'élevant à une soixantaine de mètres au-dessus de la plaine autour, se dresse la colline de Contaduría. La faible ondulation du drapeau hissé sur la hampe confirme la direction de la brise. Les canons reflètent le soleil crépusculaire.

« Qu'est-ce que je dois regarder ?

— Le lieutenant Manrique, sire.

— Manrique ? Où ça ?

— Dans l'eau, sire. Près du rocher. »

Il ajuste la longue-vue en direction du rocher, cette étrange excroissance blanche autour de laquelle leurs navires ont mouillé ces trois derniers jours. Aucune perspective ne lui rend grâce, mais de là où se trouve le lieutenant, face au nord-nord-ouest, il ressemble à s'y méprendre au visage du Seigneur, la capuche blanche, les yeux baissés en une tendre contemplation, la barbe, taillée à l'espagnole, plus sombre au niveau des vagues.

Sa longue-vue encadre soudain Miguel, la tête à peine visible, les bras qui s'élèvent et retombent au rythme de la nage. Des objets flottent autour de lui. Il plisse les yeux, la marée apporte toutes sortes de débris sur ce rocher : déchets végétaux, animaux et humains en provenance des bateaux, mais la longue-vue montre qu'il s'agit de petites calebasses et de bougies. Il a dû y avoir encore d'autres Indiens, cette nuit, qui sont venus sur le rivage pour jeter leurs offrandes aux vagues.

Sous les yeux des deux hommes, Miguel atteint la face nord du rocher, où un petit piton plonge dans la mer. Il s'y hisse et s'agenouille, à moitié nu, son long torse brun dégoulinant. Il essore ses cheveux, les renoue, puis se penche en avant pour récupérer quelque chose dans l'eau. Si loin et étant donné la position de son corps, il est difficile de voir ce que c'est.

Le voilà maintenant debout, les bras en croix comme en supplique. Il semble parler au rocher, l'implorer, même.

On dirait un acteur. Dans un théâtre. Mais il ne s'agit pas d'une représentation. Miguel ne se rend pas compte qu'il pourrait être vu.

« Par tous les saints, qu'est-ce qu'il fait ? » s'exclame le Galicien.

Le lieutenant se tait, pour l'instant. C'est ainsi que fonctionne le pouvoir, a-t-il appris, du moins une certaine forme de pouvoir. Il suffit de garder le silence plus longtemps que l'autre.

Quoi que fasse Miguel, mieux vaut que personne ne le voie.

Il déplace sa longue-vue sur les autres navires : le *San Carlos*, le bateau de Miguel, mouillé le plus près du leur, est quasiment désert, seul Cañizares, le jeune pilote, est sur le pont. Or il lui est impossible de voir Miguel de là où il se trouve, car le *Santiago*, frégate et navire de tête de l'expédition, lui bouche la vue. Il est seulement possible que les hommes rassemblés sur le pont du *Santiago*, cent soixante au total, puissent le remarquer en se tournant, mais leur vue serait en partie entravée, par le rocher cette fois-ci, sans compter qu'ils sont occupés à avancer, lentement, l'un derrière l'autre, pour toucher leur solde.

Il distingue le Basque, commandant de l'expédition, qui, assis en tête de ligne, vêtu de l'uniforme des grands jours, supervise les paiements comme il s'acquitte de tout, avec cet air supérieur qui semble ne jamais quitter son visage, un mélange de hauteur et de dégoût, comme si le Mexique et toutes les horreurs qu'il renferme étaient un rêve duquel il pourrait se réveiller pour se retrouver dans les rues fraîchement balayées de Bilbao. À côté de lui est assis son second, le vieux pilote majorquin, Pérez, la peau toujours ravagée par le scorbut qu'il a développé l'an dernier.

Le lieutenant trouve son propre petit équipage pelotonné en fin de colonne, le Péruvien est avec eux. Ils sont dix, tous présents. (Depuis qu'ils ont jeté l'ancre, il a pris l'habitude de les compter, toujours quelque part dans un coin de sa tête la peur qu'ils puissent tenter une fuite vers la terre). Les hommes ont l'air abasourdis, et pour cause : seuls quatre d'entre eux ont déjà pris la mer auparavant.

« Sire…

— Oui ?

— Le lieutenant Manrique, sire. Regardez. »

Il reporte sa longue-vue sur Miguel : courbé, il appuie son front contre la surface vérolée du rocher. Il semble déposer quelque chose dans l'une des nombreuses crevasses, puis se retourne, s'ébroue comme un animal et plonge.

Quelques instants plus tard il refait surface, retournant au bateau à la nage avec des mouvements fluides.

Le lieutenant baisse sa longue-vue. Essuie la transpiration sur sa peau avec un mouchoir.

« Pensez-vous, demande le Galicien, interrompant le silence, que le capitaine Manrique est dans son état normal ? »

Le lieutenant sent quelque chose remuer en lui. Une petite créature aveugle qui creuse sa galerie dans ses tripes.

« Que voulez-vous dire ?

— Eh bien… les hommes parlent…

— Ah oui ? » Il se tourne vers le pilote. « Et que disent-ils ?

— Que dernièrement le lieutenant Manrique est… perturbé. Ils pensent que c'est lié au navire. Le *San Carlos.* Ils disent qu'il est maudit, sire. »

Le lieutenant lève une main.

« Épargnez-moi ces balivernes, je vous prie. »

Il connaît ces histoires, n'a nul désir de les entendre à nouveau.

Le navire est maudit depuis sa première traversée vers Guaymas. Là-bas les Indiens ont apporté le vent responsable de son naufrage. La dernière fois qu'il a fait voile vers la Californie, il a été impossible de jeter l'ancre. Presque tout l'équipage est mort.

« Hier, poursuit le Galicien, un des membres de l'équipage du *San Carlos* est venu apporter du sucre pour les réserves. Il a dit que le lieutenant Manrique s'était enfermé dans sa cabine.

— Et alors ?

— J'imagine, sire, que *vous non plus* n'avez pas idée de ce qui pourrait le perturber ? »

Le lieutenant se tourne vers son pilote.

« C'est juste que… Je sais qu'il vous a accompagné ce jour-là. Quand vous êtes allé chercher le pin, pour le mât. Je me demandais, dans l'hypothèse où il aurait été alors agité, s'il avait saisi l'occasion pour se confier à vous… ? »

La créature aveugle bouge la tête, cherche la lumière.

Il dévisage son pilote : sa jeunesse, son crâne en lame de couteau. Ses petits yeux perçants. Il sait que rien ne leur échappe, à ces yeux.

Tant mieux, il n'a rien à cacher.

« Très franchement, je m'étonne, répond lentement le lieutenant, que vous sembliez n'avoir rien de mieux à faire que de rester là à émettre des hypothèses sur la santé de votre officier supérieur.

— Oui, sire. Non. »

L'expression du pilote change. Il cille. Tout à coup, il a l'air terriblement jeune.

« À en juger par la brise, je dirais que nous prendrons la mer aux alentours de vingt-deux heures. »

Il replie sa longue-vue avec un bruit sec.

« Le Péruvien sera bientôt de retour à bord avec son équipage. Parlez au magasinier. Demandez-lui d'entamer un tonneau de brandy.

Double ration. Calmez leurs nerfs. Nous nous réunirons pour l'oraison au coucher du soleil. En attendant, j'aimerais grandement ne pas être dérangé. »

Le Galicien salue, s'éloigne sur le pont – presque quarante pas sur ses jambes courtaudes, puis saute dans l'écoutille.

Le lieutenant lève de nouveau sa longue-vue, trouve vite Miguel, qui a rejoint le *San Carlos* et grimpe l'échelle de corde pour remonter sur le pont. Cañizares, son second, est là. Grâce à Dieu, tout semble normal.

Miguel a piqué une tête. Rien de plus. C'est une habitude qu'il a gardée de l'enfance.

Avec un peu de chance, cela a apaisé ses nerfs, au bord de la rupture ces dernières semaines, à cause des efforts sisyphéens pour ravitailler une expédition d'un an dans ce lieu oublié de Dieu. Tout devait être apporté de la capitale via une seule et unique ligne d'approvisionnement : un sentier muletier dont le parcours nécessite plusieurs semaines.

Il y a des malédictions ici, c'est sûr, mais nul besoin de recourir à la métaphysique pour l'attester. Tout ce satané territoire est maudit : maudit à cause de ce port qui n'est guère plus qu'un canal soumis aux marées, sous la menace constante de s'ensabler, maudit par le manque de vents marins puissants, par les vapeurs toxiques, par les moustiques à fièvre et autres insectes plus petits et encore plus horripilants qui apparaissent chaque après-midi pour vous ronger la peau. Maudit par des araignées grosses comme la paume de la main. Par des tiques obscènes qui font leur nid sur vos bourses et se gorgent de votre sang. Par le crissement des oiseaux au réveil comme s'ils invoquaient une calamité dès le lever du jour.

À plusieurs reprises, au cours des quatre derniers mois, le lieutenant a, dans sa barbe, maudit Gálvez, le *visitador* qui a eu l'idée de faire de ce marécage l'avant-poste des Espagnols dans l'ouest de la Nouvelle-Espagne.

Mais quant au surnaturel… Non. Regardez : voilà le navire de Miguel, le *San Carlos*, la « Toison d'or », gréé, prêt, au soleil. Quelle que soit l'étrange humeur qui s'est emparée de son ami ces dernières semaines, elle sera dissipée par ce vent de nord-est favorable : le vent et l'eau sont les éléments de Miguel ; malgré ses nombreuses excentricités, c'est un marin-né, le meilleur que connaisse le lieutenant.

Sur le *Santiago*, la file d'hommes se disperse. Il voit le Péruvien remplir de matelots le premier canot, prêt à retourner à la rame sur le *Sonora*. Il ressent une sensation familière : ce bon vieux mélange étrange d'euphorie et d'inquiétude qui préfigure toujours un départ. Bientôt son équipage remontera à bord de ce navire minuscule, et les hommes comprendront qu'il n'y a nulle part ailleurs où aller. Nul espace pour marcher, presque pas de pont inférieur pour s'abriter des vagues et du froid, ou des deux. Quand son modeste équipage reviendra à bord, les gages en poche, les hommes qui n'ont encore jamais pris la mer échangeront des regards, ou se retourneront vers la terre qu'ils ont laissée, les montagnes qu'ils ont connues toute leur vie, le fleuve qui s'est déversé ici depuis la nuit des temps, les arbres qui laissent tomber dans vos bras des mangues et des avocats mûrs, et ils comprendront qu'il n'y a pas de retour possible. Ils commenceront à saisir, lors de ces dernières heures à l'ancre, qu'ils ne reverront peut-être jamais leur maison, leur foyer, les visages de leurs enfants, le corps de leur femme.

Le lieutenant a beau être est un amateur de mathématiques particulièrement distingué, il n'aimerait pas calculer les probabilités de leur retour à bon port. D'expérience, il sait que, dans des moments pareils, c'est une bonne idée d'avoir du brandy à disposition.

Il lève de nouveau les paumes de main : le vent tient bon. Il se dirige à grandes enjambées vers la poupe et descend l'échelle, content de l'obscurité sur le pont inférieur, même s'il n'y fait pas plus frais et qu'il est presque impossible de tenir debout : à peine plus d'un mètre cinquante de hauteur à certains endroits. Une espèce de marche voûtée, la tête rentrée dans les épaules, est nécessaire pour se déplacer.

Il fait courir sa main sur la paroi, en quête de la moindre aspérité, de la moindre écharde dans le bois. Il a passé les huit dernières semaines à superviser le carénage de ce minuscule bateau – huit mètres de la proue à la poupe, afin de le mettre en état de naviguer dans le Grand Nord. L'horreur de poser les yeux sur le *Sonora* la première fois : construit six ans plus tôt dans le chantier naval local par des autochtones (des amateurs comparés à ceux de La Coruña ou de La Havane), pour de courts voyages, de simples traversées entre Guaymas et La Paz, un caboteur qui livrait le courrier et transportait les hommes.

« Il suffira, déclara-t-il ce premier jour avec un calme qu'il ne ressentait pas. Notre travail est d'établir des cartes. Son faible tirant d'eau nous aidera. »

Son tirant d'eau, trois mètres, fut entièrement mis en évidence alors qu'il gisait sur le flanc afin d'être caréné, deux mois pour être dépecé jusqu'aux côtes dans le minuscule et rustique *astillero,* tel un animal en cours d'équarrissage, tandis que l'on remplaçait les planches, que l'on renforçait la quille, et que l'on houspillait sans cesse les constructeurs, qui n'avaient pas la moindre notion d'urgence ni de temps.

Puis s'ensuivit l'attente insoutenable de l'équipage : main-d'œuvre agricole, cultivateurs de mangues, que les *hacendados* n'acceptaient de laisser partir qu'à contrecœur, à condition qu'ils rentrent d'abord la récolte. Folie. Mais il y eut folies sur folies, là-bas au bout du monde.

Ils finirent par se présenter, machette à la main, le revers du pantalon blanc encore maculé de la poussière rouge des champs, des hommes qui parlaient à peine espagnol et entendaient encore moins la pratique de la navigation, rassemblés par la menace d'un revolver.

« Ils nous détestent, commenta le Galicien au lieutenant, tandis qu'on répartissait les hommes entre les bateaux.

— Ils ne nous détestent pas, rétorqua le lieutenant. Ils sont comme des enfants. Les enfants ne haïssent pas.

— Vraiment ? Le jeune Galicien secoua la tête. Vous ne devez pas connaître beaucoup d'enfants. Quand j'étais petit, je détestais tout le monde. »

Lui, le Galicien et le Péruvien durent gréer le *Sonora* tout en formant l'équipage durant le peu de temps qu'il leur restait, les nerfs en pelote, sachant que tout cafouillage signifiait une perte de temps, que chaque jour passé sous cette latitude signifiait un jour de retard dans le Grand Nord, un jour plus près des tempêtes hivernales. Un jour de plus où l'on risquait de se fracasser sur des côtes gelées loin de chez soi.

Ont-ils bien gréé, colmaté toutes les fuites et rapiécé parfaitement la quille ? Ils ne le sauraient qu'une fois confrontés au gros temps. Lui-même n'a jamais navigué au-delà de 20 degrés. Mais il a navigué vers le sud, franchi le cap Horn, il sait ce que c'est d'avoir froid : le bois qui se rétracte et la coque qui se perce tandis que les mains censées réparer les voies d'eau enflent, et que les doigts noircissent, tâtonnent, échouent.

Sur les étagères et dans les sacs est entreposée une année de provisions de nourriture :

bœuf séché, poisson séché, biscuits de mer, une demi-tonne de saindoux, des quantités de haricots, de riz, de blé, de lentilles, d'oignons, de fromage, de piments, de sel, de vinaigre, de sucre, de porc, de cannelle, de clous de girofle, de safran, de poivre, de chocolat, de brandy, de vin, de fruits et de légumes. De l'eau douce en quantité suffisante pour quatre mois. La décision ayant été prise de ne pas emporter d'animaux vivants pendant le voyage, le bétail a été abattu la semaine dernière avant d'être séché au soleil : une gigantesque *matanza* sur le rivage, le sable rouge de sang. L'équipage indien, tout juste arrivé, regardait en silence, mais parfois, alors que les animaux s'agitaient encore dans une ultime convulsion, ils venaient s'agenouiller à côté des bêtes et plongeaient leurs doigts dans le sang, avant de le tapoter sur leurs fronts et les petites pièces de monnaie qu'ils avaient sur eux. Les officiers espagnols, en retrait, les laissaient faire : ils versaient dans l'art du compromis, pas de la contrainte, le vice-roi l'avait dit lui-même. Dieu seul savait ce qui les attendait.

Il passe devant le quartier des matelots, où après seulement trois jours à l'ancre on sent déjà le musc prégnant des hommes qui vivent dans un étroit confinement. Il n'y a pas de place pour les effets personnels, même si dans leurs petites malles, sous leur couchette, on a fourni à tous des lainages. À de plus hautes latitudes, on espère possible le commerce de la fourrure avec les Indiens : les Majorquins racontent qu'ils s'habillent de peaux de loutres de mer et de loups.

Le lieutenant entend le Galicien s'entretenir avec le magasinier à l'autre bout du bateau, débitant ses ordres dans sa mitraille castillane. Le calme de la voix de l'autre. L'odeur d'oignons frits.

Le Galicien est un bon pilote, vingt ans seulement, cueilli dans les rangs du *colegio* de Séville pour sa précision et ses compétences.

S'agit-il d'un homme bon ou non, voilà qui reste à voir.

En vérité, il n'y a pas que la personnalité du Galicien qui préoccupe le lieutenant. Son dernier commandement remonte à des années. Des années depuis sa maladie à Guayaquil. Il sait qu'il semble maladroit, contrairement au Péruvien et à sa gestuelle décontractée – sa façon de s'agenouiller à côté des matelots, de parler avec douceur en s'accompagnant des mains, de se débrouiller pour trouver une façon d'établir le contact. Contrairement à Miguel, qui d'un seul regard peut imposer une vie entière de loyauté. Il sait que les hommes le trouvent distant, pas autant que le Basque peut-être, mais quand même.

Il entre dans sa cabine, ferme derrière lui.

Peu importe.

Ici, il ne doit s'occuper que de raison, de science de l'exactitude. Voilà ses instruments : quadrant, sextant, compas de relèvement, tous conservés avec un soin jusqu'au-boutiste durant le pénible voyage de trois mois au départ de Cádiz. Du papier pour dessiner les cartes, le plus fin qu'il ait pu trouver, expédié à deux cent cinquante kilomètres de Guadalajara.

Le soleil qui perce à l'oblique sa lucarne atterrit dans un violent rai de lumière sur la carte au mur : la seule carte existante de la côte nord.

*Carte réduite de l'océan septentrional, comprise entre l'Asie et l'Amérique. Suivant les découvertes qui ont été faites par les Russes**.

Une carte dessinée par Bellin, le célèbre cartographe français (même si, autant que sache le lieutenant, malgré sa formidable réputation parmi les Encyclopédistes, Monsieur Bellin n'a jamais quitté la France).

En réalité, cette carte n'est rien de plus qu'une version révisée et enjolivée d'une carte qu'il connaît depuis plus de quinze ans, depuis l'époque où il était élève officier à l'Académie de Cádiz – celle des découvertes russes de 1741, quand Bering et Chirikov avaient été les premiers à naviguer sur la mer du Kamtchatka. Au mieux, la carte de Bellin est faite de spéculations et d'erreurs, au pire c'est un tissu de mensonges et de désinformation russes, jeté en pâture pour les lancer sur une fausse piste.

Il trouve sa position sur la carte : latitude 21 degrés, 30 minutes nord et 110 degrés à l'ouest de Paris. Dans quelques heures, dès que

* En français dans le texte. *(Toutes les notes sont de la traductrice.)*

le Basque en donnera l'ordre, les trois navires, le *Santiago*, le *San Carlos* et le *Sonora*, mettront cap à l'ouest, naviguant dans la nuit, suivant approximativement 19 degrés nord jusqu'au large de Cabo San Lucas, puis, une fois qu'ils auront atteint un axe nord, le suivront en remontant la côte californienne jusqu'à Monterey, où les trois navires se sépareront : Miguel et le *San Carlos* iront approvisionner le père Serra et sa mission, avant de pénétrer dans la baie de San Francisco pour la cartographier ; lui et son équipage suivront le *Santiago* vers le nord, là où la carte est quasiment vierge.

Leur mission, surveillée de près, est de débarquer une fois atteints les 60 degrés nord, et là, de procéder au Rituel de la Possession, de trouver du bois, de confectionner une croix et de l'ériger, avant d'arpenter le rivage de long en large en récitant un texte que le lieutenant connaît par cœur :

Au nom de Sa Majesté le Roi, Don Carlos III, Notre Souverain […], moi, capitaine de ce navire, prends et prendrai possession, réquisitionne et réquisitionnerai, cette terre où j'ai présentement débarqué, que j'ai découverte pour toujours et à jamais au dit nom de la Couronne Royale de Castille et de León […] pour qu'elle la fasse sienne, ce qu'elle est […] en raison de la Bulle Inter Cætera du Très Saint Père Alexandre VI, Souverain Pontife de Rome […] promulguée à Rome le 4 mai de l'an 1493.

C'est la Doctrine de la Découverte, qui doit ensuite être signée puis glissée dans une bouteille en verre qu'on bouche avec de la poix et qu'on dissimule à l'intérieur d'un cairn, au pied de la croix, où elle pourra être trouvée par n'importe quel marin russe ou britannique en maraude qui oserait empiéter sur un territoire espagnol, puis, et c'est là que le *Sonora* volera de ses propres ailes, ils retourneront à la maison en scrutant les moindres baies, les moindres criques pour cartographier chacune d'elles avec toute la précision chirurgicale dont il est capable.

Un seul homme dans la flotte espagnole, Pérez, le pilote majorquin, a déjà effectué une semblable expédition à la voile.

Ils étaient là sur le quai pour l'accueillir : c'était en novembre, quatre mois plus tôt seulement, alors qu'ils venaient tout juste d'arriver dans cet avant-poste oublié de Dieu. Le Majorquin et le reste de son équipage débarquèrent d'un pas mal assuré sur le port avec cette démarche étrange, chaloupée, des hommes qui sont restés trop longtemps en mer, le visage creusé par la faim, les dents déchaussées ou tombées de leurs gencives enflées. Il devint vite manifeste qu'ils avaient échoué, que le Majorquin avait rebroussé chemin à 42 degrés, à cause du froid et du scorbut. Et comme si cette prudence (lâcheté ?) ne suffisait pas, quand le Basque lui demanda les plans de son voyage, Pérez ne put exhiber qu'une carte des plus rudimentaires. Le vieux pilote n'était pas avare d'excuses :

Nous n'avons presque pas eu de ciel dégagé. Nous ne voyions pas le soleil.

Nous ne voyions pas les étoiles.
Nous ne pouvions pas prendre de mesures.
Il a plu sans discontinuer.
Il y avait une barrière de brouillard.
Le roulis du bateau.

Mais malgré l'échec de son expédition, le Majorquin avait tenu un journal : sous les ordres du vice-roi, chaque capitaine se vit confier la tâche de le copier à la main. Aussi le lieutenant sait-il que le territoire vers lequel ils mettent les voiles est montagneux, glacial, brumeux, sinistre, que les Indiens y semblent pacifiques et montrent un grand appétit pour la magnifique nacre des coquillages de Monterey. Qu'ils ont accueilli les navires espagnols en chantant et en jetant des plumes sur l'eau. Qu'ils chassent la loutre de mer pour sa peau. Qu'ils tissent les capes les plus extraordinaires, de lourdes capes frangées qui représentent des créatures mythiques monstrueuses, avec des yeux tissés partout, des capes qui par leur confection témoignent d'une culture très en avance par rapport à celle que les Espagnols ont trouvée chez les Indiens aux alentours de Monterey, des capes qui ont été dûment expédiées au vice-roi – et suite à cela, au roi.

Mais plus haut ? À 65 degrés ?

Nul Espagnol ne s'est jamais aventuré si haut.

Et la carte ne dit rien, ou plutôt, elle appelle, un chant fluet pareil à celui de la glace et de la neige, derrière lequel on perçoit un autre son à peine audible, le chuintement de l'ambition, la poussée pressante des Grandes Puissances, qui convergent sur cette côte nord-ouest.

Voilà les Britanniques capés de bleu marine, possesseurs de la colonie du Canada grâce à leur victoire dans la guerre de la conquête, douze ans plus tôt, qui poussent toujours plus à l'ouest, briguant – comme depuis l'époque de Drake et de Cavendish – l'ultime récompense : le passage du Nord-Ouest, le détroit qui reliera l'Atlantique au Pacifique et unira les deux côtés de la carte.

Voilà les Russes qui progressent vers l'est à travers les steppes de Sibérie sur l'ordre de leur ambitieuse tsarine : d'abord des trappeurs en quête de peaux, puis des navires remplis de scientifiques et d'astronomes, qui après avoir traversé la mer glaciale du Kamtchatka trouvent un continent vierge, occupé par les seuls indigènes. Ce sont les nouvelles de ces Russes, murmurées à l'oreille de l'ambassadeur d'Espagne à Saint-Pétersbourg, récits ensuite répétés au roi à Madrid, qui poussèrent la Couronne à se réveiller, à comprendre que pendant toutes ces années où ils avaient été obnubilés par les Indiens de Sonora, les Apaches et leurs attaques successives, il y avait eu à l'ouest d'autres menaces plus impérieuses envers sa souveraineté. Ce qui conduisit à son tour le roi à choisir quatre des meilleurs, des plus talentueux officiers de la flotte espagnole pour les envoyer à Cádiz afin qu'ils suivent une formation complémentaire auprès des plus grands cartographes et hydrographes de l'empire et qu'on leur fournisse les instruments les plus précis qui soient. Les Quatre : le Basque, le Péruvien, Miguel, lui-même.

Le lieutenant se dirige vers le coffret en acajou, l'ouvre, sort le sextant. C'est un véritable bijou, fabriqué – soit dit entre nous – par Jesse Ramsden de Fleet Street, acheté par un agent de la Couronne espagnole à Londres puis apporté incognito par bateau à Cádiz, où il fut confié au lieutenant par Tofiño lui-même lors du départ. Chacun des quatre capitaines s'en vit offrir un : la plus remarquable, la plus précise des technologies marines qui puisse exister, capable de mesurer un angle à 10 secondes près.

Sa solide structure en cuivre correspond à un sixième de cercle, 60 degrés (un degré se divise en 60 minutes, une minute en 60 secondes : restitution du premier enseignement du prêtre, la conversion du temps en distance et de la distance en temps). Suffisamment compact pour tenir dans la paume de la main droite, il est pourtant capable de cartographier les cieux, de saisir une ligne sur n'importe quel horizon, de trianguler avec n'importe quel corps céleste et, à l'aide du bon calcul de la longitude, d'indiquer votre position sur l'immense surface vierge de l'océan.

À condition de poser la bonne question, de résoudre la bonne équation, il sera toujours possible de trouver son chemin dans l'obscurité.

Cela il l'a compris depuis que le prêtre l'avait conduit sur la terrasse à Osuna pour lui montrer les cieux scintillants au-dessus de sa tête.

Osuna, en Andalousie, une petite ville au milieu d'une vaste plaine à cinquante kilomètres de la mer.

Son père était un noble qui vivait de ses terres. Le lieutenant n'a jamais connu sa mère, morte en couches : un blanc à l'endroit où aurait dû se trouver une femme.

Il avait passé son enfance seul, garçon solitaire dans de vastes pièces. Il ne comprenait pas si son père, distant et taciturne, était cruel, malheureux, ou les deux. Parfois, rarement, en tout cas pour une raison qui lui échappait, son père le frappait. Mais même quand il frappait il restait muet. Le garçon avait appris à pleurer en silence, puis à ne plus pleurer du tout.

Dans cette maison, le seul véritable bruit était celui des horloges : il y en avait une dans chaque pièce, remontée chaque jour par des serviteurs dont le travail était de se rendre invisibles. Toutefois il arrivait au garçon de se réveiller la nuit : il pensait avoir entendu des pleurs de femme. En provenance de la chambre où sa mère était morte. La chambre où il était né. Mais la porte demeurait fermée à clef.

Il y avait des gens payés pour le nourrir, le vêtir, l'instruire. Il avait un tuteur depuis l'âge de huit ans, un jésuite local qui venait à la maison. Son père ne s'intéressant guère à ses méthodes, le jeune prêtre était libre de lui enseigner ce qui lui tenait à cœur. Tout d'abord, il l'avait initié au français, *car en apprenant le français vous apprenez le monde*, et une fois suffisamment maîtrisée, cette langue était devenue celle de son instruction : grec et latin, botanique, mathématiques. La géométrie à partir des *Éléments* d'Euclide. C'était cette dernière discipline qui l'enthousiasmait le plus. Il se produisait une sensation particulière dans son corps quand la solution d'une équation apparaissait, une sensation de justesse, d'adéquation : une clef qui tourne sans heurt dans une serrure.

Le prêtre était aussi astronome amateur. Une nuit, alors que le garçon avait onze ans, il avait conduit son pupille dehors sur la terrasse, où il avait installé un télescope pointé sur la Voie lactée.

« Oh ! » s'était exclamé le garçon quand il avait regardé dans la lunette, car il n'avait jamais rien vu de plus beau. Les étoiles étaient comme des têtes d'épingle, de petits accrocs dans le tissu de la nuit, qui montraient par-delà un monde plus lumineux. « Est-ce là que se trouve ma mère ? Dans la lumière derrière l'obscurité ?

— Ta mère ? » Le prêtre semblait surpris. « Non. Ta mère est au paradis.

— N'est-ce pas le paradis ? Cette clarté derrière le noir ?

— Il n'y a pas de clarté derrière le noir. Juste encore plus d'obscurité. Chaque point lumineux, chaque étoile que tu vois, est un soleil. Certains d'une taille bien plus grande que le nôtre. Parfois, c'est ainsi que j'envisage la connaissance. Elle éclaire l'obscurité alentour. Nous sommes tous des étoiles : seule notre connaissance détermine la puissance de notre éclat. »

Le jeune prêtre lui parlait de Galilée, de Newton, d'un univers qui se meut comme une mécanique d'horloge. Il lui avait montré comment, en une heure, la Terre effectue une rotation de 15 degrés. Il parlait avec assurance, il n'y avait dans ses mots aucune tension, aucune querelle avec sa foi, et le garçon comprenait : là, dans ces calculs mêmes, se trouvait le visage du divin horloger qui présidait à son dessein infiniment complexe. Pour la première fois de sa vie le garçon voyait et était réconforté : il n'y avait pas de hasard, rien n'était laissé à la chance ; tout, le moindre élément fonctionnait selon sa loi naturelle propre. Désormais il ne se sentait plus seul, et le tic-tac des horloges de la maison n'était plus le décompte de sa solitude mais la véritable pulsation du cœur de Dieu.

Après cet épisode, le garçon avait rassemblé tout son courage pour demander un télescope à son père, et son père, à sa grande surprise, avait accepté. Peut-être était-il soulagé que son fils eût une occupation. Le prêtre lui avait montré comment pointer son instrument sur la face de Jupiter de façon à faire apparaître ses lunes, quatre disques flamboyants. Il lui avait appris à les surveiller : attendre, attendre, attendre, et au moment de leur apparition, il lui avait expliqué comment, sur la terrasse de son père en Andalousie, il pouvait noter le rythme de leurs émersions et occultations, concevoir un tableau puis, avec patience et dextérité, déterminer une position sur la carte.

Le garçon passait des heures dehors, de courtes nuits d'été parfumées à l'amande, à l'orange et au thym, de longues nuits d'hiver où sa respiration se cristallisait dans l'air. Parfois le prêtre l'accompagnait, mais le plus souvent il était seul. Le jeune garçon consignait tout avec un soin méticuleux dans des carnets, passait des heures à observer, à attendre l'arrivée de ces lunes, avec toujours ce même sentiment à leur apparition, sans surprise, comme il s'y attendait : elles étaient prévisibles, fiables – les visages de ces disques brillants étaient devenus ses amis.

Alors qu'il sortait de l'enfance, il s'imaginait que, à l'instar de son tuteur, il entrerait dans la prêtrise. Le séminaire était proche. Il suffirait de quitter cette maison malheureuse, de faire ses bagages et de parcourir à pied les trois kilomètres pour traverser la vallée. D'emporter son télescope avec lui. Là il passerait sa vie en compagnie de livres et d'instruments, et d'un arrangement avec la foi qui comprenait que la science et Dieu ne s'excluaient pas mutuellement, et qu'ils pouvaient, d'ailleurs, s'illuminer l'un l'autre.

Mais son père avait d'autres idées, et à l'âge de treize ans, le garçon avait été inscrit à l'Académie navale de Cádiz.

En guise d'adieu, le prêtre lui avait offert un livre : sa propre copie d'Euclide, traduite en français, magnifiquement reliée en chevreau, un cadeau d'une telle générosité que le garçon n'avait pu prononcer un mot.

Il avait espéré que son père l'accompagnerait à Cádiz, mais il était retenu à Grenade pour affaires, c'était donc un domestique de la maison qui l'avait escorté, le laissant avec sa malle sur les marches de l'Académie avant de retourner au domaine.

Le garçon avait détesté la ville au premier regard : l'infatigable vent de l'océan qui ne remédiait en rien à la puanteur fécale des rues compactes, les rats qui grouillaient par milliers, la sensation de promiscuité de toutes ces vies. L'Académie aussi, il la détestait, Académie où il devait partager un dortoir avec vingt autres garçons. Il ne s'expliquait pas le plaisir qu'ils semblaient prendre à leur exécrable proximité. En observant leurs interactions, à ces garçons, il comprenait que lui ne savait pas comment se comporter, ignorait les codes que partageaient ces jeunes hommes, leurs jeux, leur odeur prégnante, leur façon de parler, de se toucher comme si la violence pouvait exploser à tout moment, entraînant fausses et vraies bagarres. Les mutations imprévisibles de leur corps, et du sien, qui semblaient sur le point d'accomplir quelque pacte maléfique scellé à la naissance.

Ils étaient déjà tous là, les Quatre, camarades même alors.

Le Basque : descendant d'une ancienne famille du Nord. Séduisant. Arrogant. Injurieux dans son humour. Bourreau de nature. À quatorze ans il arborait déjà une barbe, se rêvant en nouveau Cortés.

Le Péruvien : calme, doux, déterminé. Ambitieux. Le Basque le raillait d'être né à Lima, d'être un créole.

Et puis Miguel : sombre et filiforme, Andalou comme le garçon, de la même noblesse que le Basque, mais il la portait avec plus d'aisance, la cape était moins lourde. Quelque chose chez Miguel, une sorte de maîtrise de soi, irritait le Basque, qui l'appelait le Maure, à cause de la couleur de sa peau.

« Qui sont les meilleurs navigateurs ? demandait le Basque. Les Basques ou les Galiciens ? Les Andalous ou les habitants des Baléares ? »

Les réponses, si elles ne variaient guère, étaient sujettes à d'infinis embellissements, et les Basques se retrouvaient toujours en haut de l'échelle : les Andalous, crasseux, ne valaient pas mieux que les Maures, quant aux Galiciens, ils n'étaient bons qu'à enculer les moutons qui arpentent les collines pluvieuses.

Le Basque se plaisait à raconter une blague galicienne :

On annonce à un Galicien que sa femme le trompe avec son meilleur ami.

Le Galicien tue le chien.

Le garçon gardait ses distances. Il avait cette intelligence. L'espace qu'il avait connu lui manquait, la vallée désertique, les nuits passées seul avec les étoiles. On ne l'avait pas autorisé à emporter son télescope, et il s'en languissait.

Ces lunes, ces disques brillants si fiables, lui manquaient.

Mais, inévitablement, un jour, l'attention du Basque s'était tournée vers lui.

« Toi. Qu'est-ce que tu lis ? Toujours le nez dans un livre. »

Il lui avait arraché des mains son Euclide, l'avait brandi à la lumière. Il mesurait une bonne demi-tête de plus que le garçon.

« Du français ? Sale traître. On va devoir t'appeler la Petite Française alors.

— Rends-moi ça. »

Mais le Basque avait lancé le livre en l'air, où ses pages s'étaient agitées comme des oiseaux apeurés avant de retomber au sol.

« Non ! »

Il avait bondi sur son livre, tandis que, le rire aux lèvres, le Basque éloignait le volume d'un coup de pied.

« Laisse-le tranquille, était intervenu Miguel.

— Qu'est-ce que ça peut te faire à toi ?

— T'occupe, rends-lui son livre et laisse-le tranquille. »

Le Basque avait haussé les épaules, s'était détourné. Miguel s'était avancé vers le livre, l'avait ramassé et tendu au garçon. Cela fait, il s'était de nouveau adressé au Basque.

« Au fait, avait-il glissé. La France est notre alliée maintenant. Tu ne savais pas ? »

Après ça, quand le garçon levait les yeux de sa lecture, c'était Miguel qui attirait son regard. Il se déplaçait différemment des autres, la foulée légère, sans paraître avoir besoin de pousser, de chahuter ni de crier. Il parlait d'une voix grave et paisible. Il avait souvent un carnet à dessin sur lui, et le garçon l'observait parfois, de loin, sourcils froncés sur sa feuille, le front lourd, la pente abrupte de la joue, la fossette agressive du menton, comme si quelqu'un était venu y appuyer le pouce alors qu'il était encore malléable.

Le samedi après-midi, où ils étaient libres de leur temps, la plupart des cadets restaient en grappe, erraient dans les rues, ou descendaient à la Lameda pour guigner les femmes dans les voitures tirées par des mules. Le garçon suivait : il avait beau trouver leur compagnie aussi oppressante que la ville, il ne savait pas comment s'échapper ni refuser. Seul Miguel ne se joignait pas à ces sorties. Il disparaissait et revenait des heures plus tard, à temps pour dîner, la peau un ton plus sombre, les cheveux plaqués, charriant une odeur d'eau salée.

« Tu étais passé où ? lui demandait le Basque, la lèvre dédaigneuse.

— Nager.

— L'eau est infecte. Elle est pleine de merde.

— Pas quand on plonge des rochers.

— On se forme pour être des marins, pas des nageurs, espèce d'imbécile. »

Mais Miguel se contentait de hausser les épaules, comme si l'eau sale, c'étaient les mots du Basque, et qu'elle lui glissait dessus.

L'Académie abritait une excellente bibliothèque, où le garçon passait le plus clair de son temps, en compagnie de la collection de cartes, dont beaucoup étaient très anciennes : la carte du monde de Juan de la Cosa, de 1500, couverte de dessins – ici les trois rois chevauchant vers Jérusalem, ici la reine de Saba, ici la côte du Nouveau Monde, vaste étendue verte. À chaque nouvelle carte, les littoraux devenaient plus distincts, les silhouettes naïves disparaissaient : grâce à des instruments de mesure de plus en plus précis, le monde était traduit, expurgé de tout récit, rationalisé.

Ce n'étaient pas les conquistadors qui le subjuguaient, pas Cortés, ni Pizzaro, ni Colomb, c'étaient les navigateurs de son propre siècle, ces hommes éclairés, scientifiques, rationalistes : Antonio de Ulloa, qui avait été formé à l'Académie puis, à l'âge de dix-neuf ans, avait rejoint la mission française géodésique et navigué autour du globe pendant huit ans ; Jorge Juan, son accompagnateur, dont les découvertes montrant que la Terre n'était pas sphérique mais, de fait, aplatie aux pôles, justifiaient les *Principia* de Newton ; et qui avaient tous deux en conséquence été élus Membres de la Société royale.

Les cadets suivaient des cours de mathématiques, de cosmographie, de trigonométrie, de cartographie. Lorsqu'il était contraint d'effectuer les calculs les plus élémentaires, le garçon terminait en l'espace de quelques minutes. Mais ensuite, en dernière année, ils avaient étudié avec Tofiño, le grand hydrographe, cours qui avaient lieu dans l'observatoire récemment terminé, bâti pour rivaliser avec ceux de Greenwich et de Paris, situé en hauteur au-dessus de la ville, dans une tour de guet médiévale. Les fenêtres offraient des perspectives sur tout l'horizon, et lorsqu'on pénétrait dans la galerie, on jouissait d'une vue panoramique du ciel. Le garçon préférait être là-haut : suspendu entre le ciel et l'eau, loin au-dessus des rues, la crasse de la ville absorbée par les tours blanches, les dômes dorés, le miroitement aveuglant du soleil sur la mer.

Malgré ses vingt-sept ans, Tofiño était déjà lieutenant, depuis ses vingt-trois ans. Courtisé pour son regard, il bénéficiait déjà de la réputation de meilleur cartographe de l'empire. Pour être capable de prendre des mesures en mer, leur expliquait-il, il faut d'abord apprendre à les faire sur terre.

Dans l'observatoire, on avait appris aux cadets à se servir d'un quadrant – un instrument en cuivre de deux mètres cinquante fixé au mur de pierre ; Tofiño leur enseignait la méthode lunaire : comment mesurer un angle entre une étoile donnée et la lune, dont la position exacte était indiquée sur les cartes du ciel ou les éphémérides, calculée pour un méridien donné, puis comment, en mesurant l'écart entre les tables, on pouvait déterminer la longitude.

Alors que les autres cadets peinaient à saisir les concepts de base, le garçon comprenait naturellement que ce qui primait c'était la précision, trouver des angles toujours plus petits. Les calculs de longitude pouvaient occuper son esprit des heures durant : au début, les nombres lui échappaient, s'enfuyaient au galop, un chaos, une tempête, et puis, tout à coup, ils se retrouvaient à sa portée, domptés, désormais dénués de mystère ; la voie était claire, il avait retrouvé le chemin de chez lui.

Aux côtés du prêtre, l'astronomie avait été affaire d'amateur, mais ici, avec Tofiño, à Cádiz, au bord de l'Atlantique, le garçon comprenait qu'il s'agissait de pouvoir. Chaque année, deux flottes quittaient le port chargées de biens européens à destination de la Nouvelle-Espagne : vin, huile et vinaigre, poivre, olives, raisins secs, amandes, aiguilles, ciseaux, acier, papier, étain, lins de Bretagne, de Belgique et de France. Les cadets regardaient depuis l'observatoire la flotte lever l'ancre, trente, quarante, cinquante navires flanqués de leur escorte militaire, dont les voiles dessinaient un motif sur l'horizon. Ensuite, deux fois par an, ils revenaient au port, et la ville entrait en ébullition : le tumulte des cloches, les drapeaux déployés en haut des tours de guet, la nuée de négociants sur le quai, cherchant désespérément à dénombrer leurs marchandises, des femmes partout, comme si la ville les avait enfantées tout à coup, parées de leurs jupes flamboyantes et de leurs bijoux, et partout dans l'animation des rues le sentiment que c'était la raison d'être de Cádiz.

Leurs leçons terminées, les cadets dévalaient jusqu'aux bateaux qu'ils regardaient décharger, caisse après caisse : argent et or, indigo, carmin, cacao, tabac, sucre, cuivre, porcelaine et soie de Chine. Le trésor de la moitié du monde débarquait à Cádiz, et ce grâce aux compétences mathématiques des marins qui avaient rapporté ces richesses au pays.

Mais le garçon ne restait jamais longtemps sur le quai. Quelque chose dans ces objets semblait trop dense, trop matériel, trop souillé de commerce. Ce n'était pas pour eux qu'il souhaitait naviguer.

Il s'éloignait de ses compagnons, retournait seul à l'Académie, sachant qu'elle serait déserte et qu'il pourrait y trouver un coin calme pour étudier tranquillement.

Une fois, rentrant des quais, par un après-midi d'été torride, alors que la flotte était au port, le garçon avait vu Miguel au détour d'une rue. Installés contre le mur ombragé d'un entrepôt, lui et un petit groupe se faisaient passer une gourde de vin en riant, jouant aux cartes avec un jeu en piteux état. Le garçon les dévisageait. Ils étaient quatre : Miguel, deux autres garçons, dont l'un était, chose extraordinaire, un nègre pieds nus, et une fille. Miguel était vêtu simplement, chemise et haut-de-chausses, rien dans sa tenue ne dénotait son rang. Lui aussi était nu-pieds.

Le garçon s'était rencogné sur le seuil d'une porte, pour sauver Miguel autant que lui-même, car personne n'aurait voulu être surpris ainsi : on leur avait martelé que partout où ils allaient en ville, ils représentaient l'Académie et donc le roi. Il regardait, le cœur battant. La fille était-elle son amoureuse ? Elle était assise à côté de lui, ses sandales éjectées, un mince mollet brun visible sous sa jupe. Ses longs cheveux étaient détachés, seul un foulard était noué négligemment sur sa tête. Tous ces corps formaient un tel enchevêtrement qu'il était difficile de déterminer à qui appartenait chaque membre : il y avait quelque chose d'infiniment troublant dans la façon dont ces jambes se touchaient, peau noire, peau brune, peau claire – sans aucune notion de bienséance ni de mesure.

Soudain, comme si on l'avait appelé, Miguel avait levé la tête.

Le cœur du garçon s'était arrêté tandis que Miguel se levait et traversait la rue vociférante pour le rejoindre.

« C'est toi, avait-il dit.

— Oui. Je suis désolé.

— Pourquoi es-tu désolé ?

— Je...

— Personne n'est avec toi ? »

Il avait secoué la tête.

« Dieu merci », avait souri Miguel, les dents tachées de vin. Puis : « Viens avec nous. »

Trois mots simples. Puis de nouveau ce contact, une main, légère et insouciante, sur son bras.

Viens avec nous.

Comme si c'était aussi facile, pour le garçon, de quitter cette embrasure de porte et de traverser le tintamarre et la chaleur afin d'aller s'asseoir à l'ombre, siroter et jouer.

« Tu ne portes pas l'uniforme », avait remarqué le garçon. Il parlait d'une voix crispée.

Miguel s'était regardé, l'air surpris : sa chemise, son pantalon coupé au-dessus de la cheville, ses pieds noircis.

« Non, avait-il confirmé dans un demi-sourire. C'est plus facile comme ça. »

Un appel de ses compagnons, Miguel s'était retourné, et le garçon avait aussitôt bondi hors de l'embrasure, le pas vif, la tête haute, comme si Miguel n'était qu'un vulgaire va-nu-pieds, loin, très loin en dessous de lui. Pourtant en marchant le garçon avait ressenti la raideur de ses propres habits dans la chaleur – la compression des boutons sur ses guêtres, la lourdeur de son manteau du dimanche, la sueur sous la calotte de son chapeau, le mouchoir noué autour de son cou –, et à travers la contrainte de l'uniforme, il avait pris conscience de sa docilité acquise : jamais il ne lui était venu à l'esprit qu'il pourrait enfreindre les règles.

Parvenu au coin de la rue il s'était arrêté, retourné, mais Miguel ne le regardait pas, il était de retour, déjà, avec ses amis, pris dans l'action suivante. Puis la suivante encore. Et le garçon avait songé que pour Miguel la vie serait ainsi, une succession d'actions d'éclat, chatoyantes, qui lui feraient signe. Alors que lui ne progresserait que lentement. Car comment avancer sans avoir d'abord fixé sa position ?

Après l'obtention de son diplôme, son premier poste avait été celui de *alférez de fragata*, cadet, sur un vaisseau d'escorte des flottes commerciales à destination des Caraïbes, puis sur des navires qui transféraient des prisonniers dans des geôles à l'autre bout du monde. Il avait navigué avec des brutes pour capitaines : la première fois qu'il avait franchi l'équateur, on lui avait bandé les yeux, ainsi qu'aux autres *novatos*, on lui avait tartiné le visage d'excréments, puis les autres marins l'avaient immergé trois fois dans l'océan et il avait cru mourir.

Mais il avait aussi navigué avec des capitaines compréhensifs, et découvert qu'il appréciait les journées à bord : les cloches, les tours de garde, la simplicité d'une vie ordonnée. La façon dont, une fois les lumières de la terre disparues, il fallait se débrouiller pour trouver son chemin sur cette vaste étendue d'eau vierge, comme si Dieu avait conçu l'océan telle une gigantesque énigme que les hommes devaient résoudre.

Il avait vu des batailles, des chirurgiens amputer des membres et cautériser des plaies avec du goudron. Il arrivait que les navires sur lesquels il servait transportent des esclaves, enchaînés à fond de cale, destinés aux plantations de sucre de La Havane et aux champs de coton de la Louisiane. Quand ces esclaves mouraient, on jetait leur corps par-dessus bord. Il y avait toujours des requins qui suivaient ces bateaux, à l'affût des cadavres, flairant le sang.

À travers ces épreuves, il avait appris à détourner le regard : qu'importaient la puanteur, la presse et l'horreur de la vie humaine, il pouvait toujours lever les yeux, les étoiles étaient toujours là, immuables, ordonnées. Il avait appris à lutter contre la variation de l'aiguille, à la corriger en fonction de la parallaxe. Il avait appris que, comme Tofiño le lui avait enseigné, n'importe quel calcul effectué à terre était beaucoup plus difficile sur l'eau où, même les jours les plus clairs, tout n'était que houle et roulis.

Il était monté en grade, s'était forgé une réputation d'efficacité, de compétence. Les hommes ne semblaient pas se formaliser de lui, ce qui n'était pas la même chose que l'apprécier, mais cela suffirait.

Il tenait, comme toujours, son journal. Ses calculs méticuleux. Il montait, montait régulièrement.

Et soudain, à l'âge de vingt-cinq ans, une aberration, un moment de faiblesse : une visite dans une maison close locale à Guayaquil sur l'ordre d'un capitaine des plus rustres. Le troisième homme à prendre son tour dans une chambre qui empestait le sperme et la sueur. Une jeune Indienne silencieuse au visage lunaire, qui avait fermé les yeux et tourné la tête sur le côté. Un accouplement qui avait duré trois minutes en tout et pour tout. Et ensuite, la douleur au moment d'uriner, une brûlure, suivie d'un gonflement et d'une fièvre qui ne l'avait pas lâché pendant des semaines. Son bateau et son capitaine avaient mis le cap sur l'Espagne sans lui.

Des prêtres mutiques qui sentaient l'ail et le chanvre s'étaient occupés de lui. Parfois sa mère était à ses côtés : il savait que c'était elle car sur sa poitrine étaient projetés le ciel nocturne, les étoiles et la Voie lactée. Parfois elle lui tenait la tête et apaisait ses pleurs. Parfois elle était couverte de sang et de viscères, les mains tendues pour qu'on la sauve. Parfois son père était là, à le regarder de haut en secouant la tête.

Une fois, il était chez son père et toutes les horloges s'étaient arrêtées. Il errait de pièce en pièce et le silence était plus épais et plus terrifiant que tout ce qu'il avait jamais connu. Il ouvrait la porte de la chambre de sa mère. Une silhouette gisait sur le lit. Il s'approchait, touchait l'épaule, la silhouette se retournait – mais ce n'était pas sa mère, c'était le jeune prêtre. Il était mort, et pourtant il lui disait dans un français éraillé que Dieu n'existait pas. *Il n'y a rien après* : il n'y avait rien d'autre après ce monde que le néant. Pas de lumière, rien.

Surtout, dans ses moments de lucidité, il comprenait qu'il allait mourir seul, à des milliers de kilomètres d'une maison qui n'avait jamais vraiment été la sienne. Qu'il n'avait personne au monde qui l'aimait. Personne qui l'ait jamais aimé.

Lentement, le poison dans son sang s'était retiré et il était retourné en Espagne à bord d'un navire marchand. Encore faible, il s'était rendu à Osuna, où il avait dormi dans sa chambre d'enfant. Il était allé voir le prêtre, pour apprendre finalement qu'il était mort, emporté par la peste l'été précédent. Peut-être était-ce vrai, avait-il songé, peut-être le prêtre était-il venu lui dire qu'il n'y avait rien après – rien que le néant. Parfois, quand il se réveillait la nuit, il n'arrivait plus à respirer, ses mains compressant sa poitrine. Une fois, il était entré dans la chambre où il était né, la chambre où sa mère était morte. Et dont le portrait était accroché au mur. Il avait sondé ses yeux en quête de quelque chose, un indice quant à sa solitude. L'avait-elle touché, lui avait-elle parlé, avant de mourir ?

Un matin, alors que le soleil sans pitié frappait les volets, son père était entré dans sa chambre.

« Quel âge as-tu ?

— Vingt-six ans.

— À vingt-six ans, j'avais un enfant et une épouse morte. Qu'est-ce que tu as, toi ? »

Il n'avait pas de réponse à cette question.

Il avait écrit à la marine. Expliqué qu'il était remis et prêt à servir de nouveau.

Son commandement suivant était arrivé : officier de l'armement au fort d'El Ferrol. La Galice était froide et humide, mais il était content d'être à terre. La terre était tellement plus commode pour prendre des mesures, elle ne vous échappait pas. Comme toujours, il envoyait ses calculs à Tofiño, et par un matin gris de fin d'automne, il avait reçu une réponse, une lettre qui le convoquait à Cádiz, sur ordre du roi, pour suivre une formation plus poussée.

C'est là qu'ils s'étaient retrouvés : le Basque, le Péruvien, Miguel, lui-même. Les Quatre. Cela faisait quatorze ans qu'ils ne s'étaient pas vus :

devenus des hommes, approchant la trentaine, ils n'étaient plus jeunes.

Le Basque, désormais lieutenant-colonel, ventripotent et colérique, avait gardé un profil de bourreau et de brute. Le Péruvien était aussi constant et déterminé qu'avant. Et puis Miguel : lieutenant-colonel lui aussi, on disait de lui que c'était le jeune marin le plus talentueux de l'Armada. Les contours familiers de son visage, le front lourd, la pente abrupte de la joue, la fossette agressive du menton. La même maîtrise de soi. Le même carnet à dessin toujours à portée de main.

« C'est toi, avait dit Miguel, ce premier jour.

— Oui », avait-il répondu.

C'est toi.

Viens avec nous.

« Tu as changé.

— Ah oui ? »

Comment ?

Ce soir-là, il s'était dévisagé dans la glace. *Tu as changé.*

Il voyait que c'était vrai, que le monde l'avait marqué. Il paraissait plus mince. Ses yeux étaient devenus plus méfiants, sa mine boudeuse. Ses épaules avaient une tenue différente. Il ressemblait, à tout le moins, d'une manière sidérante à son père.

Le Basque n'avait pas perdu de temps pour renouer connaissance.

« Bon, le pape a divisé le monde à Tordesillas en 1493, et on a eu toutes les femmes à l'ouest de 47 degrés. Au cours de ces dernières quatorze années on en a vu bien plus que la plupart des gens. Alors, on y va : où se trouvent les meilleurs coups de l'empire ? Je vais répondre en premier, d'accord ? » Il avait frappé dans les mains. « Les catins chinoises à Manille qui vous serrent la queue comme dans un étau. À qui le tour ?

— La fille que j'aime à Lima, avait répondu le Péruvien. Je l'épouserai à mon retour.

— Ahhhh, avait commenté le Basque. Quel ennui. Et toi ? avait-il dit en se tournant vers le lieutenant. Toujours eunuque ? »

Il avait songé à la fille au visage de lune. Le poison en elle, prêt à exploser en lui, dans son sang.

Il avait baissé les yeux sur le titre du livre qu'il tenait. C'était *Voyage en Californie* d'Abbot Chappe, son observation du passage de Vénus en 1769.

« Les Françaises, avait-il répondu. J'ai connu une femme à Paris qui m'en a appris plus que n'importe quelle autre.

— La France ne compte pas, espèce d'imbécile, avait rétorqué le Basque. La France c'est la France. Aux dernières nouvelles, elle ne fait pas partie de la Nouvelle-Espagne. Et toi ? » avait-il fini par dire en se tournant vers Miguel.

Ce dernier s'était contenté d'un haussement d'épaules.

« Je déteste payer. Je préfère la chasse.

— Vas-y alors. Qui était ta dernière proie ?

— Une comtesse. Hier soir. Je l'ai léchée alors qu'elle saignait. »

Le lieutenant avait observé le vacillement sur le visage du Basque. Son arrogance rabattue. Il était surpassé.

« Pour l'amour de Dieu, Manrique. Tu es un animal. Homme, femme, bête, tu t'en fiches. »

Lors de sa première leçon, Tofiño, ce grand homme, désormais directeur de l'Académie, les avait considérés tous les quatre, sans sourire.

« Vous avez tous fait du chemin. Autrement vous ne seriez pas là. Mais ce que vous avez accompli jusqu'ici n'est rien. Je m'en fiche. Le vice-roi s'en fiche. Le roi s'en fiche. Tout ce qui compte, c'est ce que vous pourriez accomplir. »

Il leur avait expliqué que la discipline de la navigation changeait, les progrès des Britanniques avec le chronomètre marin, l'interprétation des lectures du compas en fonction de la variation de l'azimut, mais plus que tout, c'était dans l'utilisation du sextant qu'ils devaient se former.

On ne leur avait rien dit de leur nouvelle affectation, pas encore, et c'était donc devenu un jeu entre eux. *Où nous envoient-ils donc ?*

Le lieutenant y participait, mais il savait – tous le savaient assurément – qu'il n'y avait qu'une seule affectation possible. Il était retourné à la bibliothèque, s'était de nouveau penché sur les cartes anciennes, et chez elles il entendait l'appel du destin : une seule mission méritait autant de soins, ce ne pouvait être que pour le Grand

Nord qu'ils se formaient, ce ne pouvait être que l'appel de la glace, car quelle autre partie était restée aussi vide sur la carte ?

Miguel et lui devaient se partager une chambre. Miguel avait des habitudes de chat : la nuit, il disparaissait et revenait très tard, quand le lieutenant dormait. Parfois il prenait son carnet à dessin, parfois non. Un soir, alors que Miguel était parti, le lieutenant avait vu qu'il avait laissé son carnet. Il s'en était emparé, s'était mis à le feuilleter : il était récent, voilà au moins qui était clair, soigneusement divisé, la première section dévolue à l'histoire naturelle, des croquis des gros pins parasols qui bordaient le littoral, des marais salants à marée basse, de la salicorne, de la spartine et de la lavande de mer, chaque plante rendue avec une attention minutieuse accordée aux détails. Le milieu du carnet était consacré aux portraits : une vieille femme en noir andalou, assise sur le seuil de sa porte, le menton dans la main, la peau marquée, mais quelque chose dans son regard interpellait. Un jeune pêcheur torse nu, courbé dans son canot, son haut-de-chausses roulé au-dessus du genou.

En contemplant ces portraits à la lueur de la bougie, ces visages dessinés à traits souples et lestes, il lui semblait que ces gens étaient vivants. Plus vivants qu'il ne s'était jamais senti l'être. Proches de quelque chose qu'il n'avait jamais touché. À la fin se trouvaient différentes esquisses : des femmes dans leur nudité – beaucoup de femmes différentes, beaucoup d'esquisses de la même femme, ici vue de derrière, les longs aplats de son dos, les cheveux en cascade derrière l'épaule. Ici allongée sur le dos – la lourde chute de ses seins.

Une comtesse, hier soir. Je l'ai léchée alors qu'elle saignait.

Il était clair que l'intimité avait eu lieu, ou était sur le point de. Mais il y avait de la tendresse dans ce portrait. Il le contemplait, subjugué, sentait que s'il lui arrivait un jour d'être regardé de la façon dont cette femme dévisageait l'observateur, alors une écharde pourrait être arrachée de son corps. Quelque chose d'essentiel. Quelque chose qui avait faim de lumière.

Incapable de dormir, il était resté à travailler jusqu'au retour de Miguel, bien des heures plus tard.

« Sur quoi travailles-tu aussi tard ? » avait demandé Miguel en retirant son chapeau et sa cape.

Il sentait la ville, la nuit, un étrange et complexe mélange de senteurs, tout aussi excitant que dérangeant.

« Il est tôt », avait répliqué le lieutenant.

L'aube était grise derrière la fenêtre.

« C'est vrai. »

Miguel s'était penché par-dessus son épaule, scrutant le papier couvert d'encre sur le bureau.

« Quel est le calcul ? »

Le lieutenant considérait la longue chaîne de nombres devant lui. Quelques minutes avant, il avait été parmi eux, mais à présent ils semblaient insensés. Il n'arrivait pas à retrouver son chemin parmi eux.

« J'essaie de calculer notre longitude, grâce à la distance de la lune par rapport à Venus.

— Tu la connais, notre longitude. »

Miguel s'était écarté et, assis sur le rebord de son lit, commençait à délacer ses bottes.

« Nous sommes à Cádiz.

— Bien sûr », avait répliqué le lieutenant avec un picotement d'irritation. « Mais je m'exerce.

— Et quelle est la réponse ?

— Je ne sais pas… je n'ai pas encore corrigé en fonction de la parallaxe et de la réfraction.

— Toutes ces mesures. Tous ces calculs, avait murmuré Miguel.

— Eh bien ? »

Il s'était tourné vers Miguel, décontracté, en manches de chemise et haut-de-chausses.

« Ma foi, Colomb n'en a pas eu besoin, si ?

— Colomb vivait il y a trois cents ans.

— Je sais, mais parfois je me dis…

— Quoi ?

— Que l'on aurait beau mesurer le corps d'une femme, cela ne nous dirait toujours pas ce qu'elle ressent quand on est en elle. »

Le lieutenant avait senti son visage chauffer.

« Cette analogie n'a pas grande valeur.

— Pourquoi ?

— Parce que, comme tu le sais fort bien, nous sommes formés pour naviguer. Pas pour ressentir. »

Ils hissèrent les voiles en juin. Juste avant leur départ, ils furent rejoints par un cinquième navigateur – un jeune pilote galicien, cueilli sur les bancs de l'Académie pour son talent et sa jeunesse. On leur expliqua leur mission : voyager jusqu'à Vera Cruz comme passagers sur une frégate, puis par voie de terre jusqu'à Mexico. Le vice-roi leur donnerait des détails supplémentaires à leur arrivée dans la ville. Chaque capitaine se vit attribuer un bonus de cinq cents pesos avant d'embarquer, soi-disant pour les frais de voyage.

« Doux Jésus, s'exclama le Basque. Ça fait un beau cheptel de catins. »

À partir de Vera Cruz s'ensuivirent deux mois de voyage pénible sur des sentiers improbables jusqu'à Mexico, où ils furent les invités du vice-roi, et où, lors de leur dernier après-midi, ils furent conviés dans ses salons privés. Debout en arc de cercle, ils l'écoutèrent s'adresser à eux. Leur expliquer qu'ils partiraient le lendemain pour la côte ouest, où trois navires, le *Santiago*, le *San Carlos* et le *Sonora* les attendaient. De là, ils mettraient cap au nord-ouest.

Il insista lourdement sur l'urgence avec laquelle ils devaient se préparer au voyage : le départ devait avoir lieu pas plus tard qu'en février, en mars à l'extrême limite.

Puis les commandements furent répartis : le Basque, commandant et capitaine de la frégate *Santiago*. Miguel, capitaine du *San Carlos*. Et à lui revenait le capitanat de la goélette *Sonora* qui accompagnerait le *Santiago*.

Ce soir-là, le vice-roi donna un festin : jambon ibérique, vin des vignes de Málaga, bougies qui attiraient près de leur flamme des mites de la taille d'oisillons. Le lieutenant était assis à la gauche d'un riche propriétaire de mine et de son épouse, Miguel à leur droite. Les époux étaient vêtus comme s'ils avaient décidé de porter tous leurs plus précieux atours en même temps, le mari paré d'un gilet carmin brodé d'or et de gaze argentée, la femme, la coiffure agrémentée de pierres précieuses, les poignets cerclés de perles, des diamants sur le plastron de sa robe. Deux menues mouches en soie en forme de soleil et de lune ornaient sa tempe.

« Vous devez avoir des fourmis dans les jambes, non ? » s'enquit le propriétaire de mine pendant les entrées.

L'homme souriait, parlait à voix basse.

« Vous avez dû prêter le serment du secret, n'est-ce pas ? Ne vous en formalisez pas avec moi. Je connais parfaitement la raison de votre présence ici. C'est moi qui ai prêté au vice-roi l'argent pour les bateaux. »

Il désigna ce dernier, en pleine conversation avec le Basque.

« Il ne vous en dira rien, mais sa dette envers moi se monte à un million de pesos. Je suis arrivé ici, poursuivit le propriétaire de mine, simple benjamin des Asturies, et maintenant », hochement de tête vers le bout de la table, « il va me faire comte. »

La viande et le vin alourdissaient son haleine.

« Rapportez-moi quelque chose, hein ?

— Quel genre de chose aimeriez-vous, sire ? » demanda le lieutenant.

L'homme découpa son bœuf, chargea sa fourchette, se lécha les lèvres.

« Quelque chose pour ma femme. »

Il posa sa main épaisse sur le poignet de celle-ci.

« J'ai entendu dire que les Russes chassaient la loutre de mer. Qu'à Saint-Pétersbourg, on en porte les peaux. Qu'elles valent une fortune en Chine. J'aimerais en avoir une. »

Miguel se pencha en avant.

« Ne fait-il pas un peu chaud, sire, ici à Mexico, pour porter de la fourrure ? »

L'homme fronça les sourcils : il n'avait clairement pas l'habitude d'être contredit.

« L'hiver nous partons en montagne, pour échapper à la ville. Elle pourra la porter à ce moment-là. »

Miguel leva les yeux, le lieutenant croisa son regard. Il percevait le mince fil tendu de la désapprobation de son ami. Puis :

« Bien sûr », susurra Miguel avec un sourire, en levant son verre.

Ils partirent le lendemain matin, deux semaines pour parcourir encore cent lieues à dos de mule et de cheval, et ensuite l'effroyable, l'inoubliable désenchantement à leur arrivée : une ville de bois et de chaume en cours de construction, lovée sous un escarpement de lave, suffoquant sous une chaleur fétide, entourée d'un enchevêtrement étouffant de palétuviers, de crocodiles et Dieu sait quoi d'autre encore sur des centaines de kilomètres vers le nord. Trois bateaux construits à la va-vite, tous à divers stades de délabrement.

« Mordieu ! s'exclama le Basque ce premier jour quand ils descendirent à cheval sur le quai. C'est le trou du cul de l'empire. »

Et il avait raison.

Mais qu'importaient les horreurs qu'avait engendrées cet endroit, bientôt il n'y aurait plus que l'océan devant eux.

Le lieutenant soupèse le sextant, place la réglette sur le zéro, porte la lunette à son œil, une main en visière au-dessus, la positionne pour mettre le soleil au centre de la visée, retire la vis d'assemblage puis, lentement, fait descendre le globe flamboyant jusqu'à ce que sa partie inférieure effleure le rocher.

Et voilà le temps (le mouvement du soleil) posé en travers de l'intemporalité (l'insensible rocher).

Là.

C'est une illusion – le soleil à l'horizon capturé dans du verre coloré, mais c'est une illusion des plus réussies : pas un mythe, pas une lanterne magique autour d'un feu de camp, pas des offrandes jetées à l'eau. Une illusion qui encourage le progrès, qui promeut la vérité.

Tu comprends, Miguel ?

Nous devons naviguer en suivant nos calculs, pas notre instinct.

C'est mon rituel à moi. Mon maquillage de sang.

Ce sont ces instruments de mesure, d'exactitude, qui nous empêcheront de nous fracasser contre des rochers ou de nous ensabler dans des hauts-fonds invisibles, qui nous conduiront à la gloire puis, malgré les obstacles, nous aideront à rentrer chez nous.

Il repose délicatement le sextant dans son étui. Il est l'heure.

Il entend les rires graves des hommes au-dessus. Bien. On leur a donné une bonne quantité de brandy. Des bruits de pas, puis un coup discret à la porte, et le visage du Péruvien dans l'embrasure.

« Capitaine ?

— Oui ?

— Les hommes sont rassemblés sur le pont. Ils sont prêts pour l'angélus.

— Un moment je vous prie. »

Il s'empare de sa bible, sort, et monte sur le pont, où les hommes sont réunis. Le Péruvien, le Galicien, le cuisinier, dix hommes : quatre matelots et six ouvrier agricoles. C'est maintenant, il le sait, que ce fatras d'hommes devient un équipage.

Il ouvre la bible, tourne les pages aux bords humides, et trouve le passage qu'il a repéré plus tôt dans la journée. À présent que le soleil entame sa descente, la brise se renforce, et les réponses de même en lui.

Il est doué pour les départs, car il n'a jamais véritablement rien eu à quitter. Il a hâte de partir.

Il se racle la gorge.

« Prions ensemble. »

Les hommes baissent la tête.

« Ils lui dirent : “Consulte donc Dieu afin que nous sachions si le voyage que nous entreprenons réussira.” Le prêtre leur dit : “Allez en paix ! Le voyage que vous entreprenez est sous le regard du Seigneur !” »

Sa voix se fait plus forte à mesure qu'il lit, à mesure qu'il sent le verbe pénétrer les hommes, leur peau touchée par le soleil couchant. Le rocher blanc derrière eux, le visage de Notre Seigneur empourpré, couleur vin.

Soudain le silence est transpercé : un grand déchirement. Un tir de canon.

Les hommes se jettent sur le pont : cris, confusion, fumée.

C'est le Galicien qui bouge en premier, vite il rampe vers le bord du bateau et se hisse sur le bastingage pour voir.

« Ce n'est pas un tir ennemi, hurle-t-il. C'est le *San Carlos*, sire. Il a hissé le drapeau rouge. »

Le lieutenant se précipite vers le bastingage, sort sa lunette, voit des hommes grouiller sur le pont du *San Carlos*. Voit Cañizares, le second de Miguel, monter dans le canot, parcourir à la rame le petit bras de mer entre les deux bateaux.

Il le hèle dès qu'il arrive à portée de voix.

« Grand Dieu, qu'y a-t-il, mon ami ? Que s'est-il passé ?

— C'est Manrique, sire, crie-t-il. Il est devenu complètement fou. Il délire.

— *Quoi ?*

— Il s'est enfermé dans sa cabine. Il est armé, sire.

— Avec quoi ?

— Quatre pistolets. Il dit qu'il va tous nous tuer. »

LE ROCHER BLANC

C'est l'ouest.

Longtemps il n'y a eu ici que de l'eau, de l'eau
qui bouillonnait, claquait et ne parlait
qu'à elle-même :
Parfois l'eau était un aigle, avec les cornes
d'un cerf.
Parfois un gigantesque serpent à deux têtes.
Parfois une grande oreille, écoutant
l'ancestrale obscurité saumâtre.

Et puis, un jour, un rocher est apparu,
cime blanche au-dessus des vagues :
le premier objet solide du monde.
L'eau se mouvait contre lui : gifler, piquer,
sucer, tirer.
Et ce mouvement, cette friction,
faisait de la vapeur, devenait nuages,
tombait en pluie, donnait la vie.

C'est le lieu où pour la première fois,
l'informe s'est épris de la forme.
Et donc, et donc, et ainsi et alors,
voilà comment le monde est né.

LE LIEUTENANT

1775

Le lieutenant descend l'échelle de corde et se laisse tomber dans l'embarcation, où l'attend Cañizares. Il s'assied, le jeune pilote lève les rames et commence à souquer.

Il y a des cris en provenance du *Sonora* derrière lui, d'autres bruits en provenance du *Santiago*, mouillé non loin de là. Un étrange silence les enveloppe, pareil au comportement du son dans le sillage d'un tir de canon, déformé, quand on a les oreilles matraquées par un bruit si puissant que tout est minuscule et lointain, mêlé à un tintement aigu, dedans ou dehors, il ne saurait dire.

La nuit tombe. La brise se renforce en provenance du nord-est : la brise qui doit les emporter. S'il cligne des yeux, cela pourrait disparaître – il pourrait être de retour sur le pont, terminer sa prière, donner l'ordre de lever l'ancre. Cap à l'ouest.

« Racontez-moi donc, vite : que s'est-il passé ? demande-t-il au pilote d'une voix qui lui paraît aussi étrange.

— Le capitaine Manrique s'est montré… perturbé. Ces trois nuits au mouillage. Il a passé le plus clair de son temps dans sa cabine. La porte close. Les hommes l'ont entendu parler là-dedans.

— À qui ?

— Personne, sire.

— Je vois. Et aujourd'hui ? Je l'ai vu un peu plus tôt, avec ma lunette. Il a nagé jusqu'au rocher. Il semblait aller plutôt bien.

— Oui. Nous avons fait notre ronde ensemble après ça. Tout était en ordre, tout était prêt pour le départ. Il m'a dit qu'il devait se retirer, il est allé dans sa cabine. Peu après il y a eu des cris. Je suis entré, et… il pointait un revolver sur moi.

— A-t-il parlé ?

— Oui.

— Qu'a-t-il dit ?

— Il a dit : *Il y en a un pour chacun de vous.* Et ensuite il a tiré.

— Grand Dieu. Avez-vous été blessé ?

— Non. Il a tiré en l'air. Il y avait des hommes derrière moi. Ils ont déboulé dans la cabine, s'en est suivie une lutte, puis ils ont réussi à le maîtriser. À l'attacher.

— Y a-t-il eu des blessés ?

— Le capitaine Manrique, peut-être.

— Gravement ?

— Je ne sais pas. Ensuite, une fois ligoté, il s'est mis à parler, à divaguer.

— Que disait-il ?

— Qu'il fallait que j'aille vous chercher.

— Moi ?

— Oui, sire. Qu'il devait vous parler. À vous seul. »

Le lieutenant remue, le canot tangue.

« Que s'est-il passé ensuite ?

— J'ai posté cinq hommes à la porte. Donné l'ordre de tirer le canon, et je suis venu. »

Le pilote le regarde.

« Je sais que vous êtes son ami, sire. Je me suis dit que vous réussiriez peut-être à le faire revenir à lui. »

Le lieutenant pose la main sur son pistolet, conscient du battement sourd et rapide de son cœur. De la main gauche, il s'agrippe au bois du bateau. Ils approchent du *Santiago* à présent. Le lieutenant entend le tumulte sur le pont : des hommes qui crient, la voix du Basque qui lance des ordres. Le pilote les rapproche à portée de voix et le Basque apparaît au-dessus d'eux. Il descend dans l'embarcation.

« Expliquez-moi, dit-il.

— Le capitaine Manrique divague, répond Cañizares. Il avait quatre pistolets chargés. Il m'a tiré dessus.

— Qui le surveille ?

— Une garde de cinq.

— Tous armés ?

— Oui, sire.

— Mon Dieu. Et vous ? » Le Basque agite le doigt vers le lieutenant. « Pourquoi n'êtes-vous pas avec vos hommes ?

— Manrique a demandé à lui parler, répond Cañizares. J'ai pensé…

— Pensé quoi ? Que vous accéderiez aux demandes d'un fou ?

— Laissez-moi un moment avec lui, sire, intervient le lieutenant. Je crois être le mieux placé pour le ramener à la raison.

— À la raison ? aboie le Basque. Diantre, il mérite une balle dans le crâne.

— Pas tant que nous n'aurons pas établi la cause de cette perturbation…

— La cause de cette perturbation ? Il a essayé de tirer sur son pilote : de toute évidence, il a perdu la tête.

— Laissez-moi juste un moment avec lui. Je n'ai pas plus envie de différer que vous. »

Le Basque regarde entre les deux hommes, les traits tirés à la lumière de la torche.

« D'accord, concède-t-il. Je veux des soldats à la porte. Et ensuite vous me l'amenez ici. *Sous garde armée.* Pendant ce temps-là nous préparerons la *junta.*

— Oui, sire. »

Le Basque sort de l'embarcation et le pilote commence à ramer en direction du *San Carlos.* À leur approche, l'odeur aigre de la poudre empeste l'air. Le pilote se met à trembler – un tremblement qui commence par ses mains et progresse dans tout son corps, jusqu'à ce que les rames se mettent à trembler à leur tour.

« Qu'y a-t-il, mon ami ?

— Il y avait déjà des histoires. Au sujet du

bateau. Les hommes étaient déjà nerveux. Ce sera difficile de les amadouer.

— Rien qu'un pistolet ne pourra résoudre.

— Oui, sire.

— Et ressaisissez-vous. Un peu de cran. Ce sont vos ordres que les hommes suivront désormais. »

Ils grimpent l'échelle pour arriver sur un pont grouillant d'hommes. Tous silencieux, ils regardent. Les suivent des yeux tandis qu'ils traversent le pont pour se rendre à la cale.

Sous le pont, l'air, oppressant, pue la merde et le soufre.

La porte de la cabine est verrouillée. Gardée par cinq hommes. Le lieutenant brandit son arme, le pilote ouvre.

Au début, il est difficile d'y voir : il n'y a qu'une bougie, presque consumée, qui projette de longues ombres sinueuses à travers la pièce. Et puis il y a Miguel, attaché au niveau de la poitrine et des chevilles à une chaise. Il semble avoir une plaie au front. Sa chemise est déchirée, son visage tuméfié – un œil enflé et violacé – et il y a la tache sombre du sang sur le tissu blanc de sa chemise. Sur la table devant lui se trouvent quatre pistolets.

Le lieutenant respire l'odeur du papier brûlé, le suif gras des bougies dans l'espace exigu de la pièce. Et soudain, surgissant de l'obscurité, il voit quelque chose d'extraordinaire, quelque chose d'inattendu, des dessins : beaucoup de dessins, qui tapissent les murs. Au début ils ne donnent qu'une impression de désordre, de confusion, puis il les scrute, stupéfait, en voyant que tous n'ont qu'un seul sujet : le rocher blanc. Voilà le rocher vu du *San Carlos* – Miguel a réussi à lui donner l'air d'un monstre, mais un monstre en souffrance : des yeux sombres creusés sur un visage défait. Ensuite l'angle qui montre le visage du Seigneur, mais ce visage, loin d'être serein, est hachuré, confus, obscur. Ici un autre angle, puis un autre, et encore un autre : vingt, trente croquis du rocher.

Il comprend alors, avec un sentiment d'inéluctabilité qui n'a aucun sens, qu'ici, dans cette pièce, se trouve une chose qu'il essaie de fuir depuis longtemps.

Il compose son visage, se tourne vers Cañizares.

« Laissez-nous, lui intime-t-il. Et écartez vos hommes de la porte.

— Mais sire, le Basque a dit… »

Il attend. Compte. Puis s'exprime le plus calmement possible.

« J'ai entendu ce que le Basque a dit, mais le capitaine Manrique est attaché. Trente minutes, ensuite nous l'emmènerons sur le *Santiago* pour la *junta*. Comme prévu.

— Oui, sire. »

Cañizares salue.

Le lieutenant entend les ordres murmurés. Le bruit des pas des hommes qui s'éloignent. Puis ils se retrouvent seuls.

Il se dirige vers un meuble bas où sont posés un broc d'eau ainsi que plusieurs timbales en étain. Il se sert un plein gobelet, boit vite le liquide tiède, puis en remplit un pour Miguel.

Il retourne à la table, porte l'eau à la bouche de Miguel. Celui-ci le regarde.

« Si tu me détaches les mains, dit-il, je pourrai boire cette eau moi-même. »

Il hésite, Miguel parle dans le silence.

« Je suis attaché à la poitrine et aux pieds. Je n'irai nulle part avant qu'ils m'emmènent. Et une fois qu'ils m'emmèneront, il y a peu de chance qu'on me détache avant très longtemps. S'il te plaît, libère-moi les mains pour que je puisse lever mon verre. »

Le lieutenant contourne lentement la chaise. Les mains de Miguel sont ligotées si serré que la corde a entaillé la peau. Il défait le nœud et pendant un long moment, les bras de Miguel restent ballants, comme disloqués. Le lieutenant recule de plusieurs pas et attend. Même si Miguel essayait de porter un coup, il ne pourrait pas l'atteindre depuis sa chaise.

Il observe Miguel qui ramène ses bras, lentement, lentement. Tend la main vers le verre, l'approche. Le soulève. Boit.

Le lieutenant regarde les pistolets. Compte à nouveau, pour vérifier.

« Lequel m'était destiné ?

— Je n'ai pas choisi.

— Choisis maintenant. »

Miguel repose la timbale sur la table.

Un regard, puis il détourne les yeux sur les armes.

« Celui-là », dit-il avec un mouvement de tête en direction d'un petit pistolet, le plus près du lieutenant.

Le lieutenant s'en empare et le met dans sa paume. Une crosse faite de nacre. Il inspecte le barillet – toutes les chambres sont chargées. Il le pointe sur Miguel. La distance de cinq pieds le sépare de la table.

« Pour qui était le quatrième ?

— Comment ça ?

— Le Basque, le Péruvien, moi. Pour qui était le quatrième, toi, ou le jeune Galicien ?

— Le Galicien.

— Tu avais l'intention de survivre à ça ?

— En effet.

— Et qu'avais-tu prévu une fois que tu nous aurais tous assassinés ?

— La mutinerie des équipages, répond Miguel d'une voix posée. Ça n'aurait pas été difficile. Ils sont là sous la contrainte. Tout le monde sait que leur allégeance tient à un fil. Mettre le feu aux bateaux et à tout leur chargement. Rejoindre le rivage à la rame. Brûler l'*astillero*. La scierie. Tout.

— Et après ?

— Proclamer au monde la folie de cette entreprise. Notre péché à tous. »

— La *folie de cette entreprise* ? N'as-tu pas pensé que c'était toi, qu'ils prendraient pour un fou ?

— Peut-être. Désormais il n'importe qu'à moi que je dise ma vérité. »

Le lieutenant baisse l'arme, la repose sur la table entre eux.

« Écoute-moi. » Il parle vite. « Ils sont en train de préparer la *junta.*

— Oui.

— Tu vas être déshonoré.

— Oui.

— Démis de ton poste.

— Sans aucun doute.

— Exécuté.

— Peut-être.

— Il est encore temps. Si nous sortions de cette pièce ensemble, si tu leur disais que c'était un spasme, rien de plus : la chaleur, les insectes, l'épreuve de ces dernières semaines. Alors peut-être… serais-tu libre de naviguer. Ils ont besoin de toi. *Nous avons besoin de toi.*

— De quelle part de moi avez-vous besoin ?

— Mon Dieu. Nous avons besoin de toi pour commander ce navire. Pour gagner la baie de San Francisco. Pour la cartographier. La tracer. En prendre possession au nom de la Couronne. Pour *accomplir ton devoir.*

— Mon devoir envers qui ?

— Ton roi. Ton pays.

— Mon devoir est envers ma conscience.

— Et que te dit ta conscience ?

— Elle me dit que nous sommes des pécheurs. »

À ces mots, Miguel ouvre les mains, et le lieutenant se le rappelle, sur le rocher blanc, un peu plus tôt aujourd'hui : sa façon de se tenir, bras tendus, comme en supplique.

« Il y a des voix ici. Elles me parlent. Elle me parlent depuis qu'on est au mouillage. Peut-être déjà avant. Peut-être depuis longtemps. Seulement je ne les entendais pas clairement alors.

— Et que disent-elles, ces *voix* ?

— Elles me disent que c'est nous la malédiction. »

Le lieutenant secoue la tête.

« Tu divagues. Tu n'es pas toi-même. Tu iras mieux une fois qu'on naviguera. Une fois que la brise balayera le pont.

— Non, murmure Miguel. Je ne naviguerai pas. Je ne naviguerai plus jamais.

— C'est de la folie.

— C'est la seule raison que je connaisse. Voudrais-tu faire quelque chose pour moi ?

— Quoi ?

— Apporte-moi mon carnet à dessin. »

Miguel désigne l'endroit où il se trouve, ouvert sur sa couchette.

« S'il te plaît. »

Le lieutenant hésite, puis y va, l'apporte sur la table.

« Mets-le à la lumière afin que tu puisses voir. »

Le lieutenant l'ouvre à la lueur de la bougie : il ne reste que peu de pages, la plupart ont déjà été arrachées, mais le carnet s'ouvre sur une *pietà* païenne, une mère indienne berçant son fils.

« Tu les reconnais ? »

Le lieutenant regarde fixement, se rappelle le bercement : comme ça, si tendre. À quel point cela l'avait rendu furieux, bizarrement. Cette femme avec ce garçon brisé dans ses bras.

Il lève les yeux vers son ami.

« S'il te plaît, dit Miguel. Ne mens pas.

— Que veux-tu de moi ?

— Je veux t'entendre me raconter cette journée. *Elles* veulent t'entendre leur raconter cette journée. »

Le lieutenant repousse le carnet à dessin.

« Écoute-moi, siffle-t-il. Ils vont bientôt venir te chercher – on te sortira de cette cabine pour te conduire sur le *Santiago* à une *junta* qui se prépare au moment même où nous parlons.

— Dans ce cas, faisons bon usage du peu de temps qu'il nous reste. S'il te plaît. »

Miguel désigne d'un geste le siège face à lui.

« Ne veux-tu pas t'asseoir ? »

Le lieutenant jure dans sa barbe, tire sur le mouchoir noué autour de son cou, le desserre, approche la chaise et s'y assied.

« Merci, dit Miguel, le regard posé. Maintenant, je t'en prie, raconte-moi, depuis le début, depuis la scierie.

— Tu es sérieux ? s'esclaffe-t-il.

— Parfaitement. »

Le lieutenant pose les mains sur le bois de la table devant lui, inspire, expire. Il a le sentiment déconcertant que c'est lui qui est sur le point d'être jugé, pas Miguel.

« J'ai découvert que le mât du *Sonora* était pourri, commence-t-il. Mangé par les vers. Alors je suis allé à la scierie. Ils n'avaient pas de pin pour le réparer. Ils avaient du cèdre, des hectares de cèdre, des planches et des planches de cèdre, mais pas de pin. J'étais… frustré. Le temps était compté.

— Le temps était compté, répète doucement Miguel. Oui, continue.

— Le chef de l'*astillero* m'a dit qu'il attendait du pin. Qu'il y avait un endroit, en amont du fleuve, au niveau de l'éperon rocheux, où on pouvait trouver la pinède. Un groupe d'Indiens y avait été envoyé pour abattre des arbres. Voilà une semaine qu'on ne les avait pas revus. Il m'a dit qu'il enverrait des hommes les chercher.

— Et ensuite ?

— J'ai dit que je ne faisais confiance à personne et que j'irais moi-même chercher ce bois là-bas. Tu étais là. »

Il regarde Miguel.

« D'ailleurs, tu as dit que tu m'accompagnerais. Tu as dit que ça te ferait du bien de t'échapper. Une journée d'excursion. Tu as dit que tu avais travaillé quarante jours d'affilée. Que pour un jour, ton équipage se débrouillerait sans toi.

— En effet. Ensuite ?

— Nous sommes partis seuls, le lendemain. Nous avons chevauché jusqu'à l'extrémité de la baie, puis nous nous sommes enfoncés dans les terres.

— Tu te presses.

— Quoi ?

— Ne te presses pas. Raconte-moi. Comment c'était. »

Le lieutenant ferme un instant les yeux.

« Je me rappelle la végétation étouffante de la jungle. La lenteur de notre progression. Après avoir attaché nos chevaux, nous avons grimpé dans une embarcation pour remonter le bras de mer.

— Tu te rappelles les oiseaux ? Tu dois t'en souvenir.

— Je m'en souviens. Il y en avait des centaines, des milliers.

— Et quelle impression ça faisait ?

— Je ne comprends pas.

— Quelle *impression* ? De remonter ce fleuve ?

— Je... »

Il revoit les formes tordues des palétuviers noueux. La présence de Miguel, près de lui dans le canot, cette façon qu'ils avaient d'être seuls, mais observés de partout : par les oiseaux et depuis les berges vaseuses, au bas desquelles se laissaient glisser des crocodiles et d'autres créatures innommables.

« Une impression... obscène. »

Miguel hoche la tête.

« Continue.

— Nous avons ramé longtemps, puis nous sommes arrivés à la naissance du fleuve. Là il y avait un lagon. Une source. Les Indiens étaient là. Il y avait un trou d'eau, ils nageaient.

— Combien ? Tu te rappelles combien ils étaient ?

— Ils étaient... deux hommes, deux garçons, et plusieurs femmes avec des enfants.

— Tu te rappelles le rire des enfants ? Comme il se répercutait tout autour du trou d'eau ? »

Il hoche la tête.

« Que s'est-il passé alors ?

— Tu m'as dit qu'on devrait les rejoindre et j'ai refusé.

— J'ai plongé, nagé, et je t'ai entendu crier. Tu te rappelles ?

— Bien sûr.

— *Pourquoi ?* Pourquoi as-tu crié ainsi ?

— Parce qu'ils ne travaillaient pas ! Nous les avions pris la main dans le sac. »

Miguel hoche la tête.

« Et ensuite ?

— Ensuite, ils sont sortis de l'eau. Tu es sorti de l'eau. »

Il se rappelle leurs corps : tous, sur la berge. Et celui de Miguel aussi : tous dans leur quasi nudité.

« Je leur ai dit de se couvrir. Je leur ai dit qu'ils seraient tous fouettés. Qu'ils étaient payés par la Couronne. Qu'ils étaient les sujets du roi.

— Ensuite ?

— Ensuite… un garçon s'est avancé. Il avait onze ou douze ans. Il a dit que c'était à lui d'être fouetté. Que c'était son idée de nager.

— Et ensuite ?

— Ensuite je l'ai fouetté.

— Oui, dit Miguel. Oui, tu l'as fouetté. Je me rappelle son sang. Pas toi ? Cette vision. Sa façon de jaillir en arcs. D'asperger les feuilles des arbres. L'écarlate sur le vert.

— En général, il y a du sang, non, quand un homme est fouetté ? Ne me dis pas que tu n'avais encore jamais vu de flagellation ? Ne me dis pas que tu n'avais jamais eu à le faire toi-même ? »

Miguel se fend d'un petit sourire.

« Certes. Mais je me rappelle avoir remarqué ton extrême précision. Comme tu prenais ton temps. Comme tu semblais soudain le posséder, ce temps qui t'avait tellement manqué. Avec quelle lenteur, de fait, la flagellation semblait se dérouler.

Je me rappelle comme tu es devenu laid. Plus tu le frappais, plus tu enlaidissais. Mais tu ne t'arrêtais pas.

Et je me rappelle avoir pensé que, un instant auparavant, le corps de ce garçon était employé différemment. Le corps de ce garçon nageait. Un instant auparavant, il avait été libre.

— Il fallait qu'ils comprennent l'urgence de la situation. Il fallait faire un exemple.

— Je me rappelle le cri d'une femme. Sa mère. La façon dont elle est allée vers lui. Dont elle l'a bercé. Son désespoir. »

Les deux hommes se taisent, puis :

« Tu crois que tu l'as tué ? demande Miguel.

— Je sais que nous devions terminer les bateaux. Que nous devions trouver ce pin. Qu'ils étaient les serviteurs de la Couronne. Ils perdaient du temps. »

Miguel le dévisage.

« Puis-je te dire ce que moi j'ai pensé ?

demande-t-il doucement. Quand je le ai regardés ? quand j'ai nagé avec eux ?

— Vas-y.

— J'ai pensé que jamais je ne m'étais trouvé dans un tel endroit où le temps n'avait pas prise. Et tu sais ce que j'ai vu ? quand tu as fouetté ce garçon ?

— Quoi ?

— J'ai vu qu'il s'agissait là du Jardin. Qu'il s'agissait là des enfants de Dieu. Et nous, nous étions là à les chasser. À apporter le péché. C'est *nous* les déchus. Pas eux.

— Tu as perdu la tête.

— Si c'est le cas, alors je me suis trouvé. Dis-moi. Réponds à cette question. Si tu as tué ce garçon. Pour quoi est-il mort ?

— Il fallait, répète le lieutenant, qu'il comprenne l'urgence de la situation.

— Je vais te dire pour quoi il est mort. Il est mort pour le Temps. Maintenant tu dois prendre le temps de ce garçon. Sans le gaspiller. C'est ce qu'on me dit de te dire. C'est ce qu'elles me disent. Ces voix. » Il agite les mains. « Elles disent qu'il nous faut apprendre à vivre.

— Et comment suggères-tu que nous le fassions ?

— Je te vois. À l'intérieur de la cage que l'on t'a donnée. La cage que tu t'es forgée. Les cages que nous avons tous forgées. Tu peux encore t'échapper. Tu peux être libre. »

On dirait un prestidigitateur, là dans sa cabine, les yeux dans la flamme de la bougie. Sa voix

– ce ruisseau clair et grave, si sûr, étrangement, de son cours.

« Comment ?

— La *junta* va me reconnaître coupable. Ils n'auront pas d'autre choix. Ils vont me renvoyer à terre pour affronter mon destin.

— Oui.

— Quand la *junta* aura prononcé son verdict, propose d'être celui qui m'emmènera sur le rivage.

— Et ensuite ?

— Demandons pardon.

— À qui ?

— Au rocher. Au rocher blanc. C'est ce que j'ai fait, ces derniers jours.

— Tu parles comme s'il était vivant.

— Je suis convaincu qu'il l'est. Aussi vivant que toi et moi. »

Le lieutenant éclate de rire, secoue la tête.

« Et ensuite ?

— Demandons à être pardonnés. Vivons.

— Vivre *comment* ? Et de quoi ?

— Vivons comme nous étions censés le faire. Ouvrons nos cages et devenons autre chose. Sans uniforme. Libres sur la terre.

— Nous serons pendus pour désertion.

Seulement s'ils nous trouvent. »

Il parle d'une voix douce, réconfortante, fraîche.

Des pas approchent – on frappe à la porte. Le lieutenant lève la main pour faire taire Miguel au moment où le pilote entre, salue.

« Le drapeau a été hissé sur le *Santiago*. La *junta* est prête. Ils nous veulent sur le pont.

— Fort bien. Nous en avons terminé ici. Je vais attendre le canot sur le pont. »

Le lieutenant passe la porte sans se retourner, avance dans l'air épais et fétide, puis monte. Le vent s'est levé pendant qu'il était dans la cale, tiède, venu de la terre, *nord-nord-est*.

Soudain, il se sent exténué. Il aimerait se reposer – s'allonger et dormir, mais il les entend remonter Miguel. Quand celui-ci apparaît, il est ligoté, la corde lui enserre le corps, il a une cagoule noire sur la tête. Le lieutenant descend dans la chaloupe, aux côtés du pilote, et les deux hommes lèvent les bras pour réceptionner le corps à l'horizontale. Miguel est brûlant, la chemise trempée de sueur, silencieux sous sa cagoule.

Le pilote s'empare des rames et se met à souquer. Le lieutenant sent son regard peser sur lui. Il prend un air impassible, se demande si l'homme a écouté à la porte. Ont-ils été entendus ?

« Sera-t-il fusillé ? demande le pilote, comme si Miguel, encagoulé, ne pouvait plus entendre.

— Je ne sais pas.

— Si c'est le cas, qui tirera ?

— Je ne sais pas. »

Faites que ce ne soit pas le Basque.

Ils approchent du *Santiago*, où des torches ont été allumées tout autour du pont, et l'eau semble brûler d'une lumière orange.

Il y a des cris, des négociations, une corde est lancée, passée sous les liens de Miguel, puis les hommes à bord se mettent à le treuiller. Une fois son corps à hauteur de sabords ils s'arrêtent, il y a de l'agitation sur le pont, on bataille avec le cabestan, et Miguel reste là à pendouiller six mètres au-dessus de la mer. Puis on perd le contrôle du treuil qui fait une brusque embardée : le corps de Miguel se balance au-dessus de leurs têtes, puis percute la coque du bateau. Les hommes reprennent le contrôle du cabestan, des mains se tendent pour hisser Miguel sur le pont.

Une fois le corps de Miguel évacué, le lieutenant grimpe à l'échelle. Il considère les autres hommes comme dans un rêve. Le Basque – le visage luisant de sueur à la lumière des torches.

« Le Majorquin reste ici avec les matelots. Nous, nous descendons sur le pont inférieur, dans les quartiers du chirurgien. »

Ils suivent le corps de Miguel par l'écoutille – jusqu'au pont Orlop, où on l'installe dans un fauteuil avant de lui retirer sa cagoule. Son visage est une bouillie ensanglantée. Et voilà que le lieutenant la ressent de nouveau, cette sensation qu'il a eue en voyant ces dessins du rocher : les contours d'un effroyable désordre. Une dissolution. Un chaos d'où soudain tout peut surgir.

Il cille. Se racle la gorge.

« Il a subi d'autres blessures, ce me semble, explique-t-il au chirurgien, quand il a été hissé sur le bateau.

— Examinez-le », intime le Basque.

Le chirurgien palpe les côtes de Miguel.

« Elles sont cassées. Au moins cinq. »

Le Basque hoche la tête.

« Capitaine Manrique. Il ressort de tous les rapports que vous avez perdu la raison. Avant de commencer la *junta*, voyons d'abord si nous pouvons vous la faire retrouver. »

Il se tourne vers le chirurgien.

« Saignez-le. »

Le chirurgien choisit un petit couteau à deux lames dans son cabinet. Il s'approche du haut du bras de Miguel, où il pratique plusieurs incisions. Il recueille le sang dans un bol. En tire une pinte, qu'il pose sur la table. Longtemps, personne ne parle. Étrange pouvoir qu'a le sang. Hors du corps, il semble encore palpiter. Puis le chirurgien panse le bras et recule. L'aumônier récite une prière à voix basse.

« Qui fera office de greffier ? demande le Basque.

— Moi », répond le chirurgien.

Il s'assied. Écrit le nom des présents. Demande l'heure, la consigne : huit heures passées de quarante-cinq minutes. Le Basque se tourne vers Cañizares.

« Voulez-vous bien raconter les événements de cette nuit pour les archives ?

— Oui, sire. La maladie du capitaine Manrique est devenue évidente dès qu'on a mouillé l'ancre. C'est-à-dire il y a trois jours.

— De quelle manière ?

— Il s'est enfermé à clef dans sa cabine. Il semblait parler, mais il n'y avait personne avec lui.

— Et qu'avez-vous fait ? Pourquoi n'en ai-je pas été informé ?

— Chaque fois que le capitaine Manrique sortait de sa cabine, il semblait sain d'esprit. Il était capable de donner ses ordres, de commander le bateau. Et puis cet après-midi, alors que l'équipage était sur le *Santiago* pour recevoir ses gages, il m'a dit qu'il ne voulait pas être dérangé.

— Et ensuite ?

— Je fus alerté que quelque chose allait de travers quand l'un de nos marins est venu me trouver. La porte était barricadée. Manrique hurlait.

— Que hurlait-il ?

— Qu'il était temps. Que le moment était venu. Je suis aussitôt descendu à la cabine. J'ai ouvert la porte et il m'a tiré dessus.

— Pensez-vous qu'il voulait vous tuer ?

— Je le pense, sire. Il y avait trois autres pistolets chargés à l'intérieur. Il a clairement énoncé qu'il y en avait un pour chacun de nous.

— Je vois.

— Nous l'avons maîtrisé, désarmé, puis attaché à la chaise. Nous avons lancé le signal de détresse. C'est à ce moment-là qu'il a demandé à voir le lieutenant. »

Le Basque se tourne vers lui.

« Vous êtes resté avec lui trente minutes.

— Oui.

— Qui se trouvait avec vous ?

— Nous étions seuls.

— Et de quoi avez-vous parlé ? »

Le lieutenant ouvre les mains.

« J'ai essayé de le persuader de revenir à la raison.

— Et s'est-il montré réceptif ?

Non, sire. »

Le Basque s'adresse au greffier :

« Attendez. Arrêtez d'écrire, dit-il avant de s'avancer. Capitaine Manrique, nous savons que vous êtes un homme sensé. Un homme raisonnable. Nous savons que vous êtes l'un des meilleurs marins de la flotte. Nous savons que cet endroit est connu pour ses insectes et ses maladies dégradantes. Nous tous avons été victimes de ses assauts à un moment ou à un autre. Nous sommes parfaitement enclins à croire que vous avez souffert d'une démence passagère. Nous vous accordons le *bénéfice du doute.* Que dites-vous de cela ? »

Le lieutenant ferme les yeux. Il voit ce bateau, mouillé au large de ce rocher blanc, enveloppé de nuit, l'océan autour, les milliers de lieues de jungle et de rivage, tout le monde obscur qui attend, observe, pour voir ce qui se passe.

« Je dis... », répond Miguel.

Il est difficile de l'entendre : ses mots sont déformés par sa mâchoire brisée.

« Parlez plus fort, mon ami. Le greffier doit entendre.

— Nous sommes les agents de la Chute.

Nous devons nous repentir. Faire des offrandes. Retourner chez nous.

— Mon Dieu », murmure le Basque.

Il se dirige vers le greffier et s'empare de la feuille.

« Assez. Nous avons assez perdu de temps avec ces inepties. »

Il porte la feuille à la flamme, le papier s'embrase aussitôt.

« Lieutenant Manrique, je vous déchois donc ici et maintenant de votre commandement. Le commandement du *San Carlos* vous reviendra, lance-t-il au lieutenant. Celui du *Sonora* reviendra au Péruvien. Le Galicien servira de second sur ce navire. »

La flamme vacille, le papier est presque consumé. D'un geste, le Basque demande de l'eau, jette les restes calcinés dans une tasse.

« Pas un mot sur cette histoire. Ni à l'oral, ni à l'écrit. Personne n'en entendra jamais parler. Le lieutenant Manrique est fou. Point final. »

Les hommes échangent un regard. *Oui*, acquiescent-ils. *C'est le seul moyen.*

« Quelqu'un doit emmener Manrique à terre, dit le Basque.

— Je m'en chargerai, répond le lieutenant.

— Vous ? »

Les hommes le regardent. Il sent leurs yeux. La promiscuité dans cette pièce. L'air pestilentiel. Son cœur bat à tout rompre, mais il prend un air impavide, le regard impénétrable, dépourvu d'intention.

« Il faudra déplacer mes instruments et mes

bagages à bord du *San Carlos*, dit-il. Je ne puis naviguer sans eux, et je n'utiliserai pas ceux d'un autre. »

Le Basque hoche la tête.

« Emmenez-le dans la geôle. Dites-leur de le garder là. Et d'écrire au vice-roi. C'est lui qui décidera s'il vit ou s'il meurt. Pendant votre absence, le Péruvien s'occupera du transfert de vos biens à bord du *San Carlos*.

Nous en avons terminé, ajoute-t-il à l'adresse du chirurgien. Remettez-lui la cagoule. Veillez à ce qu'il soit attaché, et demandez aux hommes de le descendre dans la chaloupe. »

Il s'apprête à quitter la pièce puis se ravise, retourne vers Miguel, prend son pistolet et le lui plante dans les côtes, Miguel laisse échapper un hurlement bestial de douleur.

« Tu as toujours été un sale Maure. »

Le Basque s'en va, le Péruvien derrière lui. Le lieutenant remonte à leur suite sur le pont. Il dicte au Péruvien ses instructions quant à ses instruments puis, une fois que ce dernier est retourné au *Sonora*, se trouve un coin sombre, se penche par-dessus le bastingage et vomit. Il reste là longtemps. Il les entend qui remontent Miguel. Le redescendent dans la chaloupe. Il sent en lui l'aiguille tournoyer en vain. Au-dessus de sa tête, le ciel est une anarchie d'étoiles.

Le Basque le hèle, il se redresse, s'essuie la bouche avec son mouchoir, et sort de l'obscurité pour rejoindre les autres.

« Tout va bien, lieutenant ?

— Bien.
— Vous serez à la hauteur ?
— Évidemment.
— Inutile que quelqu'un vous accompagne ?
— Inutile.
— Parfait. Vous avez toujours été tellement… alliés. Je sais. »

À la poupe, le drapeau ondule dans la brise.

« Hâtez-vous, dit le Basque. Nous avons encore le temps de prendre le vent. »

Le lieutenant descend l'échelle de corde. Miguel est avachi au fond du canot, la cagoule de nouveau serrée sur la tête, les mains attachées dans le dos.

Le lieutenant s'empare des rames et se met à souquer.

Voilà longtemps qu'il n'avait pas ramé. Étrange, la rugosité des rames dans ses paumes, la sensation de ses bras qui les tirent dans l'eau, du petit canot qui répond.

Plonger, tirer, pousser, plonger, tirer, pousser.

La sueur perle sur sa peau.

Silence. Plus vite maintenant : ne reste que son souffle dans l'effort, le bruit des rames dans leurs tolets.

Il essaie de ne pas trop faire tanguer l'esquif. Miguel gît affalé dans le fond de la barque, la tête sur le plat-bord. Il doit souffrir atrocement, le lieutenant le sait, vu l'étendue de ses blessures, mais il ne parle pas, ne laisse échapper de temps à autre, quand la barque heurte une vague, qu'un gémissement de douleur étouffé.

Le lieutenant rame jusqu'à ce que le rocher blanc surgisse à côté de lui, gris anthracite au clair de lune.

Lorsqu'ils se retrouvent côté nord, invisibles des bateaux, il cesse de ramer. Rentre les pelles dans la chaloupe.

Il se penche en avant pour retirer la cagoule de la tête de Miguel, voit la charpie ensanglantée de son visage, sa mâchoire.

« Nous sommes arrivés, dit-il. C'est ton rocher. »

Le bateau danse sur l'eau. La lune, qui commence tout juste à décroître, frôle le sommet des montagnes. Il n'y a presque pas d'air. Le lieutenant sent l'odeur de la terre de l'île : la chaleur et les broussailles et, plus près, l'odeur salée de pisse du rocher. Quelque chose de femelle, d'ancestral, d'infiniment dérangeant. Des animaux se déplacent au ras de l'eau : des crabes, suppose-t-il, toute la partie inférieure du rocher s'anime de leurs mouvements cliquetants. Encore plus près, la sueur de Miguel. Son sang.

« J'ai fait ce que tu m'as demandé. Que veux-tu maintenant ? »

L'autre ne bouge pas, son corps brisé recroquevillé.

« Demande pardon. »

Miguel s'exprime difficilement.

« Puis choisis.

— Choisir comment ? Choisir quoi ?

— Choisis différemment. Rame jusqu'à l'île. Vise l'intérieur des terres. Il n'y a aucune colonie pendant plusieurs lieues.

— Nous serons pendus pour désertion.

— Seulement s'ils nous trouvent. »

Le lieutenant regarde son ami étendu, voit les expressions qui le traversent fugitivement : douleur, espoir – et soudain, l'appréhension de la défaite.

« Tu es blessé. Tu ne peux pas marcher. Encore moins courir. »

À ces mots, un sentiment le submerge, un sentiment qu'il n'aurait jamais pensé ressentir pour Miguel : de la pitié.

« L'histoire est en marche de toute façon, dit le lieutenant. Si ce n'est pas nous, ce sera les Russes. Si ce ne sont pas les Russes, alors les Britanniques. Nous sommes dans une course, ne saisis-tu pas ? Chaque jour. Chaque heure. Chaque minute. Nous ne pouvons pas les laisser arriver là-bas en premier.

— Je sais où aboutit cette course. Elle aboutit à la ruine. »

Le lieutenant secoue la tête.

« Tu te trompes. Elle aboutit à la gloire. »

Au moment même où il prononce ces mots, il en comprend la vérité.

« Il n'y a pas de choix, ajoute-t-il alors qu'il s'apprête à remettre la cagoule sur la tête de Miguel. Il n'y en a jamais eu. »

Il renoue la cagoule et, cela fait, soulève les rames, tire le bateau, sent la force revenir dans ses bras, dans ses mains.

Il contourne la pointe et le quai apparaît. Il y a des lumières là-bas, des torches. Des soldats, qui attendent sur le rivage avec des lanternes et des pistolets. Il ne les aurait pas pensés aussi nombreux. À son approche, ils le hèlent. Ils sont armés, tous, de mousquets et de piques. À croire qu'ils s'attendaient à une armée en maraude. Pas à un homme blessé, inoffensif.

Pendant les derniers mètres, ils gardent le silence, Miguel et lui, les rames coupant la lumière des torches, reflétée sur l'eau comme du sang orange.

Miguel ne se débat pas. Il ne lutte pas lorsqu'on le tire de la chaloupe. En partant, il parle, mais il est difficile d'entendre ce qu'il dit à cause de sa mâchoire en morceaux, sous la cagoule. Quelque chose à propos de pardon. Qu'il est pardonné.

Le lieutenant délivre au commandant les ordres du Basque et, sa mission accomplie, remonte dans la chaloupe.

Il rame et pendant un moment, il sent ses amarres larguées, puis, parvenu à la hauteur de la pointe qu'il contourne, il voit les bateaux, qui attendent. Son cœur bondit devant la scène qui s'offre à lui : le rocher blanc, éclipsé par la magnificence de ces navires et tout leur chargement, ces navires qui sont prêts, les voiles déployées, et il ressent cet élan – *oui*, ils hisseront les voiles ce soir, cap à l'ouest dans la nuit.

Il lève les yeux vers la grande horloge des cieux. Il reste encore du temps.

Beaucoup de temps avant l'aube.

LA FILLE

1907

Le bateau a tourné, achevé son arc de cercle, et ils avancent à petit régime sur un étroit ruban d'eau. Ils sont proches de la terre, à présent, très proches : les prisonniers se pressent contre le bastingage, les yeux rivés sur les bâtiments qui parsèment le rivage, les embarcations en bois amarrées à des poteaux. Il y a de grands arbres, parmi lesquels des groupes d'enfants jaillissent ou se faufilent comme de petits bancs de poissons, hélant, pointant du doigt, riant, regardant le passage du bateau.

Le père protecteur s'affaire, occupé par sa propre famille désormais, rassemblant leur paquetage ; de temps à autre il jette un œil vers elles, vérifie, hoche la tête, content qu'elles soient là, heureux de les avoir aidées. La fille sait que c'était gentil de sa part, mais elle sait aussi que cette gentillesse les a peut-être tuées : elle ne voit plus le rocher blanc, ni les montagnes, ni le vaste océan. Elle sait que leur chance est passée.

Elle regarde sa sœur, mais Maria-Luisa a les

paupières hermétiquement fermées. Les poings serrés.

Les voilà qui ralentissent, il y a des soldats, visibles sur le quai, encore des *Rurales*, qui attendent l'arrivée du bateau, et en les voyant, vêtus du même uniforme gris que les hommes dans le village et sur la montagne, le ventre de la fille se contracte. L'un des soldats du bateau saute sur la terre ferme et tend une corde épaisse et grasse à un autre, qui l'attache sur un gros anneau métallique. Le bateau force, tire, meugle, crache de la fumée par sa cheminée, mais la corde se tend, et d'autres sont lancées à mesure que le bateau est pris, capturé, attaché et, comme s'il comprenait qu'il devait se soumettre, il pousse un dernier gémissement angoissé, frémit et s'immobilise. Le drapeau au-dessus de la tête de la fille oscille puis finit par pendre lourdement contre sa hampe.

Une planche est mise en place, les soldats la dévalent pour rejoindre le quai en criant avec de grands gestes à l'adresse des hommes à terre. Bientôt, le pistolet pointé, ils hurlent aux gens à l'avant du bateau de descendre.

Les premiers prisonniers commencent à marcher, leurs pas sont saccadés et maladroits car cela fait des jours qu'ils n'ont pas utilisé leurs jambes. La fille regarde – les femmes la tête chargée de lourds ballots, les enfants qui tiennent la main de leur mère.

Mais il se passe une chose étrange lorsqu'ils atteignent le haut de la planche : ils hésitent, dirait-on, pris d'une réticence soudaine. La fille sait ce qu'ils ressentent : le bateau avait beau être affreux, l'odeur, la chaleur, la peur avaient beau être atroces, il y restait encore quelque chose de la maison – c'est là qu'ils avaient mangé leurs derniers *tamales*, là qu'ils avaient bu les dernières gouttes de l'eau qu'ils avaient puisée dans leurs sources et dans leurs puits, or quand ils descendront, ils mettront pied sur une terre inconnue. Ils ne sauront pas où ils sont. Mais les soldats les aiguillonnent avec la lame au bout de leurs fusils pour les faire avancer, alors ils avancent, lentement, les jambes raides, et quand ils atteignent enfin le rivage, ils restent là à regarder autour d'eux, encore hébétés, sans trop savoir quoi faire ni où aller, avant que les soldats les rassemblent au sein d'un enclos, un endroit où il est impossible de s'abriter du soleil. Ils sont nombreux à quitter ainsi le bateau, jusqu'à ce que, enfin, ce soit au tour de ceux qui sont assis là, à l'arrière.

« Viens. » Le père protecteur se penche vers Maria-Luisa. « Je vais te porter. Grimpe sur mon dos. »

Maria-Luisa ne réagit pas, alors, comme si elle ne pesait presque rien, il la soulève sur son dos, puis prend son fils cadet sur son torse. Sa femme porte leur bébé en écharpe sur la poitrine. L'aîné des garçons marche à côté.

La fille suit. Elle et Maria-Luisa n'ont pas d'affaires, alors elle aide en prenant un des balluchons de la famille tandis que la mère en pose un autre, plus grand, en équilibre sur sa tête.

Chaque pas du père protecteur est douloureux pour sa sœur, elle le sait : la rougeur s'est étendue, elle progresse vers le genou.

Une fois dans l'enclos, le père se penche, pose Maria-Luisa à terre, où elle s'affaisse avec un long sifflement grave de douleur.

L'enclos est constitué d'une corde lourde et épaisse, de celles qu'on utilise pour le bétail dans les marchés à Hermosillo. On fait s'asseoir les prisonniers en rangs. La fille se trouve entre l'homme-urubu et Maria-Luisa, qui ont tous les deux les yeux fermés. Le sol procure une sensation étrange, comme s'il bougeait encore sous elle, comme si son ventre roulait encore sur les vagues.

Une fois les derniers passagers descendus, les soldats se mettent à les compter.

L'un d'eux semble être le responsable : son uniforme est plus élégant que celui des autres, le galon doré sur le côté de son pantalon plus brillant au soleil. Il arpente les rangs, infatigablement, dans ses bottes cirées, les nombres sortent de sa bouche avec un bruit de crécelle. Quand il passe, la fille voit qu'il a les yeux gris, gris comme son habit, gris comme ceux d'un serpent à sonnette. Elle regarde droit devant elle et prend un visage impassible.

Ils sont face à l'ouest. Elle le sait car ils ont le soleil dans le dos et que leurs ombres se rejoignent au sol devant eux, l'air de murmurer entre elles pour s'entretenir de la marche à suivre.

Devant eux se trouve la grosse masse métallique du bateau, derrière lui l'étroit ruban d'eau puis, de l'autre côté, une petite colline caillouteuse survolée par des buses qui s'élèvent par à-coups. Elle sait que derrière cette colline se trouve le rocher blanc.

Auraient-elles survécu ? si elles avaient sauté ?

L'eau proche d'eux, contenue dans un étroit chenal, est verdâtre, infecte. Des embarcations en bois désossées gisent à l'envers, pareilles à des carcasses de créatures déchiquetées et blanchies au soleil. Non loin de là un pêcheur répare son filet. Il ne prête aucune attention aux gens qui sont si proches, prisonniers au soleil.

Soudain, un appel à l'intérieur de l'enclos.

« De l'eau, dit la voix, en espagnol. *Agua. Agua.* Il nous faut de l'eau. Les enfants ont besoin d'eau. Vous voulez tous nous tuer ? »

D'autres voix la rejoignent alors : *agua agua agua.*

Mais nulle eau ne vient.

La seule eau qu'il y ait forme de petites flaques brunes au sol.

Une étrange immobilité s'empare de tout : ils pourraient aussi bien rester là pour toujours. Dans le dos de la fille, la sueur dégouline et lui trempe les reins.

Elle a conscience de sa soif comme d'une bête gigantesque et terrible, une bête qui, si elle se tournait vers elle, risquerait de la dévorer. Elle est tapie là, juste à la limite de son champ de vision, avec sa faim, avec sa peur.

Elle regarde Maria-Luisa mais sa sœur s'est retirée. Elle est dans un endroit très profond à l'intérieur où il n'y a pas de douleur, rien. Rien du tout.

Des bruits – l'aboiement d'un chien non loin de là. Les soldats qui bavardent en riant. La femme de Hermosillo, qui récite la litanie des prénoms de ses enfants. Le souffle de Maria-Luisa. Rapide à présent. Très rapide.

Les deux garçons chuchotent entre eux. Elle regarde l'aîné se pencher vers le cadet : il dessine avec son doigt dans la poussière.

« *Chuu'u* », rit le jeune garçon au visage guilleret en pointant le dessin du doigt. « Chien ».

L'aîné sourit, hoche la tête, efface, en trace un autre.

Kuchu – poisson.

Maaso – cerf.

Elle est contente d'être près de cette famille. Ça donne encore l'impression d'avoir de la chance. Ces garçons qui, même ici, trouvent le moyen de jouer. Seulement elle sait que cela ne durera pas toute la marche. Le père portera peut-être Maria-Luisa un moment, mais pas pendant trente kilomètres. Il aura ses propres enfants à qui penser, et quand ses deux garçons seront fatigués de marcher, il lui faudra les porter. Il n'y aura plus de place sur le dos du père.

Elle regarde l'homme-urubu : impassible, il continue à chiquer son tabac.

Elle se rappelle ce qu'il a dit sur le bateau :

Dans cette ville du rocher blanc, les Mexicains vont

venir. Ils vont regarder les enfants. Ils en emporteront peut-être certains.

Dans différentes familles. Pour devenir mexicains. Quand nos enfants deviennent mexicains, ils chassent le Yoeme en se reproduisant.

Elle sent son cœur qui bat plus vite, et elle comprend : c'est la seule façon. Ce sont de bonnes travailleuses, elles savent cuisiner, nettoyer, piler du maïs, prendre soin des jeunes enfants ; elles feront tout ça et elles le feront bien, et ensuite, quand le pied de Maria-Luisa ira mieux et que tous ces *Rurales* auront disparu – par-delà les montagnes avec leurs prisonniers, tout là-bas au Yucatán –, ensuite elles s'échapperont. Ensuite elles retrouveront le chemin pour rentrer chez leur grand-mère.

Elle observe Maria-Luisa, assise, les yeux clos, son châle sur la tête, et elle voit que sa sœur est crasseuse, la jupe toujours tachée par le sang de Carlos qui forme une croûte brune. Et la plaie atroce de son pied. Personne ne les prendra si on voit ces choses en premier.

La fille se penche, plonge la pointe de son châle dans l'eau brune du trou le plus proche et s'essuie le visage, ses bras incrustés de poussière et de sel.

Puis elle replonge son châle et lave les traînées blanches sur la bouche de sa sœur ; essuie délicatement le sang sur ses joues brûlantes. Maria-Luisa cille, mais se laisse faire.

C'est alors que, sans raison apparente, les soldats pointent leurs pistolets et leur crient qu'ils vont bouger. Les gens commencent à se lever, remettent leurs balluchons sur leur tête. Le père protecteur se penche pour soulever Maria-Luisa.

« Ça va, petite sœur ? demande-t-il à la fille. Ce ne sera plus très long maintenant. »

Ce qu'il entend par là a beau ne pas être très clair, il est clair qu'il le dit pour la réconforter.

Ils marchent une courte distance avant de bifurquer dans une rue large, et ils se retrouvent en ville : il y a des maisons en brique, des magasins, et il y a des gens, qui entrent et sortent de ces magasins.

À quoi s'attendait-elle ? Elle n'en sait rien. Mais pas à ça : pas à cette ville ordinaire.

Un groupe d'enfants sur le chemin de l'école s'arrête pour les regarder. Le doigt pointé, ils rient. Certains crient. Un caillou atterrit dans la poussière près des pieds de la fille.

La colonne fait halte devant un bâtiment avec de grosses arches en pierre à l'entrée. Les soldats crient aux prisonniers de ne pas bouger. À l'avant, les gens sont emmenés dans le bâtiment, à l'arrière ils restent debout dans le soleil cuisant.

Au bout d'un moment, les gens commencent à se rasseoir, à se serrer les uns contre les autres pour créer le peu d'ombre qu'ils peuvent. Le père protecteur se penche, repose Maria-Luisa. Elle ouvre les yeux, ils sont vitreux.

« J'ai froid », dit-elle, et elle commence à grelotter.

Les rougeurs sont violentes maintenant.

La mère pose une main sur le bras de Maria-Luisa. Elle fronce les sourcils.

« J'ai froid », répète Maria-Luisa.

La mère défait son ballot, y plonge la main, en sort un châle bien chaud dont elle enveloppe Maria-Luisa. La fille le contemple : il est magnifique, ce châle, les couleurs chantent à la lumière du soleil, il parle d'une époque, bien loin de celle-là, où on avait le temps de broder, de choisir les fils, de s'asseoir à l'ombre pour coudre.

De l'autre côté de la route se trouve un bâtiment rouge de plain-pied, une belle maison : il y a de grands portails sur le côté, et derrière on aperçoit des jardins. Il y a de l'herbe verte, des gens qui s'y déplacent, en prennent soin, c'est calme là-bas, ça a l'air frais. Un homme observe : quelque chose dans son expression, quelque chose qui scrute. Peut-être, songe-t-elle, cherche-t-il quelqu'un pour l'aider dans sa maison. Peut-être a-t-il des enfants, peut-être sa femme a-t-elle besoin d'une aide pour endormir ces enfants, les promener et leur chanter des chansons dans ces jardins miraculeusement frais. Elle se redresse. Après être resté un moment ainsi, l'homme s'éloigne.

La colonne progresse à pas de fourmi et ils se retrouvent sous les arches, où il fait bon. Les soldats poussent d'autres gens à l'intérieur. Encore quelques pas de fourmi et à l'approche de l'entrée, la famille se lève : Maria-Luisa est de nouveau soulevée par le père, la femme met son ballot en équilibre, les garçons se tiennent la main et la fille suit derrière.

Lorsqu'ils pénètrent dans le bâtiment le cœur de la fille se met à tambouriner : à l'intérieur se trouve une vaste pièce avec des tables de part et d'autre, il y a des gens et des soldats partout, de nombreux prisonniers ont leurs affaires étalées sur les tables. La prieuse est déjà dedans, elle a été conduite à une table, son balluchon a été ouvert. Un soldat fouille dans ses affaires comme s'il cherchait quelque chose qu'il avait perdu, tandis qu'elle reste là, à pleurer, à l'écart.

« Les enfants, lance un soldat. Les gens avec enfants, par ici. »

Il parle en yoeme. Son visage aussi est yoeme. Il est jeune, pas plus âgé que Carlos, mais il porte l'uniforme des *Rurales*. Un *torocoyori* – un traître.

« Les gens avec enfants, par ici. »

La fille suit la famille, à quelques pas derrière : ainsi, il est facile de croire qu'ils sont ensemble, tous sous la protection de ce même père, qui s'interposera entre eux et les soldats. De cette gentille mère, qui les aidera autant qu'elle pourra. Avec ces garçons, qui continueront à jouer, aussi dramatique que soit la situation.

Peut-être, songe-t-elle, la force de cette famille suffira-t-elle à les protéger. Peut-être que tout ira bien après tout.

Ils se dirigent vers une partie du bâtiment loin des fenêtres. Il fait plus sombre et plus frais ici. Il y a un bureau, une femme assise derrière.

« Posez vos enfants par terre, intime la femme au père protecteur.

— Pourquoi ? demande le père.

— Posez-les, c'est tout. Laissez-nous les voir. Mettez-les debout. »

Le soldat *torocoyori* pointe son fusil sur le père, qui se penche et pose Maria-Luisa au sol à côté de la fille, puis il se redresse, et serre son fils cadet contre sa poitrine pour lui murmurer quelque chose à l'oreille.

« Hé, lance sèchement la femme derrière le bureau. Tous les deux. Par terre.

— Ils sont tous à vous ? » demande le soldat *torocoyori*.

Le père protecteur regarde Maria-Luisa et la fille, une question dans les yeux, mais la fille secoue la tête. Elle s'avance, le cœur battant.

« Non, répond-elle en espagnol. Nous ne lui appartenons pas. Nous ne sommes pas ses filles. »

Les yeux du père cillent, mais la fille lui adresse un hochement de tête.

« S'il vous plaît, dit-elle en yoeme. C'est mieux ainsi. »

Il se tourne vers la femme.

« Juste ces garçons », dit-il.

La femme prend note dans son épais cahier noir. Puis elle repose son stylo.

« Bon, dit-elle. Avancez, les garçons. »

Le soldat pointe toujours son fusil sur le père. La femme sourit aux enfants. C'est un étrange sourire, pourtant le garçonnet, celui au visage guilleret, sourit en retour. La femme hoche la tête, le désigne, dit quelque chose au soldat.

Pendant un moment, tout est lent, puis le soldat *torocoyori* soulève le garçon, et le garçon hurle, et le père s'avance vers le soldat avec ses grosses mains nues. Un autre soldat est apparu, il presse le canon de son fusil contre la tête du père.

« Prenez-moi, crie l'aîné à la femme. Prenez-moi à la place. »

La mère se met à hurler. Un son terrible, bestial. Elle serre son bébé contre elle. Le père tire vers lui le fils qu'il lui reste. Le soldat continue à lui plaquer le fusil sur la tête.

« Sortez, intime-t-il. Tous. »

Il désigne les filles.

« Vous aussi. »

La famille se met à marcher, poussée par le canon de l'arme, mais la fille reste en arrière.

« Attendez. »

Elle touche le bras du soldat *torocoyori*.

Il tourne les yeux vers elle, des yeux méfiants, qui refusent de croiser les siens, mais elle parle vite, en yoeme, avant qu'il puisse résister.

« Ma sœur est malade. Elle ne peut pas faire la marche. S'il vous plaît – nous pouvons travailler. Je travaillerai pour deux. Et je la soignerai. Et ensuite elle travaillera aussi. Nous sommes fortes. Nous savons cuisiner et laver. Nous savons nous occuper des petits. S'il vous plaît. »

Le soldat considère la fille, considère Maria-Luisa. Elle le sent hésiter. Elle voit que c'est plus un garçon qu'un homme. Elle sait que son histoire n'est pas une histoire facile, elle le sent en lui : malgré son uniforme, il n'est pas encore insensible. Il est toujours capable de ressentir la honte. Ses yeux sont désespérés : ils lui demandent de ne pas lui demander, mais elle tient bon.

« S'il vous plaît.

— Vous êtes trop vieilles, dit-il.

— Pour quoi ?

— Ils ne veulent que les enfants.

— *Mais nous pouvons travailler* », répète-t-elle.

Le soldat hésite.

« Attendez ici », dit-il.

La fille cherche à tâtons la main de Maria-Luisa, la trouve glissante. Elle est partie ailleurs. Elle sait que rien de tout ça ne la touche, pas vraiment, qu'elle vit tout ça de loin, mais la fille est là, elle, et tout est gravé nettement : les bottes du soldat *torocoyori* qui claquent sur le carrelage, la façon dont les rayons du soleil découpent une longue bande de lumière sur son visage lorsqu'il parle à la femme, quelque chose en espagnol, la façon dont la femme regarde vers elles, une moitié à l'ombre, une moitié au soleil. Une brève lueur, puis elle secoue la tête.

Le soldat *torocoyori* retourne vers elles.

« Je suis désolé, dit-il. Vous devez sortir. Maintenant. »

Elle passe un bras autour de la taille de sa sœur, qui s'appuie contre elle. Elles se déplacent lentement, lentement, le poids de Maria-Luisa sur son épaule, clignant des yeux dans le soleil, et elles s'installent parmi les autres prisonniers dans un nouvel enclos, une placette broussailleuse de l'autre côté du bâtiment, adossées contre le tronc d'un petit arbre.

Un silence terrible pèse sur cette cour.

Le père protecteur est assis, les yeux fixés sur le bâtiment qu'ils viennent de quitter, comme si son jeune fils pouvait encore apparaître. La mère pleure, penchée sur son bébé, et le fils aîné, recroquevillé, regarde fixement le vide que son frère a laissé.

« Console-toi, mon frère, dit l'homme-urubu dans le silence. On a épargné la marche à ton petit. »

Ils lèvent les yeux vers lui : le père, la mère, le fils aîné.

« Ton fils va vivre, dit-il.

— Ne parle pas, réplique le père protecteur. Nous ne voulons pas t'entendre parler. »

Le désespoir compresse la poitrine de la fille comme une lourde pierre, expulse sa respiration. Elle a envie de frapper quelque chose.

De l'autre côté de la corde, les gens vont et viennent. Des gens qui leur jettent à peine un regard : des pêcheurs qui reviennent de la mer, transportant leurs prises dans des seaux, le pantalon roulé jusqu'aux genoux. Des femmes chargées de sacs de courses. Des enfants qui courent, qui rient. Qui sautent. De temps à autre, l'un d'eux leur lance un regard, où la fille sent la brève lueur de la pitié et de la peur, avant qu'ils détournent les yeux, et passent vite leur chemin. Le soleil atteint son apogée. Des nuages arrivent. Épaississent. Couvrent le soleil.

Que ferait-elle à la maison ? Tremper les haricots. Veiller au feu. Balayer la cour. Suivre le rythme ordinaire de la journée.

Souvent, l'après-midi, une fois les corvées terminées, elles se peignaient mutuellement les cheveux.

Dans sa tête, la fille s'empare du peigne – une tige de cactus *organ pipe* dont les épines ont été brûlées sur deux côtés pour la tenir facilement – et détache les tresses de sa sœur. Ses cheveux retombent sur sa taille pareils à de l'eau noire. La fille les brosse régulièrement, lentement, ramenant le monde dans le droit chemin.

À ce moment-là on entend un roulement laborieux, un homme descend la rue en poussant une charrette, sur laquelle trône une grande marmite. Il longe la bâtisse aux murs rouges en face, traverse la rue vers eux, puis poursuit péniblement jusqu'à l'angle opposé de l'enclos, où il s'arrête.

La fille le regarde allumer son feu avec du charbon de bois. Peu de temps après, une odeur d'huile de cuisson, puis d'oignons, survole la place, et les gens rassemblés lèvent la tête. Puis vient l'odeur de la viande. À côté de l'homme de l'étal est assise une femme, peut-être la sienne, qui divise une pâte en boules pour ensuite les aplatir, avant d'empiler ces tortillas sur le côté. Elle les met à cuire sur une grille, six par six. La fille l'observe : sa manière de s'en occuper, de les retourner. Combien de fois a-t-elle effectué ces même gestes elle aussi ? La pâte fraîche imbibée de citron vert modelée entre ses paumes, la façon dont le bord des tortillas se recourbe légèrement à la chaleur du poêle, juste assez pour qu'on puisse s'en saisir et les retourner d'un coup sec, pour indiquer qu'elles sont presque cuites.

La fille imagine la sensation de la tortilla chaude, alourdie de garniture. Des pommes de terre frites dans la graisse du bacon. Des *nopales.* Du café. Sa bouche s'emplit de salive, son ventre se met à se contracter, à gargouiller.

Les gens approchent de l'étal. Ils se mettent autour et bavardent. Ils sourient, plaisantent. Personne ne regarde vers la place où sont retenus les prisonniers. Le ciel s'obscurcit, les nuages s'alourdissent encore.

Un beau jeune homme remonte la rue en direction de l'étal. Il est élégamment vêtu, costume sombre, chapeau, canne. Il a une épaisse moustache. La fille le reconnaît, ce regard scrutateur. C'était lui qui depuis le jardin de l'hacienda, un peu plus tôt, les observait. Il discute avec l'homme de l'étal, puis recule et attend sa nourriture, regarde vers la place où se trouvent les prisonniers.

La fille redresse le dos, mais autre chose a attiré le regard du beau jeune homme.

Il se passe quelque chose là, sur la place. Le père protecteur a remonté une jambe de son pantalon. Il retire un billet de la liasse puis tend le reste à sa femme, qui le range dans sa robe. Ensuite il se lève et se dirige vers le soldat *torocoyori.*

« Ma famille a faim, dit-il prudemment, d'une voix lente. Il y a de la nourriture là-bas, ajoute-t-il en désignant l'étal de tacos. J'ai de l'argent. J'aimerais leur acheter à manger.

— Non, répond le soldat en secouant la tête, allez vous asseoir. »

Le père ne s'assied pas. Il mesure une tête de plus que le soldat, qui n'est pas petit.

« Ma famille a faim, répète-t-il. Ma femme allaite notre bébé. Il y a de la nourriture là-bas. J'ai de l'argent. »

Il désigne l'étal, où le beau jeune homme à l'élégant costume sombre paie son repas.

Tout le monde regarde à présent. Tout le monde sur la place a les yeux rivés sur le père protecteur. Il se passe quelque chose dans son corps. Il semble croître. Grandir. Peut-être grandit-il sous l'impulsion des besoins de tous les gens qui ont faim eux aussi, et l'encouragent à persévérer.

« Retournez vous asseoir », lui intime le soldat.

Mais cette fois-ci, sa voix paraît moins assurée. Et elle voit de nouveau que ce jeune soldat n'est pas un homme mauvais. Lui aussi est prisonnier.

« Retournez dans l'enclos, c'est votre place.

— Non, répond calmement le père. Je refuse. Ma place n'est pas dans cet enclos. Tout comme votre place n'est pas dans cet uniforme. Cela en vaut-il la peine ? Ils en valent la peine, ces boutons brillants ? Ce pistolet ? »

Le soldat ne dit rien.

« Ma famille a faim, répète-t-il. Et je vais leur acheter à manger. »

Il se détourne alors du soldat et se met à avancer. La distance est très courte pour rejoindre le vendeur de tacos : peut-être dix pas après le coin. Au coin il tourne à gauche, puis longe le côté supérieur de la place.

Ses bottes frappent le sol. Il marche comme il parle : lentement mais sûrement. Un deux, un deux, un deux. Tout le monde regarde. On dirait que personne ne respire. La fille sent son propre souffle piégé dans sa poitrine. Le bel homme devant l'étal de tacos regarde lui aussi, un petit sourire sur le visage.

Il y a un coup de feu. Deux.

La fille ferme les yeux. Elle voit Carlos, ses viscères luisants. La violence sanglante de sa mort. Un autre tir. Encore. Non loin d'elle, quelqu'un suffoque.

Le père protecteur est toujours debout. Il n'est pas blessé, mais le soldat qui commande – Œil de Serpent à sonnette – lui braque son arme sur la tête. Il parle en espagnol, et crie au soldat *torocoyori* de traduire.

« La prochaine fois, dit le soldat *torocoyori* en yoeme, je ne tirerai pas en l'air. »

La femme de l'homme l'appelle :

« Je t'en prie. »

Et elle prononce son nom. Elle pleure en prononçant son nom.

« Je t'en prie, reviens. »

Le père protecteur baisse la tête.

« Je suis désolé, mon frère, murmure le soldat *torocoyori.* Si tu sais ce qui est bon pour toi, tu dois retourner dans l'enclos. »

Le père protecteur longe la corde à rebours, et une fois parvenu à la hauteur de sa famille, il retourne dans l'enclos d'une enjambée. Il va s'asseoir auprès de sa femme, de ses deux enfants. Œil de Serpent à sonnette s'approche de la petite famille.

« Ton argent, dit-il.

— C'est le mien », rétorque l'homme.

Mais il a un ton différent. Plein de honte – la honte de n'avoir pas pu nourrir sa femme ni ses enfants. La honte de s'être fait prendre son garçon. La honte de tout ça et la honte terrible de ce qu'il anticipe maintenant.

« Ton argent », répète calmement Œil de Serpent à sonnette.

La femme donne l'argent à son mari, qui à son tour le tend à Œil de Serpent à sonnette, lequel le glisse dans sa veste.

Tout son argent.

Combien de temps lui a-t-il fallu pour économiser cette somme ? Combien de jours de travail ?

Tout le monde détourne les yeux de la famille comme si cette vue était insupportable.

Seul le bel homme devant l'étal de tacos n'a pas détourné le regard.

Il termine sa nourriture. Tend l'emballage à la femme, s'essuie les mains sur un torchon et repart en longeant la place. Il marche près, tout près de la fille et de Maria-Luisa et du père protecteur et de sa famille, et pendant tout ce temps il regarde, regarde, puis il tourne, traverse la rue et se tient devant la maison rouge de plain-pied, en jetant des coups d'œil, l'air d'attendre quelque chose. Il parcourt la rue des yeux. Puis elle le voit sourire : quelqu'un vient vers lui. Une fillette, elle a cinq, peut-être six ans, marche main dans la main avec une femme, et la fille n'a jamais vu quelqu'un d'aussi élégamment vêtu que cette femme : on dirait qu'elle a dépouillé plusieurs forêts de leurs oiseaux – des plumes hérissent son chapeau. La fillette et la femme portent toutes deux des robes qui balaient le sol et montent jusqu'au cou. On dirait d'étranges créatures raides : ni êtres humains ni oiseaux, quelque chose entre les deux. Les cheveux de la fillette sont bouclés comme ceux de sa mère, en anglaises serrées qui rebondissent au rythme de ses pas. Quand elle rejoint le bel homme, elle pousse un cri de joie, et il la soulève haut dans les airs. Il la soulève si haut qu'elle agite les jambes en riant : un carillon cristallin.

La fille sait quelle sensation elle doit avoir dans son corps, si libre là-haut, le ventre qui descend en piqué tout en étant tenue par ces bras paternels. Elle regarde la fillette poser les mains sur le visage de son père. La douceur de sa joue. Son épaisse moustache en brosse.

Le père la repose et la mère s'agite autour d'elle, tire sur sa robe, la recoiffe. Ses chaussures brillent tellement qu'on dirait qu'elles n'ont jamais été portées. Maintenant la fillette glisse la main dans celle de son père et ils traversent la route. Alors qu'ils approchent des prisonniers, l'homme s'arrête brusquement. Il semble réfléchir, puis fait signe au soldat *torocoyori* de venir, lui dit quelque chose en espagnol. Sa femme le tire par le bras, mais il la repousse. Le regard de celle-ci passe furtivement des prisonniers assis par terre aux nuages qui là-haut s'assombrissent. La fille sent le cœur de la mère cogner, cogner. Elle a peur d'eux tous. Mais le père, lui, n'a pas peur.

L'homme élégant se met à parler à sa fille tout en se servant de ses mains, l'air d'englober la fille, Maria-Luisa, le père protecteur, sa famille et tous les gens autour, et la fillette aux anglaises écoute en les dévisageant de ses grands yeux bruns. Quand il a terminé, il fait signe au soldat *torocoyori* de traduire ses mots.

« Ces Indiens, dit le soldat *torocoyori*, sont déportés. » Il détache les syllabes : dé-por-tés. « Ils vont travailler dans les plantations. Ils vont devenir utiles. »

Le beau jeune homme parle à nouveau, il élève davantage la voix. Le soldat traduit :

« L'Indien entrave la route du progrès. Il est paresseux. Incapable. Il ne comprend rien au monde moderne. Il préfère souffrir de la faim que de se fatiguer avec l'agriculture. C'est pourquoi ses supérieurs doivent le forcer à y recourir. »

Puis le père sourit. Pose la main sur la tête de sa fille. Sa voix change, se fait plus grave, presque douce.

« Mais, traduit le soldat, ils nous aident au final. Ces Indiens. Une fois qu'ils ont été mis en service.

Notre monde est bâti sur le leur, poursuit-il. Ils travaillent dur dans les plantations, le chanvre est vendu et notre république se renforce. Notre président est plus fort. C'est grâce à eux que nous mangeons. Grâce à eux que nous avons nos habits. Grâce à eux que nous avons nos maisons. Nous devrions les remercier. D'avoir donné leurs vies à l'avancement de notre nation. À l'ordre et au progrès. C'est la devise de notre président. »

L'homme demande quelque chose au soldat. Celui-ci lui répond, énonçant le mot pour dire merci en yoeme. *Liohbwana.* La fille voit sa réticence à le prononcer. Il n'a pas envie de donner ce mot à cet homme. Pas envie de l'entendre dans sa bouche. Mais il est trop tard :

« *Liohbwana*, répète le père.

— *Liohbwana* », répète sa fille avec un sourire qui découvre ses dents blanches.

Sa mère émet un bruit de poule torturée. Mais le père se contente de hocher la tête, comme devant un travail bien fait.

« *Liohbwana* », répète-t-il, et il soulève son chapeau.

Puis il prend délicatement la petite main de

sa fille dans sa grosse main. Et ils s'éloignent, au bout de la route. La fillette sautille, ses anglaises rebondissent.

La fille les observe. Elle ressent à quel point la fillette se sent en sécurité. Comme elle est protégée avec la grosse main de son père refermée sur la sienne.

Notre monde est bâti sur le leur.

Elle voit ce qu'ils représentent aux yeux du père, de sa fille. Rien que des Indiens. Rien que la poussière brune sur laquelle leur monde est bâti. Elle sait qui elle a envie de frapper : elle a envie de frapper cette fille. Et sa mère. Et le bel homme. Tous. Elle a envie de les maudire. Elle a envie qu'une marmite de sorcière explose sur la route devant eux et les couvre d'ongles, de grenouilles et d'épingles.

Elle sent la fureur la traverser, embraser ses os.

Comment se fait-il que certains pères puissent protéger leurs filles et d'autres non ?

Comment se fait-il qu'un autre père ait les mains clouées à une planche sur la place d'un village, alors que cette fille a les mains du sien sur la tête ?

Comment se fait-il que cette fille sautille dans la rue alors qu'elle et sa sœur sont là, retenues derrière cette corde ?

Comment se fait-il que certaines filles se sentent en sécurité ?

Soudain lui vient une pensée, une pensée gigantesque, terrifiante et jouissive à la fois : le monde de cette fillette est-il si sûr, s'il est bâti sur un tel effondrement ? tous les gens et toutes les choses effondrés ? le monde effondré du père protecteur ? le garçon qu'ils ont emporté ? l'homme-urubu et sa famille ? Carlos, agonisant à l'aube ?

Combien de temps faudra-t-il avant que leur monde s'effondre à son tour ? la mère avec toutes ses plumes ? la fillette avec ses boucles serrées ?

Et s'il y avait une plus grande chute à venir ?

Car comment les mondes peuvent-ils continuer après ça ?

« Petite Ombre », dit Maria-Luisa.

Elle se tourne vers sa sœur.

« Oh », dit-elle, car sa sœur est revenue – revenue derrière ses yeux, et ses yeux pleurent.

« Je suis désolée, dit Maria-Luisa. Je suis vraiment désolée. Tout est de ma faute.

— Non.

— Laisse-moi parler. Tu ne voulais pas y aller. Cette nuit-là. Si je ne t'avais pas obligée à venir avec moi, tu serais encore dans le village. Tu serais en sécurité. »

Elles collent leurs fronts. Trouvent les mains l'une de l'autre.

« Pas pour longtemps », réplique la fille.

Et lorsqu'elle prononce ces mots elle sait que c'est vrai.

« Ils seraient venus très vite. Ils viennent tous nous chercher maintenant.

— Écoute, dit Maria-Luisa en lui agrippant les

bras. Tu dois fuir. Dès que possible. Dès que les soldats tournent la tête, tu cours, tu m'entends ? Tu cours sans te retourner.

— Non…

— Il le faut. »

La fille regarde les ongles de Maria-Luisa qui s'enfoncent dans sa peau, si fort qu'ils font couler du sang.

« Je ne peux pas marcher, reprend Maria-Luisa avec un flot de larmes. Mais toi tu peux courir. »

La fille lève les yeux sur le visage de sa sœur, et elle y voit la mort. Qui plane à côté d'elle. Elle sait qu'elle est là depuis le début, la mort de sa sœur, qui se rapproche de plus en plus. Elle sait qu'elle l'a compris, sans vouloir l'admettre.

« Non. »

Elle secoue la tête pour faire partir cette vision. Mais elle voit Maria-Luisa clairement à présent. Elle est morte, sa sœur est morte, tombée sur le côté de la route. Sa mort arrive bientôt. Elle est presque là.

« Non, dit-elle à la mort de sa sœur. Ça n'arrivera pas. »

Mais la mort de sa sœur, qui leur a tenu compagnie en marchant en silence à leurs côtés, est désormais assise juste devant elles, à les attendre. La mort de sa si belle sœur. Qui attend calmement de l'accueillir, de la prendre sur ses genoux.

« J'ai peur », dit Maria-Luisa.

Et la fille sent l'effroi de sa sœur, qui la survole, lui glace le cœur.

« Non, proteste-t-elle en lui dégageant les cheveux du visage. Tu es Maria-Luisa, tu n'as peur de rien. Tu es plus courageuse encore que Lola Kukut. »

Une goutte de pluie tombe au sol à côté d'elles.

La fille lève la tête et voit le ciel s'ouvrir. Les prisonniers basculent le visage en arrière et ouvrent la bouche. Ils tirent leur langue enflée pour attraper la pluie. Elle tire aussi la sienne. Elle sent sa surface sèche et craquelée se ramollir. À côté d'elle, Maria-Luisa fait la même chose.

Et maintenant la pluie tambourine, rebondit au sol, sur les feuilles des arbres de la place.

De l'eau couleur café remplit les nids-de-poule au milieu de la rue. Les gens courent se mettre à l'abri. Là-bas au coin de la place l'homme et la femme de l'étal de tacos courent dans tous les sens, tirant les auvents afin que tout ne soit pas trempé.

La fille se tourne vers les soldats qui les gardent, ils se sont mis face à face – pelotonnés, rassemblés sous les arbres les plus éloignés.

« Tu dois y aller, dit Maria-Luisa. Tu dois courir. »

La fille la regarde.

« Vas-y, dit Maria-Luisa. Vas-y maintenant. Cours. Enfuis-toi. »

Personne ne la voit qui s'éclipse derrière l'arbre. Elle est invisible. Elle est Petite Ombre. Toute sa vie, elle a été une petite ombre.

Elle rabat son châle sur sa tête et traverse

la rue en courant. Elle n'est qu'une fille, une jeune fille qui court à travers les rues d'une petite ville, le cœur qui cogne contre les côtes, les pieds qui touchent à peine le sol. Elle ne se retourne pas, même si elle aimerait beaucoup – ne se retourne pas vers la place et les soldats et les prisonniers et Maria-Luisa et la famille et la prieuse et l'homme-urubu.

Elle attend le cri. Les coups de feu. Mais les coups de feu ne viennent pas.

Elle accélère. Passe devant des étals : des étals de viande, des étals de fruits, des étals avec des poissons chatoyants, leurs yeux à moitié morts seulement. Il y a des chiens. Il y a des poules qui grattouillent dans l'eau. Il y a d'autres enfants, qui courent et rient sous la pluie. Il y a un étal chargé de fruits, son propriétaire nulle part en vue. En passant devant, la fille tend le bras et empoigne deux mangues mûres qu'elle glisse dans son châle. Elle se précipite dans une ruelle adjacente, débouche à un coin de rue, se réfugie dans une allée encore plus petite et s'immobilise, aux aguets. Elle palpe une des mangues sous son châle. Épluche la peau sur un côté du fruit et le porte à son nez. Chaleur et lumière du soleil. Sa bouche s'emplit de salive. Elle y enfonce les dents. Sent la chair céder. Mord jusqu'au noyau, laisse le jus dégouliner sur ses joues et son menton. Elle ferme les yeux. Puis elle mange ce fruit, suce si bien le noyau qu'il ne reste plus la moindre fibre de chair.

La pluie martèle le sol, l'eau gicle et ruisselle

sur toute la largeur de la rue, emporte des petits cailloux avec elle, coule de plus en plus vite.

Elle pense à la fillette aux anglaises. Comment ses cheveux vont être trempés. Ses boucles ratatinées. Comment sa mère va s'agiter avec son filet de voix haut perché, et son père la protéger. La serrer dans ses bras pour qu'elle ne se mouille pas. Comme elle va se sentir en sécurité, là où la pluie ne l'atteint pas, mais comme cette sécurité est une chose frêle et cassante.

Elle se demande s'il pleut à la maison, et si oui, elle s'imagine le fleuve qui enfle, enfle et inonde les champs, les champs au nord et les champs des hommes d'Amérique au sud. Inonde les *arroyos* et les fossés, les fossés creusés à la main et les fossés creusés par les machines. Elle s'imagine la pluie qui va remplir les trous d'eau dans les montagnes où les hommes tapis attendent avec avidité le moment où ils pourront redescendre. Elle pense au fleuve, au feu, à l'odeur dans la hutte de sa grand-mère.

Et elle sait quelque chose, là sous la pluie : elle reviendra. Elle reviendra chez elle. L'espace d'un instant, cette certitude, la certitude de sa survie, la traverse comme le fleuve en crue et lui donne le tournis.

Elle sait que même si elle retourne dans cet enclos terrible, si elle franchit ces montagnes à pied et voyage jusqu'aux plantations, elle survivra. Elle reverra le désert. Elle reverra les montagnes, reverra le visage de sa grand-mère. Le mesquite dans la cour. Touchera les mains de son père. Elle ne sait pas comment elle le sait, mais elle le sait. Elle voit loin, très, très loin maintenant : la pluie lui lave les yeux.

Elle sait qu'elle emportera cette histoire avec elle, jusqu'à un lieu sûr, en hauteur. C'est léger. Ça ne pèse rien du tout. Et quand les eaux se seront retirées elle la ressortira, l'étendra comme une peau devant le feu, lui séchera les os à la chaleur des flammes. Et quand elle sera prête à être racontée, cette histoire trouvera son chemin sur sa langue.

Et à travers ce récit, l'avenir écoutera, trouvera son chemin.

Elle sent son choix, mais ça n'est pas un choix, pas vraiment – pas du tout.

Elle se retourne. Loin des étals de nourriture, des poules, des autres enfants, des chiens, loin de toutes les choses compliquées, intriquées, qui composent la vie ici, de ce côté de la corde.

Elle rebrousse chemin en courant, ses pied éclaboussent. Les soldats regardent toujours de l'autre côté.

Petite Ombre. Elle est contente de son nom. Elle sait qu'il lui va bien. Elle se faufile sous la corde, plus lourde à présent sous le poids de la pluie, et se laisse glisser contre le tronc. Elle est partie un temps presque inexistant, le temps qu'il faut au monde pour tomber et se relever. Elle met son châle au-dessus de leurs têtes afin de les cacher des soldats.

« Non, dit-elle à Maria-Luisa. Je ne peux pas m'enfuir. »

Elle se penche et appuie sa joue contre celle de sa sœur.

Sa sœur ne parle pas. Elle respire vite, très vite, comme insatiable de sa vie lumineuse, comme si c'était elle qui courait à présent, elle qui était libre.

La mangue est là entre elles, lourde dans le creux de sa jupe.

« Pour toi », dit-elle à sa sœur.

Au bout d'un moment, Maria-Luisa tend la main vers le fruit.

Elle le soulève. Elle le respire. Et elle sourit.

LE CHANTEUR

1969

Le gamin donne le rythme, avec ses grandes foulées désarticulées, le chanteur est à un ou deux pas derrière. Le sentier qu'ils suivent vire à gauche, puis à droite, épouse la plage.

Il essaie de ne pas se faire distancer, évalue les enjeux. Difficile de déterminer si le gamin est dangereux ou non. Probablement pas, mais on ne sait jamais. Il ressemble à des gosses qu'il fréquentait dix ans plus tôt en Floride : hanches étroites et maigres, coiffure cul de canard effilée en pointe au niveau du col de son tee-shirt blanc immaculé. Il porte un jean moulant, et à en juger par ses poches arrière, il ne semble avoir aucune arme sur lui. Mais le gosse a une garantie. Il sait qui il est, sait qu'il se planque. Même le plus doux des gamins pourrait se demander s'il n'y aurait pas moyen de tourner cette situation à son avantage. Et puis le gosse est nerveux. Il sent sa nervosité irradier par vagues. Le rythme où il avance, déjà.

Hé, lance-t-il au gamin. C'est quoi l'urgence ?

Le gosse se retourne à moitié.

Les *jejenes*, répond-il. Ils vont bientôt se mettre à piquer. Ils sont mauvais.

Il se retourne, continue à avancer.

Ils marchent sur un sentier sablonneux, l'océan devant. Derrière eux, à côté, la jungle massive. Il la sent toute proche – un rugissement vert et sourd en bordure de pensée. Une faiblesse au bout des doigts. Dans tout le bras. Cinq minutes plus tôt il avait un plan, et maintenant le voilà à la remorque de ce gosse. Direction – quoi ?

Soudain, il a la vision d'une voiture qui fonce vers eux, deux hommes à l'avant, prêts à le mettre KO à coups de crosse de pistolet, à le ligoter, à le fourrer dans le coffre. Un instant, il n'arrive plus à respirer.

Il pile, se plie en deux. Une sourde douleur au foie, sous les côtes. Il crache entre ses pieds nus sur le sable, puis se redresse. Il aperçoit tout juste le toit de l'hôtel. Il n'est pas loin. Cinq minutes, au bout du sentier. Il faut qu'il rebrousse chemin et qu'il y retourne. S'il y retourne il pourra commander un taxi. Aller à l'aéroport. Monter dans un avion. Se barrer avant qu'il soit trop tard. Il touche sa poche arrière. Sent les contours de sa petite lame.

Le gosse pivote, impatient. Vif.

Pourquoi vous vous arrêtez ?

Le chanteur remue les orteils dans le sable. Prend une tête clownesque. Il me faut mes bottes, mec, si on va en ville.

Le gamin baisse les yeux puis les reporte sur le chanteur. Danse d'un pied sur l'autre.

Du pouce, le chanteur désigne le chemin d'où ils viennent.

Je vais aller chercher mes bottes dans ma chambre.

Non !

Il grimace. Comment ça, *non* ?

Ben non. Vous ne pouvez pas retourner là-bas.

Et pourquoi pas ?

Ils vont découvrir qui vous êtes.

Comment ?

Je le leur dirai.

T'es sérieux ?

Difficile de jauger s'il est sérieux ou non. Il a l'air désespéré, le visage sur le point de quelque chose – mais quoi ?

Il compte : deux, quatre, six.

Tu me menaces ? Il se fend d'un lent sourire.

Écoutez, dit le gamin. Vous voulez voir le rocher blanc, non ? Je peux vous y emmener. Je peux vous emmener partout. Vous pourrez écrire une chanson sur moi. Vous me rendrez célèbre moi aussi, d'accord ?

Le chanteur éclate de rire. Carrément, dit-il. Il reste cool. Mais il a le cœur qui cogne, son sang lui bat dans les tempes. Réfléchis, bon Dieu, réfléchis. Mais carrément.

Il sort une clope de son paquet, en offre une au gamin, qui secoue la tête alors que le chanteur allume la sienne.

T'as quel âge ?

Vingt ans.

Tu viens d'où ?

Du Mexique.

Ouais, mais d'où ?

Sinaloa. Il parle d'une voix morne.

C'est où ça ?

Le gamin désigne l'extrémité de la plage. L'État d'après, dit-il. Mais très loin.

Comment ça se fait que tu sois là ?

Une lueur dans les yeux du gamin. Pas de travail à la maison.

Une famille ?

Le gamin hausse les épaules. Il a l'air très jeune. Le chanteur imagine une mère, une bicoque quelque part. Un trou perdu.

Il fume. Le gosse fait sa danse d'un pied sur l'autre. Un plan commence à se dessiner : faire copain copain avec le gosse. Aller avec lui en ville. Le faire picoler. Coma éthylique. Et puis revenir ici, plier bagage. Partir. Bouger. Être à des années-lumière avant que le gosse revienne à lui. C'est moche, mais il sait qu'il peut le faire. Un coma éthylique, il peut le faire.

Il boit une gorgée de mescal puis tend la bouteille au gosse.

Tiens, dit-il. Bois un coup.

Le gosse regarde la bouteille, puis le chanteur, et secoue la tête.

Alleeeez, dit-il. On va en ville, non ?

Le gosse hoche la tête.

On va passer du bon temps ce soir ou quoi ?

Il reste encore près de dix centimètres au

fond de la bouteille. Il l'agite devant le visage du gamin, qui tend la main, s'en saisit, la soulève, boit. Tousse. Grimace, rend la bouteille.

Le chanteur rit, lui empoigne le haut du bras. C'est de la bonne came, hein ?

Le regard du gamin n'arrête pas de fuir vers le bout du sentier. Attend-il quelque chose ? Quelqu'un ? Mais il n'y a rien ici. Juste un sentier désert. Juste l'océan, la plage, la jungle, quelques paillotes dans le lointain. Le grondement bleu de l'océan. La chaleur de l'après-midi.

Hé, dit-il. On va passer du bon temps, pas vrai ?

Le gamin hoche la tête. Il semble revenir à lui. Vrai, dit-il.

Ouais, cool ! Et tu connais les meilleurs endroits, pas vrai ?

Le gamin sourit de toutes ses dents. Ouais, dit-il.

Les bars ! La musique ! Les filles !

Ouais, dit le gamin. Je connais.

Eh ben voilà, mon pote. Il lui assène une tape sur le bras. Oh, hé. Tiens, j'ai ça pour toi. Il tripote le collier de mescaline. J'ai déjà pris ma dose.

Le gosse le regarde fixement.

Tu les manges, explique-t-il en agitant les perles. Elles sont bonnes. Il retire le collier. Tu les croques. Comme ça. Il mord une boulette entre ses dents du fond, puis une autre, les écrase : sable, cactus, salive.

Il tend le collier au gamin, qui s'en empare, le tient à bout de bras.

Allez.

Le gamin place une boulette entre ses molaires. Mord, grimace. Elles sont pas bonnes, dit-il.

Elles sont démentes, ouais, c'est moi qui te le dis. C'est pas une question de goût. Tu verras. Allez. Encore une. Prends-en une grosse. Un grand garçon comme toi.

Le gosse en prend deux de plus.

Maintenant fais-moi glisser ça. Il lui redonne le mescal.

Le gosse soulève la bouteille. *Puta madre*, dit-il en s'essuyant la bouche.

Ouais. Il rit et boit à son tour. Putain de *puta madre* c'est bien vrai.

On dirait que le gamin est sur le point de vomir. Ce pourrait être plus facile que ce qu'il croyait.

Il allume une nouvelle clope, en propose une au gosse, qui la prend. Bon allez, lui dit-il en lui tapant dans le dos. C'est parti, on y va !

Et en un claquement de doigts, il a changé, l'équilibre du pouvoir. Il le sent s'installer chez lui.

Ils recommencent à marcher. Un peu moins vite à présent. C'est lui qui donne le rythme. Il n'y a rien dans aucune direction : ni maison, ni gens, rien que des broussailles, du sable et l'océan.

Ils l'ont vraiment construit au bout du monde, hein ?

Quoi ?

L'hôtel. Quelqu'un m'a dit qu'il avait été construit au bout du monde.

Vous l'aimez ? l'hôtel ? demande le gosse.

Carrément. Et toi ?

Le gamin hausse les épaules. Pas vraiment. Il y a une histoire à propos de cet hôtel. Vous voulez la connaître ?

Carrément.

On dit qu'il est maudit. Qu'il est construit sur une terre maudite.

Il voit bien que ce pourrait être vrai. Une certaine désolation, là, dans ces dunes basses. Pas de maisons, personne, pas de témoins. Ça pourrait encore arriver facilement – la bagnole qui déboule de nulle part. Le flingue sur la tempe.

Il marche à un rythme régulier, sent la chaleur du sable entre ses orteils.

Le président est venu l'inaugurer, raconte le gosse. Les moustiques et les *jejenes* l'ont chassé. Le gosse se gifle le bras. Et puis il y a des bruits, ajoute-t-il. La nuit.

Quel genre de bruits ?

Il hausse les épaules.

Un matin je suis venu travailler et le gardien de nuit avait l'air terrorisé. Il disait qu'il avait entendu des bruits. Des grattements. Des pleurs. Quand il allait voir il ne trouvait rien. Et après ça recommençait. Ça a duré toute la nuit. Le matin, il avait l'air paniqué. Le lendemain il a quitté son boulot. Il disait que l'hôtel était hanté.

Cool.

Le gamin le dévisage. Vous croyez aux fantômes ?

Bien sûr que oui.

Vous en avez déjà vu ?

Bien sûr que oui.

Quels fantômes vous avez vus ?

T'as combien de temps ?

Ils marchent plus lentement maintenant. Une allure qu'il aime bien. Si le gosse est un jaguar, lui, c'est un ours. Un putain de gros grizzly.

Le gosse lui jette des regards en coin.

Un jour, dit le chanteur, en marchant dans la rue à Venice Beach, j'ai vu un satyre.

Un satyre ?

T'en as déjà vu ?

C'est quoi un satyre ?

Un homme-bouc. Le chanteur se fend d'un large sourire. Un putain de petit homme-bouc. Qui slalomait entre les bagnoles garées. Agitait la main. Il m'a suivi sur quatre ou cinq blocs.

Le gamin fronce le nez. C'est pas un fantôme.

Non. Certes. Bon. Disons un esprit. Un diablotin. Qui courait derrière en tirant un peu sur la droite.

Vous aviez peur ?

Non. J'étais heureux. Surex, même.

Vous aimez le diable ?

Carrément. Et toi ?

Le gamin secoue la tête. Il se signe, les yeux écarquillés. Il paraît de plus en plus jeune. Seize ans ? Dix-sept ?

Ah, je l'adore. J'adore ce petit connard de bouc.

À droite, la jungle – l'orchestre crissant des cigales –, devant, l'océan, le soleil.

Ils marchent une centaine de mètres, jusqu'à ce que des cahutes aux toits de chaume apparaissent en bordure de plage. Des publicités pour de la bière. Il s'arrête devant le premier cabanon.

Je vais boire un verre, t'en veux un ?

Le gosse est de nouveau nerveux, se trémousse encore comme s'il avait envie de pisser.

T'as besoin d'aller quelque part, gamin ? Vas-y, je te rattraperai.

Non ! Le gosse a l'air paniqué. Non. Non, on y va ensemble.

Carrément.

Le chanteur a ce truc spécial, avec sa voix : il sait la rendre grave, ça calme les animaux. Il s'en sert maintenant. Carrément, gamin, ronronne-t-il.

L'intérieur de la paillote est humide et sombre, ça sent le poisson pourri et le bois mouillé. Assise sur un tabouret, une adolescente maigrichonne regarde dans le vide. Elle porte un tee-shirt où on lit *Mexico 68*. Les anneaux olympiques. Les lettres sautent et miroitent sous la lumière de l'ampoule nue. Une femme plus âgée est assise dans un fauteuil à côté d'elle avec un bébé sur les genoux. Derrière elles, une télé beugle. Des images d'astronautes sur l'écran grésillant. Une voix off qui s'emballe en espagnol.

Dos cervezas! lance le gosse, qui prend la main, jetant une poignée de pièces sur le comptoir en bois. *Para llevar.* Il se gifle le cou.

La fille maigrichonne se laisse glisser du tabouret pour chercher deux bouteilles de bière dans le frigo. Les moustiques se regroupent, se mettent en formation au centre de la hutte. Le chanteur regarde son bras. Voit deux bestioles se repaître. Les écrase. Contemple le sang qui s'étale sur sa peau.

Maintenant qu'il est là, dans cette paillote, il comprend qu'il plane vraiment, mais alors vraiment à vingt mille. Il lève les yeux vers l'écran, on montre les astronautes à l'entraînement, qui tournent et tournent dans ces machines gravitationnelles – ces machines léonardesques. Il les regarde, fasciné, ces fades héros blonds dans leur costume brillant, tournant et tournant dans la gyre qui s'élargit. Jusqu'où faut-il se perdre dans l'espace pour ne plus entendre le fauconnier ?

Ensuite il y a un plan sur la fusée. *Apollo 11.*

Apollon : dieu Soleil. Messager.

Apollon n'a jamais été son genre. Trop propre sur lui. Trop nickel. Trop coincé.

La fusée a l'air branlante, improbable, dressée là, surplombant la côte de Floride. Il la connaît, cette côte : il est né là, à Melbourne, à une trentaine de kilomètres de l'autre côté de la baie par rapport à Cap Kennedy.

Rien qu'un putain de marécage.

Bad Moon Rising.

Cette chanson passait dans tous les bars de LA quand il est parti – tous les bars de Mexico.

Trouble on the way, va y avoir du grabuge.

¿Puedes abrirlas?

La maigrichonne les ouvre, tend une bouteille à chacun.

Le chanteur sourit à la fille en saisissant ce petit miracle de bière fraîche, puis sort par l'autre côté du cabanon, qui donne sur la plage, où le soleil commence à se coucher, de hauts nuages duveteux sont éclairés par en dessous, le vermillon saigne dans le bleu. Des vaguelettes parfaites froufroutent sur le rivage.

Il regarde au bout de la plage, trouve le rocher blanc, plus près à présent.

Assis non loin, deux pêcheurs réparent leurs filets à côté de leurs bateaux en bois sortis de l'eau. Il s'assied sur le sable chaud, s'en allume une, observe. L'un nettoie les prises, des écailles volettent, argentées, sous son couteau. Le mescal commence à faire son œuvre, et voilà qu'arrive la bière, qui stabilise le peyote, et tout est vivant, respirant d'un même souffle dans une grande démonstration d'animus, et il la sent, la manière dont la jungle s'étire, toutes les connaissances qu'elle renferme. Tout est là à se tortiller, se baiser, se lécher, se sucer dans un élan de vie, mais retenu ici, à cet endroit, par la pureté de ce sable doré, cet océan, ce ciel. Apollon et Dionysos. Équilibre.

Et ces hommes qui recousent leurs filets, leurs filets étirés bien à plat, la fumée du charbon de bois qui cuit le poisson tout frais pêché, tandis qu'ils raccommodent l'univers, là sur cette étendue de sable parfaite. Ces hommes sont doux, méthodiques, et de temps à autre, ils rient.

Il expire.

Il pourrait être pêcheur. Se trouver un bateau. Pêcher, écrire, vivre de la mer.

Hé !

Il se retourne, le gamin se tient juste derrière lui. Nerveux. Fébrile.

L'espace d'une seconde il avait oublié son existence.

Il faut qu'on y aille.

Assieds-toi, tu veux ? Pose-toi une minute.

Non, répond le gamin en dansant d'un pied sur l'autre. Non. Vous ne pouvez pas rester là.

Et pourquoi pas ?

Jejenes. Ils vont vous piquer.

Ah merde. Les *jejenes.* T'as que ce putain de mot à la bouche. Il étire ses jambes sur le sable. Remue ses pieds nus. Je porte un jean.

Le gamin s'accroupit à côté de lui.

Il faut qu'on y aille, répète le gamin.

Non.

Et la voilà qui revient, la peur. Le gamin a un plan, c'est sûr. Pour le livrer à quoi ? À qui ?

Hé, dit-il. Regarde-moi ça. Il enveloppe d'un geste l'océan le ciel la jungle les pêcheurs. C'est le meilleur endroit du monde, bordel. Faut t'en imprégner, mec. Respire-le.

Il voit le gamin porter la main à sa poche arrière. Vérifier que la coupure de journal est toujours là. Lui n'a pas besoin de toucher sa poche pour sentir les contours de son couteau.

Il tapote le sable à côté de lui. Le gamin s'assied maladroitement. Il sent son pouls s'accélérer. Le gosse n'a pas d'arme. Ce serait relativement facile là, de l'empoigner, de le faire basculer sur le sable. De lui plaquer l'obsidienne contre le cou. De prendre la coupure de journal. De la bouffer. De la jeter dans la mer.

Mais c'est trop paisible ici. Trop beau. Tout va bien se passer. Le gamin n'est qu'un gamin, après tout.

T'as de l'herbe ? demande-t-il.

De l'herbe ?

Marijuana ?

Oh, dit le gosse. *Mota.* Non.

Tu peux en trouver ? En ville ?

Je peux tout trouver en ville. Le gosse se lève d'un bond. Allons-y. Maintenant.

T'es pressé, dit-il. Pourquoi t'es si pressé ? *Cool, man.* Tu sens déjà quelque chose ?

Le gamin secoue la tête.

Regarde-moi ce coucher de soleil. Tu vois ça ? Tu vois ces couleurs ?

Le gosse plisse les yeux.

T'as déjà trippé avant ?

Le gamin secoue la tête.

T'as peur ?

Non.

Mais si, il a peur, il le voit bien.

Il contemple la mer.

Fais juste gaffe, dit-il, la voix onctueuse. Ces

fantômes. Le diable. Toutes ces choses qui te font flipper. Elles pourraient venir te trouver… quand tu planeras à vingt mille. Il se retourne : Bou ! Le gamin sursaute.

Je rigole.

Puis il se lève et tend la main au gosse.

On repart par là – le gamin désigne le sentier.

Non. Il secoue la tête. On marche sur la plage.

Aucune voiture, aucun pickup banalisé ne pourra venir le choper ici. Le sable, épais et humide, est difficile à fouler.

Le gosse fronce les sourcils puis hausse les épaules. OK.

Ils passent devant les pêcheurs, leurs skiffs retournés, leurs filets, il lève une main. Ils sourient, découvrent des dents cassées, le saluent aussitôt en retour.

Ils descendent jusqu'à la zone où le sable est plus mouillé, ferme. Il se penche pour rouler son jean, laisse les vagues recouvrir ses orteils. Le gamin reste un peu plus haut, garde ses vêtements secs.

Tu devrais essayer, dit-il. C'est magnifique.

Les pélicans sont de retour, écumant les vagues. De temps à autre, au large, un poisson bondit.

À leur droite, la jungle est bordée de cahutes le long du rivage, parfois une table sur le sable, d'autres pêcheurs. Le rocher blanc ne cesse de se rapprocher, jusqu'à ce qu'ils atteignent un petit estuaire où ils ne peuvent plus marcher sur la plage, alors ils bifurquent et se dirigent vers une large rue. Ils s'éloignent du rivage, il y a des magasins, quelques échoppes avec des mangues et des papayes en devanture. Ils passent devant une *tortilleria*, l'odeur de la pâte tiède dans l'air du soir, ils bifurquent encore, et voilà des maisons : des chèvres, des poules et des chiens dans les cours. D'autres pêcheurs rentrent chez eux, leurs prises dans des seaux en plastique crasseux, l'odeur de cuisine dans l'air, des gosses jouent au ballon dans la rue. Des lampadaires clignotent, harnachés de fils électriques qui pendouillent en grappes au-dessus de leur tête. Une belle femme appuyée contre un porche sombre regarde fixement tomber la nuit.

Le gosse, plus nerveux que jamais, balance sa tête de gauche à droite. Il doit le sentir maintenant.

Tiens, il lui repasse le mescal. Faut qu'on termine ça, petit.

Le gamin boit, redonne la bouteille, que le chanteur écluse avant de la poser sur un mur à proximité.

Les maisons ont maintenant disparu, il y a de nouveau de l'eau à leur gauche : un bras de mer paisible et ce qui ressemble à une île de l'autre côté. Un phare au sommet d'une colline. L'étoile du berger au-dessus. Amarrés à un ponton en bois, plusieurs bateaux s'entrechoquent doucement.

Le chanteur s'arrête. C'est quoi ça ? Il désigne l'île.

La Isla del Rey.

L'île du roi ?

Oui.

Quel roi ?

Le gamin hausse les épaules.

Ils restent là, le regard au loin, sentant l'air frais monter de l'eau.

Il perçoit la crispation du gamin à côté de lui.

Attendez, siffle le gosse, un bras tendu.

Le gamin les tire dans l'obscurité au moment où un petit groupe apparaît sur le ponton : plusieurs hommes, deux femmes, une avec un bébé dans les bras. Derrière eux, encore deux hommes. Ils ne ressemblent à personne que le chanteur ait jamais vu. Ils portent des pantalons courts qui s'arrêtent juste au-dessus des chevilles, lourdement brodés. Il y a des animaux, sur ces broderies, et dans le clair-obscur, on croirait les voir bouger : des cerfs bondissent sur les ourlets. Les femmes portent des foulards qui leur couvrent la tête, des jupes jusqu'au sol. En dernier vient un vieillard. Il est coiffé d'un chapeau sophistiqué, du genre qu'un paysan chinois pourrait mettre, mais orné de petites plumes et de pompons. Ce devrait être ridicule, c'est loin de l'être. Ces gens attendent, en ligne. Le vieil homme sort quelque chose de son sac, un bâton avec des plumes. Il parcourt le rang en effleurant les hommes, les femmes, l'enfant, en suçant les plumes, en chantant.

Ce chant. Ça lui fait quelque chose à lui aussi : il n'arrête pas de gigoter, son corps remue comme un pantin au bout d'une ficelle.

Le gamin se tourne vers lui : restez tranquille, siffle-t-il.

Le chanteur secoue la tête. Je peux pas.

Il sort de l'ombre, se met à avancer vers le vieillard, il veut se baigner dans son chant, mais le gamin lui empoigne le bras. *Non.* Ses yeux ne sont que pupilles. N'allez pas vers eux.

Le vieil homme au chapeau arrête de chanter, lève la tête, dans leur direction. Les dévisage. Le chanteur le regarde droit dans les yeux.

Merde, souffle-t-il. Merde alors.

À cet instant un homme sort de l'un des bateaux amarrés, fait signe aux gens d'approcher, et ils avancent sans bruit sur les planches du ponton. L'un des jeunes hommes passe en premier, saute dans le bateau afin d'aider les autres à descendre, un par un, jusqu'à ce qu'ils soient tous à bord. Puis ils larguent les amarres, on entend à peine les rames tandis qu'ils se dérobent à leur vue, s'enfonçant dans le crépuscule.

Son corps cesse de gigoter.

Merde, répète-t-il. C'était quoi ce bordel ?

Des Indiens. *Brujos. Paganos.* Des sorciers. Mauvais.

Où vont-ils ?

Apporter des offrandes. Des sacrifices. Sur l'île. À côté du rocher.

Le rocher blanc ?

Oui.

Allons-y, dit-il en se dirigeant vers le quai.

Non ! Le gamin le rattrape au vol. *Non.* N'allez pas là-bas. Ils tuent des animaux.

Il rit. Petit, on en bute tous, des animaux.

Ils font de la magie noire. Des malédictions. Des sorts.

Hum.

Le rocher est hanté. Un mauvais endroit.

Ah ouais, vraiment ? À t'écouter, c'est hanté partout.

Non. Non. On dirait que le gamin est sur le point de pleurer. Je vais crier. Je vais crier qui vous êtes. Maintenant. Les gens vont venir. Ils verront que c'est vous. Vous ne vous échapperez pas.

OK, murmure-t-il. OK. Bon Dieu. Calme-toi, bordel.

Il ira trouver les Indiens plus tard. À voir sa tête, le gamin sera bientôt une épave.

Venez, dit le gosse. On va en ville. On trouve un bar. Oui ?

Carrément, dit-il. Voix douce. Carrément, petit. Je te suis.

Ils reprennent leur marche, empruntent une ruelle qui s'ouvre sur des pavés, des bâtisses coloniales. D'un côté, un bâtiment avec des arches devant, de l'autre un hôtel rouge de style hacienda, une chapelle, une piscine.

Hé, dit le chanteur, tu crois que ce type nous a jeté un sort ? L'Indien ? Avec le chapeau ?

Le gamin se tourne vers lui.

Il nous a regardés avec un air sacrément louche, non ?

Ils avancent encore un peu.

Hé, dit-il. Ça va, petit ? Tu fais une tête bizarre.

Une tête bizarre ?

Ouais.

Ils passent devant une boutique avec un miroir en devanture, des portants de vêtements à l'intérieur. Des fringues. Bien. Les fringues, c'est bien. Cette chemise. Il faut qu'il change cette chemise.

Là, il s'arrête devant le miroir. Se regarde. Ses pupilles sont gigantesques. Vise un peu ta tronche, petit. Je t'assure que t'as l'air défoncé.

Le gamin s'approche lentement du miroir, se met face à son reflet : il se dévisage, se touche les joues, le nez. Il y a dans ses yeux la panique incontrôlable d'un animal acculé.

Le chanteur le laisse à son image, pénètre dans le ventre sombre du magasin. Assise derrière le comptoir, une grosse femme en robe d'intérieur fume, observe. Un ventilateur brasse l'air lourd.

Buenos noches, señora.

La femme répond d'un hochement de tête.

Il passe en revue les chemises sur les cintres et en choisit une en coton blanc épais, une de ces chemises mexicaines avec deux poches devant, un galon de broderie sur chacune, un petit G pour *Grande* écrit sur l'étiquette à l'intérieur du col. Il l'apporte au comptoir.

Hé, interpelle-t-il la femme. Vous avez des trucs contre les sorts ? Je crois que le gamin est malade. *Muy malo.*

Il désigne d'un coup de tête l'endroit où se tient le gamin, toujours captivé par son reflet, toujours avec le visage grimaçant de la peur.

Un Brujo. Es muy malo.

La femme fronce les sourcils. Non, dit-elle.

Quel dommage.

Diez dólares, dit la femme. *Para la camisa.*

Diez dollars ? La vache.

Il va pêcher son argent dans sa poche. Trois billets de cent dollars. Tout ce qu'il lui reste sur les cinq cents qu'on lui a donnés à Mexico. Il en claque un sur la table. La femme regarde le billet, puis son visage, et secoue la tête.

No tengo cambio.

La transe rompue, le gosse lève la tête, se dirige quelque peu titubant vers le comptoir.

Je vais payer, dit-il en détachant un billet de dix dollars du rouleau qu'il a dans la poche.

Le gamin reprend le billet de cent dollars, le tend au chanteur. Vous devriez faire attention. Avec ça.

Le chanteur déboutonne sa chemise, qui pourrait probablement marcher toute seule jusqu'à LA à l'heure qu'il est, et une odeur de viande trop cuite se dégage du tissu. *Un regalo,* dit-il. Un cadeau pour vous. Il la donne à la femme, qui s'en empare comme si on venait de lui passer une grenade, puis se tourne pour la jeter dans une poubelle à ses pieds.

T'as vu ça ? dit-il au gamin en boutonnant sa nouvelle chemise. Direct à la poubelle. Chez moi, mes chemises, ça les rend dingues, dit-il à la femme. Mabouls. Carrément mabouls. Il vrille un doigt contre sa tempe.

À côté de lui le gamin se met à rire, d'abord tout discrètement, et puis un peu plus fort.

Plus elles puent, mieux c'est, dit-il. Ils y frottent leurs frimousses.

À présent le gosse rit plus fort, hi hi hi hi hi. Le cactus lui monte enfin à la tête.

Carrément mabouls ! répète le chanteur. Et le voilà qui rigole à son tour – tout son corps vibre, et les deux hommes sont pliés en deux, convulsent, vomissent presque sous la violence de leur fou rire.

Callate, siffle la femme. Quittez mon magasin.

Ils se redressent, parviennent à sortir dans la rue avant qu'une nouvelle vague les submerge, et ils se bidonnent, agrippés l'un à l'autre. Une fois le tsunami apaisé, il se sent rincé. Vide.

Un cadeau ! postillonne le gamin. Vous lui avez fait un cadeau ! Votre chemise puante.

Ouais !

Cette *pinche* de chemise puait vraiment.

Ouais, cette *pinche* de chemise à la con, hein ?

Le chanteur s'écarte un peu du gamin, allume une clope, le regarde.

Si y avait pas eu cette *pinche* de chemise à la con je serais pas coincé ici avec toi.

Le visage du gamin se crispe. Quoi ?

Si-Y-Avait-Pas-Eu-Cette-*Pinche*-De-Chemise-À-La-Con. Il s'avance, plante l'index dans la poitrine du gamin. Je-Serais pas-Coincé-Ici. Avec-*Toi.*

Le gamin fait une tête de moins que lui.

Ça lui rappelle quand il emmerdait son petit frère : il le plaquait au sol, formait un gros mollard qu'il laissait pendouiller au-dessus de son visage jusqu'au point de rupture, puis le ravalait juste à temps. Nouveau coup dans la poitrine. Plus fort cette fois. Le gamin bascule, manque tomber. *Cabrón*, s'exclame-t-il en se ressaisissant.

C'est ça. Le chanteur hausse les épaules. On s'en tape. On s'amuse, quoi.

Je crois que je suis bourré, dit le gamin.

Non. Non. T'es pas bourré. T'es loin d'être encore assez chargé. Allez. On va se payer une autre bonbonne.

La nuit est tombée – comme elle tombe dans ce genre de villes, d'un coup, sans concession. La bourgade commence à groover : il y a des jeunes femmes avec de jolis hauts aux épaules dénudées, trop de parfum et trop de rouge à lèvres. Des jeunes hommes qui les matent au coin des rues, goulûment. Un romantisme de terminus. Des restaurants, leurs tables ouvertes sur la rue.

Hé. Il passe un bras autour des épaules du gamin. J'aime bien cet endroit. Elle est cool cette bourgade. Tu sais quoi ? Je suis content de t'avoir rencontré, petit. Je crois qu'on va passer une bonne soirée. Il lui presse l'épaule. Tout près, il sent son odeur : Gomina, eau de Cologne bon marché, pauvreté. Puis il le relâche. Juste un peu trop de force. Juste pour lui montrer qui a le dessus. Le gamin trébuche, lève les yeux vers lui. Le sol sous ses pieds est un peu moins sûr. Il le sent. Il ne fait plus confiance au chanteur. Parfait.

Motos, scooters, taxis, vélos. Feux arrière et traînées lumineuses. Des pubs pour de la bière peintes en grand sur les murs. Comme si quelqu'un avait monté le volume de la couleur, du sexe, du son. Le trip est puissant, de plus en plus. On peut à peine chevaucher la vague, mais certaines choses pourraient aider.

Hé, t'as du speed ? Benzédrine ? Dexedrine ? Le speed redresserait la situation.

Du speed ? Le gamin hoche la tête. Cette idée semble avoir un effet revigorant. Il se redresse. Sur la place, dit-il. On peut en avoir. On n'est pas loin.

Le gamin les guide jusqu'à une pharmacie au coin de la rue, qui projette son faisceau de lumière blanche dans la nuit. Un petit banc devant. Le chanteur s'y affale. Vas-y, dit-il en agitant la main. Des rouges. Des bleus. N'importe.

OK. Restez là. Ne bougez pas.

Le gamin entre. Il n'arrête pas de jeter des coups d'œil par-dessus son épaule, s'assurant que le chanteur est toujours à sa place. Il pourrait s'enfuir, mais il y aurait de grandes chances que le gamin le rattrape. En plus, ce sera facile. Le gosse flanche déjà. Autant se marrer un peu avec lui avant la fin de la soirée. Et puis à quand remonte la dernière fois qu'il est sorti comme ça incognito dans une ville ? Des années.

En face de lui se trouve un débit de boissons, la vitrine pleine à craquer.

Il se lève péniblement, entre, prend deux bières dans le frigo. Demande une bouteille de mescal. Un autre paquet de clopes. Sort un billet de cent dollars. Le plaque sur le comptoir. Le vendeur le dévisage, incrédule.

Mets-moi aussi une bouteille de Johnnie Walker. Et disons qu'on est quittes.

Dehors, sur le trottoir, le gamin secoue la tête de droite à gauche, la panique sur son visage. Le chanteur le rejoint d'un pas nonchalant. Tu les as ?

Le gamin lui montre le flacon. Vingt pesos, dit-il.

Meeeec. T'aurais dû en prendre deux.

Ils montent une courte rampe pour aller sur la place. C'est une jolie placette : des arbres, des bancs, des lumières suspendues dans les branches, le pépiement agressif d'oiseaux nocturnes et des familles qui font des trucs de famille. Il s'assied sur un banc en fer forgé, allume une cigarette, ouvre le mescal, penche la tête en arrière et se déverse l'alcool dans la bouche. Il passe la bouteille au gamin, qui boit.

Allez, vas-y, dit-il. Ouvre-le.

Le gamin dévisse le bouchon du flacon et d'une secousse, verse quelques pilules dans sa paume.

Combien ? demande-t-il au chanteur.

Tu veux un remontant ou une fusée ?

Un remontant.

Sérieux ? T'as pas envie d'aller sur la lune ?

I see the bad moon a-rising.

I see trouble on the way.

Prends-en cinq, dit-il.

Le gamin en fait tomber trois, les avale avec le mescal.

Oh allez, t'es pas drôle. Prends-en deux de plus. Donne. Il prend le flacon de pilules, en fait tomber cinq dans sa paume, se les jette dans la bouche et fait descendre le tout avec sa bière.

Au milieu de la place, il y a un kiosque à musique avec un groupe qui joue, des vendeurs de pop-corn, des vendeurs de maïs, des vendeurs de glaces, des vendeurs de bijoux. C'est la totale, la tournée mexicaine des forains.

Putain, j'adore ce pays, s'exclame-t-il. Vous avez tout.

Il se penche par-dessus le dossier, verse une lichette de mescal sur la terre tassée au pied des arbres derrière eux. À ta terre. *La tierra. La libertad.*

Du bout des doigts, il ratisse la poussière à côté de lui, puis s'en maquille le nez à l'horizontale.

C'est quoi, ça ? demande le gamin. Pourquoi vous avez fait ça ?

Je suis Tezcatlipoca, susurre-t-il. Tu le connais ?

Le gamin secoue la tête.

Effacez ça, dit-il.

Pourquoi ?

Vous avez un air bizarre.

Il rit. Je suis bizarre, gamin.

Sur ce, il bascule la tête en arrière et pousse un hurlement vers le ciel nocturne.

Il rouvre les yeux. Traînées d'arc-en-ciel. Merde.

Quoi ? demande le gamin.

Je plane vraiment à vingt mille.

En face d'eux, une petite scène de famille : deux femmes tissent, leurs métiers attachés au tronc d'un arbre. Des enfants jouent à leurs pieds. Un bout de tissu posé au sol avec des objets d'artisanat dessus. Il s'approche, s'agenouille devant les femmes. Un garçonnet lève la tête – les yeux ronds. Hé. Il fait une grimace. Le garçon doit avoir un an, peut-être deux. Un lange lui entoure la taille. Les femmes adressent un regard timide au chanteur puis détournent les yeux. À côté des chemisiers et des boucles d'oreilles qu'elles vendent sont exposées de petites croix tissées. De couleurs vives.

Qu'est-ce que c'est ? demande-t-il en tendant la main vers une croix composée de quatre diamants, tissés avec des fils bleus et verts.

Ojo de Dios, répond la femme.

L'œil de Dieu ?

La femme hoche la tête. *Azul. Para el mar. Haramara.*

Pour l'océan ?

Sí. One dollar, dit la femme.

Il porte la croix à hauteur de son visage. Le losange central est noir. Il plonge les yeux dedans.

Il va l'acheter pour elle. Pour Eva. Preuve qu'il est venu là. Preuve qu'il a rencontré Dieu.

Je vous donne cent, dit-il, et il plonge la main dans sa poche pour prendre le billet.

La femme regarde le billet, puis le chanteur. Sa compagne dit quelque chose d'une voix stridente, comme un oiseau apeuré. Vite, elle tend la main, saisit le billet. L'empoche. Se met à remballer son stand, son métier à tisser. En quelques secondes, tout a disparu. Les femmes, les enfants, leurs affaires. Disparus dans la place qui fourmille.

Il fait volte-face, voit que le gosse est toujours assis sur le banc. On dirait qu'il s'est retiré dans un endroit tout petit et tout noir à l'intérieur de lui-même.

Hé, dit-il. Tu vois ça ?

Le gamin lève la tête.

J'ai l'œil de Dieu, bordel.

Il le brandit devant le visage du gamin. Regarde-moi ça. Regarde-moi cet œil. Il te surveille. Hé, tu planes ? Il lui donne un coup de coude. Tu planes déjà ?

Le gamin a l'air perturbé. Vous devriez essuyer ça de votre visage, dit-il en désignant la terre.

Pas question ! Hé, faut que je boive un coup. Tu vas m'y emmener dans ce bar, ou quoi ? Hé ? Petit ? Ça va ?

Le gamin secoue la tête.

Elles vont te redonner du peps, les bleues. Je te promets. Toutes ces saloperies bizarres auxquelles t'es en train de penser là maintenant, tous ces trucs flippants dans ta tête, ça va – il claque des doigts – disparaître. Allez, gamin, on vient juste de commencer.

Il brandit le *ojo de Dios.* Tu vois. Dieu nous surveille. Mieux vaut lui donner du bon temps. Il fait virevolter la petite croix tissée, qui tourne,

tourne, tourne. Le gamin regarde, hypnotisé, il a le mal de mer.

Soudain le chanteur s'arrête, range la croix dans sa chemise.

Allez, viens, dit-il en se penchant pour hisser le gamin sur ses pieds. C'est toi le guide.

Le gamin trouve son équilibre, les fait sortir de la place pour les conduire dans une ruelle mal éclairée : des chiens efflanqués et des flaques d'eau croupie. Le bar n'est guère plus qu'une étroite pièce rectangulaire qui déverse de la lumière bleue dans la rue. Devant il y a des tables en plastique défoncées, style cantine ; sur un côté une minuscule scène pour le groupe. Il y a du monde, bien qu'il soit si tôt, la plupart des tables sont occupées.

Ils se dirigent vers le comptoir en bois : il a la forme d'un canoé.

Une jeune femme se tient derrière, elle porte un jean et une chemise brodée du genre qu'on trouve dans les friperies de Sunset Boulevard, sauf que sur elle ça rend pas pareil. C'est mieux. Vrai. Les fleurs déclenchent des réactions en chaîne dans son cerveau – il regarde fixement les coutures, voit l'aiguille qui entre et sort du tissu afin de créer ces fleurs, la couleur du fil, l'amour qu'il contient : quelle qualité d'amour saurait créer une chose aussi belle ? C'est parfait. Cette fille est parfaite. Il n'a jamais rien vu de plus beau dans sa vie.

Vous parlez anglais ?

Oui.

Oh waouh. Super, c'est super.

Qu'est-ce que je vous sers ?

J'ai du mescal, répond-il d'un air niais, en brandissant la bouteille.

Tant mieux pour vous. Vous voulez un truc pour accompagner ? Je peux vous préparer un cocktail avec si vous voulez.

Waouh. Carrément. Waouh.

Elle parle anglais couramment. Il lui passe la bouteille, l'observe qui presse des oranges dans un petit bol en céramique. Ses doigts fins, sa façon si délicate de travailler, si précautionneuse. Et puis le bol aussi – le vernis brun –, tout cela évoque une telle perfection qu'il n'y a pas de mots pour le dire, pas vraiment, juste l'amour – le monde créé à partir de ces minuscules gestes d'amour : Cointreau, tequila, oranges, mescal.

On est en train de tripper, dit-il en empoignant le gamin pour qu'il se rapproche. On plane à vingt mille !

Chouette, dit-elle.

Il la regarde mettre la dernière main à la margarita, et il comprend que c'est la raison pour laquelle il ne pourra jamais être fidèle à une seule femme, tant qu'il y en aura des comme celle-ci dans le monde. Elle pousse vers eux les deux margaritas en travers du bar. Il en tend une au gamin, ils trinquent, il boit la sienne cul sec, lèche le sel sur le rebord du verre, s'essuie la moustache du dos de la main.

Putain de bordel de Dieu, je vous aime !

s'exclame-t-il à l'adresse de la serveuse, et il le pense vraiment. Elle rit.

Les crocodiles, dit le gamin. Vous avez vu les crocodiles ?

Qu'est-ce que tu racontes ?

Là-bas. Le gamin tend le doigt, mais des gens lui bouchent la vue.

Mais qu'est-ce que… ?

Vous voulez des *camarones* ? demande la belle femme. Pour nourrir les crocodiles ?

Sa mère ! Oui, s'il vous plaît.

La femme rit de nouveau, se penche pour plonger un bol dans un seau de crevettes séchées à ses pieds. Le gamin le prend, jette quelques pesos et ils zigzaguent entre des tables en plastique pour arriver à une fosse entourée d'une barrière basse avec des piquets, et dans la fosse il y a deux crocodiles. Ils mesurent chacun près de deux mètres.

Nom de Dieu.

Ils restent là, tous les deux, un long moment, à contempler ces créatures aussi immobiles que des statues en plâtre.

Un jour, il a vu un alligator tuer un cochon sauvage – c'était en Floride, quand il était à la fac, il était tard le soir, il rentrait en voiture d'une fête, ils se sont arrêtés pour pisser et, au clair de lune, il l'a vu, entendu : les roulés-boulés interminables de l'attaque, les couinements, les grognements, et soudain le silence, puis le retour des bruits du marais.

Tu penses qu'ils pensent quoi ? demande-t-il.

Tu penses qu'en nous regardant ils voient des proies ?

Le gamin se penche sur le bol de crevettes et en jette une poignée dans la fosse. Les crocodiles se tournent vers lui – se tortillent, claquent des mâchoires.

Putain de bordel de Dieu.

Le gamin titube un peu, le chanteur le stabilise d'une main. Voit qu'il suffirait de trois fois rien pour le déséquilibrer – mâchoires, morceaux, sang puis silence. La coupure de journal dévorée en même temps que le jean.

Il sent peser des yeux sur lui, lève la tête. Distingue à travers la fumée de cigarette une table de buveurs. Des *gringos.* L'air défoncé, voûtés sur leur bière. Ils regardent dans sa direction.

Allez, dit-il au gamin, allons nous asseoir.

Un groupe installe la scène de l'autre côté de la pièce : saxo, batterie, trompette. Un pied de micro.

Ils se dirigent vers une table dans un coin, où il sert un whisky au petit et à lui-même. S'en jette un bien corsé. Ils continuent à regarder dans sa direction, les *gringos.* Il lève son verre à leur adresse, ils détournent les yeux.

Il sent la peur ourler les choses. Le pétillement dans son sang. Sa mâchoire qui se tend – le moteur du speed. Les pilules, le peyote, le mescal, la bière, la margarita et maintenant le whisky. Il allume une clope, dont il inspire la fumée au plus profond de ses poumons, avant de la recracher en un flot régulier.

Le gamin tape un rythme du pied.

Tu te sens un peu mieux ?

Ouais, répond le gamin.

Tu vois ? Je te l'avais dit. Les bleues. Ça marche à tous les coups.

Il sert une autre tournée.

Les tables sont pleines à présent, et il y a foule au bar. Sur la scène, les musiciens s'échauffent : premier morceau de la soirée. Il se rappelle cette sensation : le London Fog, le Whisky, et tous les autres clubs de Sunset Boulevard. Au premier morceau, le bar était vide. Au premier morceau, il n'y avait presque pas d'enjeu. Il leur était arrivé, les années avant leur célébrité, de jouer leurs meilleures chansons de tous les temps devant une salle occupée seulement par le propriétaire et une ado dans le fond, après quoi ils traversaient la rue pour aller au Beanery, prenaient deux bières et un burger, peut-être un peu de whisky, peut-être un peu de LSD, et ensuite ils retournaient jouer. À ce moment-là, le bar était bondé – les danseurs dans leurs cages – prêt à tanguer. Et ils jouaient.

Jouaient.

Cette chose pure – jouer – en toute liberté. Pas de contrats de disques, pas d'investisseurs, pas de producteurs qui vous poussent à y retourner – encore, retournes-y, encore putain encoooore –, pas de règles, juste le roulis chaloupé, comme la meilleure des baises – t'allumes, t'allumes, t'allumes, des heures et des heures jusqu'à ce que, quand l'orgasme jaillit, ça explose dans ton âme plus fort, plus dingue que tout ce que t'aurais jamais pu imaginer. Le mieux dans ces putains de soirées c'est que personne ne savait à quoi s'attendre. *Pas de règles.* Dès que t'as des règles, jouer devient le Jeu. Or les règles du Jeu sont pipées, jamais tu peux gagner. Le groupe l'adore, ce putain de Jeu pourtant. Ils croient avoir gagné avec leurs bagnoles, leurs baraques et leurs comptes en banque. Ils se trompent : jouer c'est la vie. Le Jeu c'est la mort.

Le trompettiste lève son instrument, expulse une note. Le reste du groupe se joint à lui – ils sont bourrés –, le batteur imbibé, défoncé sur la caisse claire. Une espèce de rock bossa-nova, une reprise de *Satisfaction.*

Vous aimez bien ? Le gosse a la banane.

Carrément. Ils sont bien bourrés, les mecs.

C'est mon oncle ! s'exclame-t-il. Le chanteur c'est mon oncle !

Non ! Il déplace sa chaise pour mieux voir. L'oncle porte une chemise blanche amidonnée et un pantalon pattes d'eph.

Ahhh. Bon Dieu, c'est pour ça que tu voulais rappliquer ici fissa ? Pour voir jouer ton oncle ?

Le gamin hoche la tête : il continue à sourire comme si c'était le matin de Noël.

Vous aimez bien ? Le groupe ?

Ouais, gamin. J'aime bien.

Il sent tout refluer. Toute la peur. Ce gosse est un bon gars finalement. Il n'a jamais eu de mauvaise intention.

Il considère ce gamin, dont le visage semble

sculpté dans la lumière tamisée. Et il le voit à présent. C'est un dieu en bronze jaune.

Hé, petit, dit-il. T'es beau. T'es le prince des fleurs, bordel. Le gamin rougit, baisse les yeux.

Il voit la fille qui bosse derrière le bar : ce chemisier qu'elle porte, les fleurs qui chatoient dans la lumière diffuse.

Je vais me prendre une autre bière, *hombre*, dit-il, t'en veux une ?

Le gamin secoue la tête.

Il a oublié ce que le speed pouvait apporter à un homme. Les traînées d'arc-en-ciel ont disparu, le mal de mer a disparu. Il se sent bien. Mieux que bien. Il se sent radieux. Alors qu'il se fraie un chemin au milieu de la foule pour aller au bar, où la fille sert quelqu'un d'autre, des étincelles de lumière dorée giclent de l'instrument du trompettiste.

Hé, dit-il, en se penchant sur le bois du comptoir. Comment tu t'appelles ?

Rosa, répond-elle par-dessus son épaule.

Évidemment. Tu veux venir avec moi, Rosa ?

Où ça ? sourit-elle, lente et douce.

N'importe où. À Paris. À Huautla. Allons voir María Sabina. Allons nous faire soigner.

Il soutient son regard, elle sourit, mais il voit bien que c'est le genre de sourire qu'une belle femme adresse cinquante fois par soir aux clients qu'elle sert de l'autre côté du bar. Un sourire sans accroche. Un sourire figé, qui retombe aussitôt puis réapparaît lorsqu'elle se détourne pour servir quelqu'un d'autre.

Et soudain il l'entend, un riff familier, joué à la trompette, pas à l'orgue, sa propre chanson : la chanson qui fut numéro un pendant tout l'été 1967, la chanson qui les a fait devenir, lui et le groupe, des stars ; la chanson qui est probablement encore numéro un au Mexique aujourd'hui. Et ça sonne bien, bordel qu'est-ce que ça sonne bien.

La foule pousse des cris de joie. Les gens se mettent à chanter avec le type sur scène.

Vous aimez cette chanson ? lance-t-il à Rosa.

Carrément, répond-elle. J'adore.

Il attend qu'elle fasse le lien. A envie qu'elle le reconnaisse. Il a envie de dire : c'est moi qui l'ai écrite ! C'est moi qui ai écrit ce putain de tube, bordel de Dieu. Il a été numéro un tout l'été 1967. Chaque fois que j'allumais la radio, il passait. Je l'entendais en marchant dans la rue, dans tous les bars où j'allais, tous les clubs, tous les magasins. J'ai éjaculé dessus. J'ai baisé dessus. Tu sais ce que ça fait de jouir alors même que ta chanson passe à la radio quand ta chanson est numéro un ?

Il a envie de la voir se plaquer une main sur la bouche, étouffer les bruits qui voudraient en jaillir ; il a envie de savoir si elle a un copain, un mari ou cinq heures à tirer avant la fin de son service, il pourrait lui suggérer de venir avec lui et elle viendrait – elle le suivrait n'importe où, retournerait à l'hôtel en taxi, monterait derrière lui les marches en béton jusqu'à sa chambre au dernier étage, se baisserait pour lui déboutonner son jean, lui pétrirait les cuisses avec ses beaux doigts fins, le ferait bander et mettrait sa bite dans sa bouche magnifique, le prendrait dans sa chaleur moite.

Elle lui adresse un grand sourire. Il sourit aussi, sans pouvoir s'empêcher d'observer la foule – et la voilà qui arrive – une déferlante de joie pure et sans limites, une force de frappe incroyable. Il a envie de bondir pour s'emparer du micro.

Il va le faire. Il va prendre le micro et obliger cette femme à l'aimer. Parce qu'il n'y a que maintenant maintenant *maintenant*. Parce que ce pourrait être sa dernière soirée sur cette terre.

Juste un autre verre d'abord.

Hé, interpelle-t-il Rosa. Je peux avoir une bière ?

Bien sûr. Elle tend la main sous le comptoir, sort une Pacífico fraîche.

J'aime bien ton maquillage, dit-elle.

Mon quoi ?

Ton visage.

Oh. Il porte les mains à ses joues. Tâte la bande de terre séchée. Il l'avait complètement oubliée. Il adresse un grand sourire à la serveuse. Je suis Tezcatlipoca. Tu le connais ?

Elle secoue la tête.

On va me sacrifier, demain matin. M'arracher le cœur avec ça. Il sort son couteau. Le pose sur le bar.

Ils le regardent tous les deux fixement. Il lève les yeux vers elle, elle ne sourit plus. Elle a l'air perturbé. Comme si l'apparition de cette lame les avait placés dans une histoire différente.

Hé. Une main lourde atterrit sur son dos.

Il se retourne. Voit les *gringos* de la table à l'autre bout de la salle. Deux d'entre eux. Il plisse les yeux pour s'en assurer. C'est bien ça, deux. Même si l'un des deux n'a qu'un œil.

On causait entre nous. Tu ressembles sacrément à quelqu'un.

Ah ouais ?

Ouais. Quelqu'un de célèbre. Le sourire du type pue la crevette et la bière.

Oh, vrai ? dit-il presque dans un murmure, en prenant l'accent chargé du cul-terreux. On me l'dit souvent. Attendez… Il s'empare de ses clopes. Messieurs, l'un d'ent' vous aurait-il un briquet ?

Le Borgne ouvre un Zippo d'un coup sec. Un chanteur, c'est ça ?

La première taffe l'apaise un peu.

Hi, hi, hi, nannnn, fait-il en secouant la tête. J'suis qu'un banal vacancier. Comme vous, quoi.

L'œil unique du Borgne se rétrécit. J'aurais pu jurer que t'étais lui.

Il y a un flingue dans un holster à la taille du type. Un Colt .45.

Un Colt, il sait s'en servir. Pendant ces interminables après-midi au ranch là-bas à Topanga, ils fumaient de l'herbe du diable en se lâchant sur les canettes et les chiens errants. Essayaient de se sentir réels.

Oh lui ? Nan, j'suis pas *lui*. Il éclate de rire,

un rire haut perché du Sud. *Hi hi hi hi.* J'suis moi ! Bon, messieurs, si vous alliez vous amuser maintenant ?

Il touche le bras du Borgne. Bizarrement, il n'arrive pas à se débarrasser de ce ronronnement aigu, à la Blanche DuBois. Qu'importe ce que c'est, le Borgne, lui, ça le fait flipper.

Si y a bien un truc que le chanteur a appris jusqu'ici dans sa vie, c'est ça : en cas d'emmerdes, joue les timbrés.

Le groupe arrive à la fin de la chanson, le chanteur braille les derniers vers du refrain.

Bas les pattes, lance le Borgne.

Oh, mille excuses, monseigneur. Je voulais juste… Il lui caresse la manche.

Tu te crois drôle, gars ?

Il voit la main du Borgne se rapprocher du holster.

Non monsieur. Pas moi monsieur. Pas drôle. Pas du tout.

Hé ! Hé ! C'est le gamin, qui s'interpose. On le croirait apparu de nulle part. C'est mon cousin, dit-il au Borgne. John.

Viens, John. On doit passer voir la famille maintenant.

Puis le gosse tend le bras, prend la lame en obsidienne sur le bar et l'empoche.

Oui, dit le chanteur. On doit passer voir la famille maintenant. Une dernière caresse sur le bras, il se retourne, incline son chapeau imaginaire à l'adresse de Rosa, puis ils sortent dans la rue à reculons et se mettent à courir. Les pilules doivent vraiment faire effet maintenant parce qu'il a l'impression qu'il pourrait courir pour toujours – courir comme ça, avec le gamin – et son corps bouge sous lui, et ils courent ils courent et la sueur court le long de son dos, une rue, deux rues, trois, jusqu'à ce qu'une douleur au poumon gauche le poignarde et l'oblige à s'arrêter, à se plier en deux et à tousser.

Attends, lance-t-il au gamin. Deux secondes, là.

Il se penche en avant, les mains sur les genoux, le souffle rauque. Il entend le gamin s'arrêter, le contourner, et soudain quelque chose de pointu, pile sur les reins.

Hé. Il se redresse, tâte la lame. Ils sont dans une rue sombre, pas de lampadaires, pas de boutiques.

Oh bon Dieu… Sérieux ? Déconne pas.

Non, dit le gamin. Vous, déconnez pas. C'est pas vous le chef.

Il lève les deux mains. D'accord, dit-il. D'accord. Je suis pas le chef.

Le gamin pousse plus fort sur le couteau.

Hé, glapit-il. Attention. Tu pourrais me faire mal.

Je sais. Je veux votre argent. Maintenant.

Tu peux l'avoir. Tiens. Il retourne ses poches. Tend le billet de cent dollar.

L'autre. L'autre billet de cent.

Je l'ai donné à la femme sur la place.

Vous mentez.

Désolé, gamin.

Je veux plus d'argent.

Bien sûr. Combien ?

Un million de dollars.

Il éclate de rire.

Vous trouvez ça drôle ? Le gamin le frappe encore. Je-Veux-Un-Million-De-Dollars.

D'accord. D'accord. Il lève de nouveau les mains. Bien sûr. Mais la seule façon d'avoir un million de dollars c'est d'envoyer un télégramme à notre manager à LA. Là il dort. Mais on pourra le faire demain matin. Promis. Je te donnerai tout ce que tu veux.

Je le veux maintenant.

Tiens, et si on allait juste se prendre un petit…

NON ! Je veux pas d'un *pinche* de VERRE putain. Et je suis pas un GAMIN, bordel !

Le gosse donne un coup de couteau sur la chemise du chanteur. Peut-être qu'il veut simplement taillader la manche, mais il lui coupe le bras, et le sang imprègne le tissu. Ils le regardent tous les deux fixement, et à ce moment-là le sang se met à gicler, détrempant le coton blanc.

Waouh, dit le chanteur. Ça fait un paquet de sang, bordel.

C'est moche, mais ça pourrait être pire. Ça ne fait pas mal. Pas encore en tout cas. Mais c'est probablement à cause du speed.

Le chanteur s'en prend au gamin.

File-moi le couteau, dit-il.

Le gamin secoue la tête.

File-moi le couteau, petit. C'est mon schlass, bordel de Dieu.

Bizarrement, c'est le gamin qui a l'air mutilé.

Pétrifié par le sang. On dirait qu'il ne sait pas s'il doit crier, pleurer, rire ou se pisser dessus.

Le gamin lui présente le surin, son visage un chaos entre rictus du trip et brouillard de l'alcool.

Tu vois. C'était facile, non ? Hein ? Bon. Il se penche en avant, empoigne le gosse, le retourne de façon à avoir le bras gauche contre sa poitrine, le droit plaquant la lame contre son cou. Maintenant tu te barres par là, ou je te saigne comme un cochon.

Le gamin se met à gémir. Le chanteur perçoit une odeur de pisse.

Je te jure, dit-il. Je te saigne comme un cochon. Bordel, je suis Barbe-Bleue. T'as déjà entendu parler de moi ? Je suis le bossu de Notre-Dame. Je suis Tezcatlipoca. Je vais te buter. Je vais te bouffer. Et je prendrai mon pied. Maintenant casse-toi.

Il repousse le gamin.

Le gosse marche, puis court, sautille, en larmes.

Lui reste là, immobile, le sang goutte au sol à travers le tissu. Il la sent maintenant, la douleur de la blessure.

Il retire sa chemise, déchire les manches. Prend celle qui n'est pas gorgée de sang et la noue le plus serré possible autour de son bras. Puis, torse nu, il fait volte-face et repart dans l'autre sens en rasant les murs, retourne sur la place, trouve un banc loin des lumières et s'assied. Son souffle rauque. Sa sueur qui refroidit. Tout tourne à présent – il sait qu'il est dangereusement cuit, la volte lente des mondes alcoolisés. Il arpente lourdement son cerveau, essaie de trouver une prise.

Où allait-il ? Où se rendait-il ? Il allait prendre l'avion, non ? Sortir de ce pays ? Paris. Il se rendait à Paris. Une chambre, qui surplombe la ville. Qui surplombe la clameur et les foules. Un endroit inondé d'une froide lumière septentrionale. Il cligne des yeux, l'image est partie et il a le mal de mer ; il se retourne pour vomir au pied d'un arbre. Il se redresse, s'essuie la barbe. Il se sent un peu mieux. Ses yeux bougent un peu moins.

Une jeune fille danse non loin de lui. Elle tourne, tourne, tourne et elle est comme ces astronautes, tournant et tournant, et il a de nouveau le mal de mer à la regarder et il voudrait qu'elle s'arrête. Mais elle est trop belle pour s'arrêter, vêtue d'une de ces jupes que portent les Indiennes. Elle est belle, une beauté indescriptible, faite de lumière d'étoile et d'éclat de lune.

La fille se met à ralentir un peu, sa jupe se dégonfle, ses bras se baissent.

Elle le regarde, il la regarde. Puis elle tourne les talons et traverse lentement la place. Il se lève et la suit.

Ses pas sont agiles et assurés. Ses pieds nus ne font pas de bruit. Elle se fraie son chemin sur les pavés l'air de savoir où elle va – des chiens la reniflent puis battent en retraite, les oreilles couchées. Elle ne se retourne pas pour vérifier qu'il la suit, mais il sait qu'elle sait qu'il la suit.

Qu'il n'a pas le choix. Qu'il est reconnaissant de ne pas avoir le choix.

Il pense qu'il la suivrait n'importe où. Il pense que c'est peut-être à ça que ressemble la mort – peut-être est-ce ce qui est en train de se passer, peut-être le couteau a-t-il pénétré, perforé le rein. Peut-être est-il affalé là-bas, où sa vie se vide sur le pavé errant, et elle est un ange venu le ramener chez lui.

Ils débouchent sur le quai – il y a des bateaux –, la fille a disparu, il est de nouveau seul. Seul il saigne. Tremble, il a froid.

N'importe qui pourrait le trouver là. Il ne peut pas retourner à l'hôtel. Pas par le chemin de l'aller. Pas sur ce sentier obscur.

Il se dirige vers le ponton, où les bateaux se cognent. Il reconnaît le type qui a fait traverser les Indiens, il somnole dans son skiff.

Hé, dit-il. Hé. Réveille-toi.

Le type ouvre un œil. Il a l'air apeuré.

Emmène-moi au rocher, dit-il. Le rocher blanc. Je te paierai. Je te donnerai tout ce que tu veux.

Maintenant ?

Ouais, maintenant. Tout de suite.

Le matin c'est mieux.

Non. Pas le matin. Maintenant. Faisons-le maintenant. Allez allez allez. S'il te plaît.

Il grimpe déjà dans un bateau. Il voit bien que le type n'a pas envie de l'emmener comme ça, torse nu et sanguinolent. Il se lève, trouve son équilibre. Combien de rebords ? Combien de fois a-t-il fait hurler les filles en jouant les équilibristes sur le rebord des fenêtres ? Il regarde autour de lui. Il n'y a personne. Mais ils le trouveront bientôt, le gamin et tous ceux qu'il appellera à l'aide. Il n'a pas beaucoup de temps.

Le type rit – montre des dents enluminées d'argent, fait vrombir le moteur et les voilà partis, lentement au ras de l'eau, dans la traversée du chenal. Le chanteur se tapit au fond de l'embarcation, le moteur vibrant jusque dans les pulsations de son corps. Il sent le vomi de tout à l'heure, le sang, la sueur. Le bateau heurte une crique rocailleuse. Le skipper descend d'un bond, amarre le skiff à un arbre. Le chanteur se hisse laborieusement sur ses pieds, descend sur la plage de galets.

Tout est calme, la nuit est épaisse, la lune blêmit mais brille toujours.

Gracias, dit-il. *Gracias.*

Veinte pesos.

Oh mec, je suis désolé. J'ai pas d'argent. Il retourne ses poches. *No tengo dinero.* Je te les apporterai demain. Promis. Je t'apporterai cent dollars. *Cien dólares. Mañana.* Promis, d'accord ?

Le type a l'air dubitatif.

Promis, mec. Mais s'il te plaît – ne dis à personne que je suis là. *Por favor.* Il porte l'index à ses lèvres.

Le type jure à voix basse, détache son bateau, et se met à ramer en direction de la côte.

Hé, lance-t-il. Hé, attends, comment je vais revenir ?

Mais le type est déjà hors de portée, déjà enveloppé dans la soie noire de l'eau.

Le chanteur commence à se dire qu'il a fait une terrible connerie. S'ils vont sur le quai et voient le bateau parti, ils comprendront qu'il a traversé. S'ils viennent le trouver ici, ils pourront lui faire ce qu'ils veulent – le fusiller et lui creuser une fosse à la va-vite.

Les Indiens, il faut qu'il trouve les Indiens.

Il marche un peu vers l'intérieur de l'île, trouve un rocher sur lequel s'asseoir. Il aimerait une clope – il a toujours les siennes mais il n'a pas de briquet. Son bras lui fait mal à présent – il retire la manche, essaie de palper la coupure dans l'obscurité. La lame s'est enfoncée à un peu plus d'un centimètre sous la peau, on dirait qu'il y a beaucoup de sang.

On entend des bruissements dans l'obscurité – des animaux, pas loin. L'île a une odeur de terre chaude, d'eau salée, de pierre. Les déjections d'un animal à côté de son pied. Il sait qu'il lui faut bouger d'ici, que cet endroit est trop exposé, il sait qu'il doit trouver les Indiens ou se cacher jusqu'au matin.

Il se met à suivre un sentier sablonneux et caillouteux. Des racines se prennent dans son jean et le déchirent – l'une, particulièrement grosse, l'envoie s'étaler de tout son long, et quand il se redresse à quatre pattes, il constate que son pantalon est déchiré au genou, ses paumes de main à vif. Il a envie d'éclater en sanglots – d'éclater en sanglots comme quand il tombait, enfant, quand sa mère venait le relever…

Tout à coup il veut sa mère : là, agenouillé sur cette terre rocailleuse, il appelle sa mère en pleurant. Elle est venue le voir, le voir jouer, et il ne l'a pas laissée entrer dans les loges – sa mère et son frère. Pourquoi voulait-il les punir ? Relève-moi, mère, serre-moi, mère, s'il te plaît.

Il ne saurait plus y avoir de punition. Plus de douleur. Il l'a courtisée, la douleur, il l'a semée, a vécu trop longtemps au milieu de sa lugubre moisson.

Il se recroqueville, reste là, face contre terre.

Un bruit, tout près. Un craquement de brindilles – la peur le traverse. Il est une proie. Il saigne. Il pourrait y avoir des créatures ici : des jaguars, descendus de la jungle. Ils vont flairer sa trace. Flairer son sang. Il doit se lever.

Il se redresse comme il peut et continue à marcher, le plus silencieusement possible, les cailloux lui cisaillant les pieds. Il fait noir comme dans un four ici au milieu des arbres. Le sentier débouche sur une clairière : il y a les étoiles, la lumière du phare au-dessus d'une falaise. Le projecteur mitraille l'île, illuminant le canyon, les cactus agrippés aux parois de la falaise. Longtemps, il reste piégé dans son faisceau, exposé. Mais il voit que le canyon est vide : il n'y a personne ici, pas de jaguars prêts à bondir. Les Indiens sont allés se coucher.

Il marche jusqu'à l'autre bout de l'île et trouve un rocher où s'allonger. Il s'étire, et là il voit les étoiles, le grand firmament au-dessus, et il n'est plus qu'embruns, des embruns tournoyant dans la poussière d'étoile, un homme qui était un chanteur qu'on appelait une star. Il se croyait alchimiste, il croyait pouvoir se changer en or, mais il n'a jamais été que boue. Un simple gosse qui se dandine sur les planches. Il a essayé. Mais au final il n'est qu'un animal. Il est Caliban. Une paire de griffes estropiées. Une proie. Le voilà le réel, le réel qu'il a tant cherché.

Messieurs on va fermer.

Il lève la tête : le bruit d'un instrument grave, une voix, brisée exactement aux bons endroits. Il se met debout et foule le sol âpre, appelé par ce chant. La musique s'estompe puis revient, plus forte qu'avant. Il arrive à un portillon, qui donne sur de l'herbe broussailleuse, une paillote trapue, un feu. Il y a des gens autour du feu. Les Indiens. C'est le jour, ou bien la nuit, il ne sait pas trop. C'est l'entre-deux. C'est maintenant. C'est en train de se passer. C'est un rêve.

L'assemblée est là, les jeunes hommes, les femmes, le vieillard. Ils le regardent de l'intérieur du cercle de feu et il sait ce qu'il doit faire : il se laisse tomber à genoux et se dirige vers eux, le ventre au ras du sol, avec les racines qui l'agrippent et lui lacèrent la peau. Il approche ainsi du cercle, prostré, torse nu, à quatre pattes, puis s'arrête, repose sa tête sur le sol.

La musique cesse, il y a du silence, les bruits du feu, les éclats et le crépitement du bois. Il perçoit leur choc devant cet intrus dépenaillé, brisé, ensanglanté, face contre terre. Puis des bruits de pas – une main sur son épaule, qui le retourne – il voit le vieillard, les cerfs qui bondissent sur son pantalon.

J'ai cherché, dit-il. Toute ma vie.

À moins qu'il ne fasse que le penser.

L'homme se penche sur lui, palpe son corps en quête de blessures. Ses mains rêches sont bienvenues. Puis l'homme s'appuie sur lui, pose des tiges de plume contre sa peau et aspire – le chanteur se tortille au sol. L'homme crache dans sa main. Un cristal noir, qu'il brandit à la lumière du feu. Il se penche et aspire de nouveau – et encore une fois – même chose. Et encore. Et encore. Chaque fois le chanteur se tortille – chaque fois des convulsions l'agitent. Et puis c'est terminé. D'autres mains le saisissent sous les aisselles, le tirent vers le feu ; le cercle s'ouvre pour le recevoir. Il se recroqueville.

Et puis, pendant un moment, le monde est sombre.

Il dort, ou peut-être pas. Quand il ouvre les yeux, le ciel est bleu marine et il ne reste plus qu'une étoile.

L'homme chante de nouveau, se déplace autour des gens en cercle, les caresse avec ses plumes, qu'il brandit vers le ciel avant de les rapprocher du feu. Et il chante à ses failles, il chante à ses plaies, les panse avec de la lumière d'étoile et une mélopée.

Le chant semble ne jamais devoir finir, et c'est alors qu'il comprend : il ne finira pas avant que le soleil y mette fin, avant que le soleil se soit dressé dans le ciel. Et il sait aussi que le lever du soleil dépend du chant de cet homme, de ce chant qui l'encourage à revenir au monde, qui le loue, qui l'appelle, qui l'enfante.

Le ciel devient marine, puis gris, puis blanc et bleu. Le chanteur frémit, se redresse et s'assied à l'instar de tous les membres de la famille, très droit, face aux flammes. Quelqu'un lui pose une couverture sur la poitrine.

C'est l'aube. Le soleil est là. Le chant du vieillard cesse. Pendant un moment, le calme règne, les bruits familiers d'une femme qui nourrit son enfant. Les hommes parlent à voix basse. Il y a des rires de tous les jours.

La famille se lève, ils partagent des fruits, jettent des cendres à coups de pieds dans le feu, rassemblent leurs affaires. Les couleurs sont délavées et pourtant pleines de vie : les dernières braises du feu, la cendre gris-blanc. L'orange que la femme donne à manger à son enfant. C'est la première orange qu'il a jamais vraiment vue. Elle lui en offre un quartier, il le prend, le suce, et jamais il ne s'est senti aussi bienheureux.

Le vieillard lui adresse un hochement de tête, lui fait signe de le suivre : il se lève, marche pieds nus sur un sentier sablonneux, le parfum de l'océan se rapproche, et il débouche sur la plage. Il les observe, leur façon d'avancer vers le rivage, offrant leurs calebasses et leurs bougies. Il se souvient alors de la croix tissée restée dans sa poche arrière – l'œil de Dieu –, il la dépose dans le sable où elle gît, son œil diamant noir tourné vers l'ouest.

Puis la famille remballe. Leurs gestes sont rapides.

Ils viennent vers lui, hochent la tête, lui parlent. Il explique d'un signe qu'il va rester ici un moment. Aussi prennent-ils congé et il se retrouve seul avec l'aube, l'océan, le rocher, les offrandes, l'œil de Dieu.

Et soudain il comprend ce qu'il doit faire.

Il retire ses habits, les plie et se retrouve nu. Il marche vers l'océan. Il a de l'eau jusqu'aux chevilles, jusqu'à la taille – il nage. Il se dirige à grands mouvements vers le rocher, l'eau agitée lui éclabousse le visage – du sel dans les narines, la moustache, du sel dans la béance de sa plaie. Il sent la piqûre et la piqûre est bienvenue, bienfaisante. Puis viennent d'autres piqûres, des plaies plus profondes. Il sent l'océan les embrasser elles aussi, les nettoyer avec le sel de ses larmes.

Il nage vers le rocher, mais il n'a pas de destination, pas vraiment – il peut se dissoudre, devenir liquide. Dis-moi, murmure-t-il à l'aube. Apprends-moi à vivre. Le soleil lui touche la peau.

Vite, plus vite que ce qu'il pensait, il atteint le rocher, sent son odeur de crabes, de pisse, d'eau de mer et quelque chose d'ancestral, de troublant, de magnifique. Il y a des crabes tout le long de la démarcation sombre à l'endroit où la pierre rencontre l'océan. Il se demande jusqu'à quelle profondeur il s'enfonce, quelle taille mesure ce rocher sous la surface, ce rocher dont ne dépasse que la pointe. Il voit les offrandes déposées dans les fissures : bougies, calebasses, cœurs. Il lève les mains et grimpe – extirpant des vagues son imposant corps blanc, l'eau dégoulinant sur lui alors qu'il se dresse là, luttant pour rester en équilibre un moment, les bras tendus vers le soleil, puis il lâche prise, replonge dans l'océan, allongé sur le dos. Sous lui, les grandes marées déferlantes.

Tout est là-bas sur le rivage : la douleur, les complications, la lutte, la haine, l'amour, les blessures, les choix, le profit, la perte, mais ici il n'y a ni vie ni mort, ici dans cette intimité liquide, ces tessons argentés – l'eau pareille à du mercure dans le soleil levant, se levant, se couchant, se levant, se couchant, ici où la nuit occidentale cède la place au jour. Il est le sacrifice, il est l'offrande. Les flûtes sont cassées, il est prêt pour l'ordalie. Nous sommes riches de donner. Riches d'offrir – telle est la plus simple des vérités.

L'ÉCRIVAINE

2020

Ils s'aident mutuellement à monter dans le bateau, retrouvant l'équilibre à mesure qu'ils prennent place sur les bancs en bois. Quand ils sont tous installés, on leur fait passer des gilets de sauvetage rouges miteux qu'on les encourage à enfiler.

Son mari prend leur fille sur les genoux tandis que le pilote tire sur le moteur hors-bord et qu'ils entament péniblement la traversée du bras d'eau paisible. Le soleil est déjà bas. Ils sont en retard, plus qu'ils ne devraient : elle voit la frustration sur le visage du *mara'akame* et de son fils. Ils ont attendu que ces balourds d'Occidentaux mettent leur crème solaire, leur spray anti-moustiques, leur chapeau, leurs manches longues, qu'ils achètent de l'eau et consultent leurs mails et leur page Facebook, or il leur reste encore une longue route pour rentrer chez eux avant de pouvoir dormir.

Les pèlerins parlent de ce qui va s'ensuivre, se demandent s'ils vont pouvoir trouver des vols pour retourner en Allemagne, en France, en Angleterre. Si ce sera la foire d'empoigne dans les aéroports. Si les vols seront abordables. Si les frontières seront fermées. La jeune Française dit qu'elle va rester : il n'y a rien qui l'attend, rien d'urgent. Les autres hochent la tête, ouais, super, pourquoi pas ?

Le producteur de musique parle à son mari, explique qu'il pourra prendre un avion pour Tijuana même si les frontières américaines ferment – c'est là qu'il a laissé sa voiture, il pourra retourner au parc de Joshua Tree depuis là-bas. La femme sent l'électricité statique de son angoisse augmenter à mesure qu'ils discutent.

Elle pense à ces photos : les rayonnages vides des supermarchés.

S'ils parviennent à trouver un vol et qu'il n'y a plus de nourriture à leur arrivée, que mangeront-ils ? Elle devrait aller sur Internet, dès que possible. Essayer de commander une livraison de courses. Attendre en ligne qu'un créneau se libère.

Bon Dieu. Je suis vraiment en train de penser ça ?

Elle sent le glissement, l'ordinaire déjà fondu dans la lumière d'un rêve.

Le Suédois se met à parler du rocher blanc, du fait qu'il a prévu d'y aller à la nage, il a entendu dire que ce n'était pas loin, il est très impatient d'entrer dans l'eau. Le Colombien dit qu'il se joindra à lui.

Puis : Waouh ! s'exclame soudain le producteur. C'est magnifique.

L'écrivaine lève les yeux. Il a raison : le soleil bas éclaire le Pacifique de toute sa magnificence somnolente de fin d'après-midi.

Où était l'hôtel ? demande-t-il en se tournant vers elle. Celui dont vous me parliez ? Celui en ruine, où il a séjourné en 1969 ?

Par là. L'écrivaine désigne le sud. Au détour de la pointe, à l'autre bout de la plage. On peut y aller à pied depuis la ville. Il faut à peu près une demi-heure.

Ensuite, les dernières minutes de la traversée, ils restent silencieux, comme retenus entre différents états ; elle sent les courants qui les aspirent tous : les vociférations du monde d'après avec ses vols, ses familles et ses innombrables urgences, l'eau sous leurs pieds, l'île qui les attend devant ; et les voilà arrivés de l'autre côté, frottant contre les galets d'une petite plage grise, descendant du bateau, laissant leurs gilets de sauvetage derrière eux, soulevant leurs enfants au-dessus de l'eau pour les poser à terre. La femme inspecte les jambes de sa fille en quête de piqûres de moustique. Les *jejenes* sont déjà redoutables : elle sent ses mollets à elle couverts de boutons qui la démangent. La petite-fille du *mara'akame* sourit à sa fille, remue les oreilles, rayonnante. Elle doit avoir neuf ans, songe l'écrivaine, ou à peu près, vêtue d'une version miniature des habits de sa mère, un chemisier court, une simple jupe longue, ses longs cheveux détachés – son sourire découvre ses larges dents. Sa fille, elle, porte un tee-shirt orné d'arcs-en-ciel et un short bleu. Des sandales bleu marine. L'écrivaine demande son nom à la plus grande. Lui donne le sien. Présente sa fille.

Hel-lo, sourit cette enfant, en s'appliquant à bien prononcer le mot anglais. Puis elle glousse, agite la main et rejoint en sautillant le devant de la file pour retrouver sa famille.

Ils empruntent un sentier ombragé, où de petits arbres ploient au-dessus de leur tête, filtrant la lumière du soleil, des feuilles friables jonchent le sol.

L'écrivaine tient la main de sa fille. Elle perçoit son épuisement, son inconfort. Ses pieds fouettent le sol dans ses sandales bleu marine.

Tu as soif ?

Sa fille secoue la tête.

Faim ?

Non, maman.

On est presque arrivés, ma poulette, dit la femme.

Son mari est à quelques pas devant, sa démarche plus ou moins accordée avec celle du *mara'akame* et de la Française. Comme ils avancent dans la lumière pommelée, le *mara'akame* désigne d'un mouvement de tête la Française. *Tu esposa?* demande-t-il au mari de l'écrivaine.

Non ! s'empressent de répondre son mari et la Française. Non, non, dit son mari. Ma femme est là. Il montre l'endroit où elle se trouve, à quelques pas derrière.

Le *mara'akame* grogne. Tu devrais avoir plus

d'une femme, dit-il avec un signe de tête vers la Française. Tu devrais en avoir deux.

Ils rient tous : son mari, le *mara'akame,* la Française. Seule elle – qui marche plusieurs pas derrière, la main de sa fille dans la sienne, ne rit pas.

Elle se cramponne davantage à cette petite main.

Plonge l'autre dans le sac tissé, touche les bols en calebasse. La chaleur fait fondre la cire.

Le sentier débouche dans une vaste clairière où l'herbe est grillée par le soleil et sur laquelle des buses planent paresseusement dans les courants ascendants. Devant eux se dresse une petite colline de caillasse, un phare au sommet. Le soleil est féroce, elle sent sa peau se tendre sous son éclat, les crevasses et les fissures sur ses lèvres gercées par le désert.

La colonne de pèlerins traverse rapidement la clairière, franchit un portillon dans une clôture en bois, puis pénètre dans un champ, où se trouve une cabane au toit de feuilles de palmier, dont les murs ont été grossièrement bâtis avec de la roche et de l'argile. Un cercle de pierres entoure l'emplacement d'un feu juste à l'extérieur de la porte d'entrée.

Ils l'ont brûlée, explique le Mexicain en désignant la cabane, dont les parois sont noircies par le feu.

Qui ça ? demande son mari.

Le maire de la ville, à ce qu'on dit. C'est la panacée pour l'immobilier. Ils veulent en faire une station balnéaire.

Mon Dieu, s'exclame le mari de la femme à l'adresse du Mexicain, en secouant la tête.

L'écrivaine regarde autour d'elle. Ce serait facile de croire qu'il n'y a jamais rien eu ici – juste une cabane, une grotte et les buses, juste de l'herbe broussailleuse et des insectes agressifs. La cabane, à l'instar de bien des lieux sacrés qu'ils ont visités au cours de ce voyage, est une construction étonnamment précaire : elle ne semble pas capable de résister à grand-chose en matière de météo. Mais elle commence à apprendre que les choses sont ainsi, qu'on ne sort pas de cinq cents ans de tentatives de destruction de sa culture en construisant des basiliques qui brillent au soleil. Leurs lieux les plus sacrés se cachent à ciel ouvert : il faut s'accroupir pour être près du feu, se baisser pour entrer dans la grotte, grimper pour atteindre le sommet de la montagne.

L'écrivaine sait que ce n'est pas le seul de leurs sites sacrés qui se retrouve ainsi menacé : El Quemado aussi, la montagne au nord, l'endroit que les Wixárikas appellent le Berceau du Soleil. Ils l'ont gravie la semaine dernière, certains à pied, d'autres à cheval, un trek de trois heures depuis une ancienne ville de mines d'argent pour atteindre la cime. Sa fille a commencé à cheval avec son père mais elle a détesté, pleuré pour descendre, alors elles ont grimpé ensemble, elle et sa fille de trois ans, côte à côte, tandis que l'air se raréfiait et que le paysage se magnifiait. Une fois parvenus au sommet, les pèlerins ont déposé la deuxième de leurs trois bougies dans les rochers, puis se sont assis pour contempler le vaste désert à leurs pieds, Wirikuta, l'endroit où poussaient les cactus sacrés. De larges parcelles beiges d'un demi-hectare formaient un patchwork dans le désert. Des plantations de tomates, expliqua le Mexicain. Dirigées par les cartels.

Ensuite il leur parla de la compagnie minière canadienne à laquelle l'ex-président avait accordé une concession pour qu'elle exploite les gisements d'argent de la montagne sacrée. Un genre d'exploitation spécial, à ciel ouvert, qui éventre la montagne par au-dessus, la rendant méconnaissable. Avec des explosifs adéquats, dit-il, on peut écraser une montagne en quelques heures, mais les déchets toxiques, eux, les xanthates et le cyanure, restent dans le sol pendant des années.

La femme tend sa fille à son mari et entre dans la cabane.

L'intérieur est obscur et saturé de l'odeur d'animaux, de sueur, de cire de bougie et de graisse. Elle reste un moment, consciente qu'elle a envie de ressentir quelque chose, quelque chose qui lui échappe, qu'elle a souvent eu cette sensation, au cours de ce voyage, le sentiment qu'il y a un sens ici, mais un sens qui lui reste hermétique, une langue qu'elle ne comprend pas.

Par l'embrasure étroite de la porte, dehors, dans le soleil brumeux, elle voit la petite-fille du *mara'akame* qui fait de nouveau signe à sa fille. Les pèlerins qui chassent à grands gestes les moustiques et les *jejenes*. Le fils du *mara'akame* ramasse des branchages parmi les broussailles alentour, les empile dans le cercle de pierres et y met le feu. Ils prennent immédiatement, et les pèlerins s'approchent des flammes, autour desquelles ils forment un cercle approximatif.

Elle les observe, leurs visages deviennent roses puis rouges dans la chaleur. La famille du *mara'akame* se tient un peu à l'écart.

Elle sort de la cabane et prend place dans le cercle – contente de la présence du feu, malgré la chaleur étouffante de l'après-midi, contente de la protection qu'il procure, les insectes belliqueux étant tenus à distance. Le *mara'akame* fait vite le tour du cercle, les plumes sont passées une fois de plus sur leurs joues, leurs têtes, leurs épaules. Elle sent l'empressement de l'homme à présent, la longue route qui l'attend, sept heures pour retourner au sommet de la montagne, or il n'a presque pas dormi et il n'est plus tout jeune.

Il désigne une petite grotte, un peu au-dessus d'eux sur la colline, et ils s'éloignent du feu en file indienne pour présenter leurs offrandes. L'écrivaine se tient entre son mari et sa fille. En approchant, elle voit que la grotte est minuscule, pas plus d'un mètre cinquante de hauteur, et exiguë, pas plus de cinquante centimètres de profondeur, et les rochers vérolés dans lesquels elle est creusée sont noircis par la fumée de feux innombrables. Le sol est jonché de bougies, de calebasses, de galets, de cire fondue, alors on ne sait pas trop ce qui doit être déposé ici : les bougies ? Les calebasses ? La croix ?

Qu'est-ce que je fais ? demande la femme à son mari, paniquée. Est-ce que c'est le lieu pour une calebasse ? Qu'est-ce que je mets ici ?

Oui, répond son mari. Une calebasse. Dépose une calebasse.

Elle en sort une de son sac, hésite encore. Cela lui paraît soudain crucial de ne pas se tromper.

Sa fille la regarde. Ici, maman, murmure-t-elle en désignant un endroit où il y a une petite place. Mets-la là.

Elle fait ce que lui suggère sa fille, se baisse pour déposer la calebasse sur la pierre – il n'y a pas le temps de procéder autrement, la personne suivante, juste derrière elle, se prépare à poser sa propre offrande. Le soleil se couche, les insectes attaquent, elles redescendent vite la colline, rejoignent le feu, la cabane, sa fille trébuche un peu sur le sol caillouteux. L'écrivaine la redresse, lui serre plus fort la main tandis qu'elles suivent la colonne de pèlerins repartie sur un sentier, davantage de sable à présent que de broussailles, et on l'entend, le bas bruit du ressac – et soudain la vue s'ouvre, leurs pieds s'enfoncent dans le sable et il y a la plage gigantesque et le rocher blanc devant eux, ils accélèrent, retirent leurs chaussures et leurs chaussettes, sentent le sable chaud sous leurs pieds, la fin, le rocher, qui les appelle.

Sa fille lui lâche la main et s'écarte pour

escalader la petite dune inclinée devant elle puis, mi-courant mi-sautillant, rejoint l'endroit où le sable est ferme, là où la mer s'est retirée.

L'écrivaine, debout sur la plage, regarde sa fillette s'accroupir au bord de l'eau – enfouir ses mains dans le sable. Désormais de plus en plus nombreux à arriver, les pèlerins se dirigent, à l'instar de la petite, vers l'eau : ils portent leurs dernières offrandes, leurs calebasses et leurs bougies, s'apprêtent à les planter dans le sable, à les déposer sur les vagues.

Le Suédois et le Colombien ont déjà offert les leurs et se déshabillent, enfilent leur maillot, se préparent pour la nage. L'écrivaine met une main en visière. Le rocher n'est pas loin, mais pas tout près non plus – il y a bien trois cents mètres, au large l'eau est agitée, on pourrait facilement être en difficulté, or il n'y a pas de sauveteurs ici. Elle voit que son mari aussi les regarde, d'un peu plus loin sur la plage, près de leur fille. Elle sait ce qu'il pense. Que lui aussi devrait nager. Qu'il l'aurait fait : dix ans plus tôt, voire cinq, ç'aurait été son propre torse mince qui aurait été offert au soleil. Elle l'observe qui regarde ces hommes plus jeunes – piégé entre deux âges à l'abri de ces rochers éboulés qui coupent le vent sur la plage.

Il disait qu'ils vieilliraient ensemble, que leurs troncs s'entremêleraient comme de vieux arbres. Mais ça n'arrivera pas. Une fois qu'ils auront quitté cette plage, quitté ce pays, ils ne formeront plus une famille comme ils l'avaient fait jusqu'ici. Il n'y aura pas de vieillir ensemble, plus de troncs qui s'entremêlent. Il y aura rupture et perte.

Elle a envie d'aller vers lui, de franchir ce sable pour le rejoindre, de réduire la distance entre eux. De lui poser une main sur le dos et de lui dire qu'il a tort, qu'ils ont tort de faire ça, qu'ils ne peuvent pas se séparer. Bon sang, comment peuvent-ils se séparer ? Ils s'aiment trop pour ça. Ils aiment trop leur fille pour ça. Elle voudrait dire qu'elle sera là quoi qu'il arrive, qu'ils affronteront cette situation ensemble, qu'ils se raccompagneront à la maison.

Mais elle reste où elle est.

Le Suédois et le Colombien courent en braillant, se jettent dans les vagues, puis nagent jusqu'au rocher. Elle observe son mari qui revient à lui, se tourne vers le sable, sort la dernière des trois bougies de son sac en bandoulière. Celle-ci a un ruban bleu cousu. Bleu pour l'océan. Bleu pour l'ouest. Elle voit ce ruban étinceler au soleil. Son mari la regarde, lui adresse un hochement de tête – elle répond de même – et il marche jusqu'au bord de l'eau, brandit la bougie au soleil puis l'enfonce dans le sable.

Voilà, c'est fait.

Quand il se relève il est différent, le corps plus détendu, plus libre. Il a terminé. Il a fait ce qu'il était venu faire ici. Et cela accompli, il ne se dirige pas vers l'écrivaine, sa femme, mais vers l'endroit où sont regroupés les hommes – là où se trouve l'autre Anglais, allume une cigarette, raconte une blague.

Elle sait que c'est son tour à présent.

Elle avance vers l'eau, vers sa fille. Elle s'agenouille à côté d'elle. Qu'est-ce que tu fais, mon cœur ?

Sa fille lève les yeux, un léger froncement de surprise sur le visage : mais enfin, semble-t-elle dire, ça se voit, non ? Je joue dans le sable.

Son short est tout sableux. Comme elle déteste porter des culottes, elle va en avoir plein les fesses. L'écrivaine sent l'agacement qui vient, ou l'épuisement, à l'idée que sa fille va être trempée, les fesses pleines de sable, qu'elle va devoir négocier le trajet du retour en ville, que sa fille sera gênée avec tout le sable et les petits cailloux, et tout en pensant cela elle sait aussi que ça n'a pas d'importance, aucune : sa fille est restée enfermée pendant des heures à l'arrière d'un minibus étouffant. Elle n'arrive pas vraiment à la comprendre, cette vilaine part d'elle-même, ce besoin de tout maîtriser, cette terreur de ce qui se trouve hors de son contrôle. Sa fille a trois ans. Elle a voyagé pendant des heures. Elle a besoin de jouer.

Elle la regarde appuyer les mains dans le sable : une empreinte se forme avant que l'eau ne remonte à la surface. Elle répète ce geste encore et encore. Et chaque fois l'eau s'exécute, efface la trace de sa main, redonne du volume et du lustre au sable, prête à ce que la fillette appuie de nouveau.

En l'observant, la femme est assaillie par un souvenir, un souvenir de traces sur les parois d'une grotte, d'un voyage en France l'été précédent.

Ils y étaient allés ensemble : elle, son mari et sa fille, son père et sa mère. Elle avait voulu faire prendre l'air à son père. Il pouvait encore marcher à l'époque, tout juste, à l'aide d'une canne. Elle avait cherché un gîte sur Internet, en avait trouvé un équipé de barres d'appui, de toilettes et de douches pour handicapés. Il y avait une piscine dans le jardin et une chambre remplie de jouets d'enfants, mais il avait plu toute la semaine, sa fille n'avait personne avec qui jouer à part ses parents et ses grands-parents, et il pleuvait, pleuvait, pleuvait. Sous la pluie grise, ils allaient au supermarché en voiture acheter du fromage, du vin et des douceurs, puis rentraient chez eux pour les manger sous l'auvent qui gouttait. Ils avaient beau se dire que ce n'était pas grave qu'il pleuve, ils savaient bien que si.

Elle ignorait encore, à l'époque, que l'histoire qu'elle vivait était une fiction – que son mari portait depuis longtemps des secrets, prêts à faire sauter les fondations de leur mariage, et pourtant la semaine avait été empreinte d'une étrange atmosphère. Des non-dits. Un malaise.

Ils dormaient dans des chambres séparées, elle et son mari, elle avec sa fille dans deux lits jumeaux dans la mansarde, son mari seul à l'autre bout de la maison. Il était impossible de dissimuler cette répartition de l'espace de nuit, mais ses parents étaient trop polis pour l'évoquer.

Un jour, sous une pluie battante, ils étaient partis tous ensemble dans la voiture de location, son mari au volant, son père devant, elle, sa mère et sa fille à l'arrière. Ils avaient roulé une heure sur des petites routes vertes et humides, avaient longé des champs et de modestes collines jusqu'à arriver à l'entrée d'une grotte. Ils avaient acheté les derniers tickets du matin pour la visite. Son père était parvenu à marcher avec sa canne jusqu'au petit train électrique, à s'installer sur un siège. Sa fille était assise entre elle et son mari, tandis qu'ils parcouraient plus de trois kilomètres dans le calcaire, dans le noir.

Le guide pointait les tanières creusées par des ours des cavernes, brandissait sa torche afin d'éclairer les traces de griffes sur les parois du rocher. Enfin, le train s'était arrêté dans une salle basse, où ils étaient descendus et s'étaient un peu écartés des wagons sur un sol inégal. Ils étaient là, partout sur le plafond de la grotte : rhinocéros, bouquetins, bisons, mammouths, chevaux, toutes ces images se bousculant les unes les autres, comme si l'artiste avait voulu célébrer l'abondance du gibier.

Ce ou ces artistes avaient dû peindre allongés sur le dos, expliquait le guide : une chapelle Sixtine préhistorique.

Ils se tenaient là, le visage incliné, sans voix. Le bouquetin superposé au cheval, ses cornes généreuses contre le flanc du mammouth, une frise de mammouths, deux mammouths face à face, leurs défenses comme délicatement entremêlées.

Autour de ces dessins d'animaux se trouvaient des marques différentes, qui ponctuaient la pierre. Celles-ci avaient été faites par des doigts, expliquait le guide. Des enfants, beaucoup d'enfants. On appelait ça des tracés digitaux, dont un bon nombre avaient été réalisés par la même fillette de trois ans. Le quatrième doigt, voyez-vous, disait-il, est plus court chez les femmes.

La fillette avait dû être portée par ses parents, placée sur les épaules de son père ou de sa mère afin de pouvoir atteindre la paroi et laisser traîner ses doigts dans l'argile rouge et molle, révélant le calcaire, le lait de lune, en dessous.

Lait de lune.

Nous ignorons pourquoi ces marques ont été faites, expliquait le guide, il s'agissait peut-être de rites initiatiques, ou d'une sorte d'apprentissage, ou bien, avait-il souri, tout simplement d'une activité pour passer le temps.

Le mari de la femme avait tiré leur fille à lui pour la jucher sur ses épaules. Tu vois, ma poulette ? Tu vois ?

Le femme contemplait ces marques, leur façon de serpenter et de s'incurver sur la roche, imaginait cette petite fille, les mains tendues devant elle, la sensation plaisante de l'argile qui cède, ses petits doigts traçant des marques dans l'obscurité éclairée par la torche.

Elle aurait voulu qu'elles signifient quelque

chose, qu'elles lui révèlent leur sens, mais peut-être n'en avaient-elles pas d'autre que celui-là : treize mille ans en arrière, quand la glace fondait partout en Europe, au début de l'holocène, une fillette de trois ans avait été portée pour tracer ces marques dans le lait de lune, et plusieurs milliers d'années plus tard, au début de l'anthropocène, quand la glace fondait aux pôles, une fillette de trois ans était portée sur les épaules de son père pour voir.

Plus tard cet après-midi-là, de retour au gîte, il pleuvait encore. Ils étaient installés dans le salon. Sa fille regardait *Le Chat chapeauté* sur l'ordinateur. Son mari corrigeait des copies. Ses parents, après avoir farfouillé dans la collection de DVD, avaient choisi *Les Chariots de feu.* Elle passait en revue son fil Twitter – c'était son habitude, alors, comme appuyer sur un hématome –, dénombrant les mauvaises nouvelles, les dernières données livrées par les chercheurs en climatologie. Elle était tombée sur l'article d'un journaliste qui avait écrit un livre sur l'état des glaces. Il énonçait, très clairement, qu'on avait beau dire, il y avait déjà tout simplement trop de carbone durci dans l'atmosphère pour maintenir le réchauffement à un niveau que pourrait supporter toute forme de vie. Que la meilleure façon d'employer notre temps c'était d'apprendre à affronter la fin des choses. D'apprendre, en somme, à mourir.

En lisant l'article, la terreur l'avait de nouveau submergée. Terreur pour sa fille. Paralysante.

Elle voyait la futilité de sa garde à vue récente, comprenait qu'il ne s'agissait que d'une tentative de marchander avec l'inévitable : un panneau indicateur dans l'itinéraire du chagrin.

Elle avait dû émettre un bruit quelconque, car son père avait levé la tête, lui avait demandé ce qu'elle lisait. Il avait l'air troublé.

C'est fini, avait-elle lâché. Ce monde. Ce monde que nous pensions connaître. Les seuils critiques ont été franchis. Le sol s'est dérobé sous nos pieds. Tu sais ce que ça veut dire ? Tu sais ce que ça veut dire, deux degrés de réchauffement climatique ? Trois ? Quatre ? Tu sais ce que ça veut dire pour elle ? Elle avait désigné sa fille qui, non loin de là, tapait des mains devant *Le Chat chapeauté.*

Que pouvons-nous faire ? avait demandé son père. Qu'est-ce que je peux faire ? Les yeux écarquillés, il semblait terrorisé. Coupable.

Prie, avait-elle répliqué. Mais elle l'avait dit de manière cruelle. Ce n'était pas une invitation. C'était une gifle, et il avait bronché comme s'il avait été frappé. Toute sa vie, ce verbe, « prier », lui avait été étranger.

Elle aurait dû se montrer plus gentille. Aurait pu l'être. Ils étaient tous aussi complices les uns que les autres.

Elle pense à son père maintenant, à Manchester, dans le fauteuil au coin de la chambre qu'il ne peut plus quitter. Son embarcation a désormais mis cap à l'ouest. Elle sait à quel point il est apeuré, terrifié, par la fin des choses, à quel point son athéisme post-irlandais, post-catholique par défaut, l'a mal préparé à franchir ce seuil. Que rien dans sa vie ne lui a appris à mourir.

Elle aimerait pouvoir lui donner quelque chose, quelque chose de ce lieu, de ce pèlerinage, quelque chose pour faciliter le passage – une pièce ou deux pour le nautonier, cette silhouette obscure, déférente, pragmatique, indifférente, qui prépare sa barque en ce moment, équilibre les rames, s'attelle à la traversée. Qu'est-ce qui pourrait aider son père en chemin ? Ou n'importe lequel d'entre eux, d'ailleurs ?

Mais, tout ce qu'elle ressent vraiment, debout, là, sur cette plage, cramponnée à cette calebasse, c'est de la confusion. De la tristesse. Un vague sentiment de violation. Des portes qui se ferment. Le besoin impérieux, affligeant, que tout cela se termine. Le sentiment de ne pas avoir été à la hauteur.

Cependant, à l'ouest, la lumière est magnifique.

Ils prennent tous des photos, tous les pèlerins, avec leurs iPhone, leurs GoPro, leurs appareils photo. Le producteur a un petit machin – un Leica ou quelque chose de similaire, il ressemble à un de ces appareils des années 1960, quelque chose dont un photographe de ces années-là aurait pu se servir –, et tous se baissent, cadrent leurs prises de vue, essaient de saisir cette lumière extraordinaire.

Les petits-enfants du *mara'akame* se sont désormais séparés de leur famille ; les plus jeunes se déshabillent, la fille de neuf ans, débarrassée de son chemisier et de sa jupe, se retrouve en culotte. Son frère est en caleçon. Elle bondit dans les embruns, fait jaillir l'écume des vagues à coups de pieds. Elle se baisse pour attraper l'une des bougies déposées par les pèlerins, la lève derrière son épaule et la propulse dans la mer. Son frère l'imite. L'écrivaine les regarde : toutes ces bougies soigneusement placées, les voilà soulevées et jetées dans les vagues. Les enfants rient, aux éclats, le corps luisant d'eau. Elle se tourne vers la famille *mara'akame* en se demandant s'ils vont intervenir, si ça ne pose pas de problème – ces gamins qui balancent ces bougies comme ça –, mais les adultes aussi sourient, rigolent, sans être perturbés le moins du monde.

Et à présent la jeune fille se dirige vers sa fille à elle, s'accroupit sur le sable, et sa fille lève les yeux : l'attraction magnétique d'enfant à enfant, semblable à semblable, front contre front quand elles se penchent pour appuyer leurs mains dans le sable, soulever, compacter, modeler, leurs silhouettes confondues dans cette lumière vaporeuse, ces surfaces mouvantes où le soleil ploie et se réfracte. Modifiant l'échelle. Se jouant d'eux tous.

Elle voulait donner à sa fille de l'assurance, un sol ferme, la sécurité, un avenir sans peur. C'est ce qu'elle essayait de faire, quand elle a été interpellée, c'est ce qu'elle a expliqué au juge : je l'ai fait pour ma fille.

Mais, et si sa fille avait besoin d'autre chose

pour être à l'abri ? Des blagues. Des offrandes. La responsabilité du sacrifice.

Peut-être est-ce sa fille qui peut lui enseigner comment exister : comment se ficher du sable dans sa culotte, de la poussière du désert partout sur ses habits, comment la rencontrer, se rouler dedans, la laisser vous pénétrer, vous changer. Et si elle possédait déjà nombre des compétences nécessaires pour ce qui les attend ? La sagesse de tenir cette vie brève avec autant de douceur et de révérence que possible. Savoir où placer la calebasse. Modeler le sable avec ses mains aux larges paumes. Jouer à cet endroit où l'eau accoste le rivage.

Peut-être, songe-t-elle, est-ce l'amour qui au final est le plus sacré – l'amour qui nous anime le plus –, pas *eros*, ni *philia*, ni même *agapé*, mais *ludus*, l'invitation à jouer.

Ils s'y mettent tous à présent, sa fille, les enfants, les hommes qui sont de vrais gamins, revenant avec force éclaboussures du rocher, riant, s'ébrouant, les enfants avec leurs jets, mains derrière l'épaule et le *mara'akame* qui les embrasse du regard, avec ses mauvaises blagues et son demi-sourire. Le renard. Le cynique. Le clown dont le job est de s'attirer les foudres de Dieu. Ils lui montrent comment s'y prendre – non pas chercher à saisir la fin de l'histoire, mais s'abandonner à cette lumière sur ce sable, comme les vagues qui forment ces motifs sur le rivage. Renoncer à l'obsession de savoir comment l'histoire se termine.

Elle a besoin de lâcher prise, il faut vraiment qu'elle arrête de penser et qu'elle lâche prise, bordel de Dieu : il y a longtemps que les autres ont déposé leurs offrandes.

Elle s'approche du bord de l'eau, face à l'ouest, lieu des ancêtres. Lieu des morts. Lieu du rocher blanc. Lieu de Tatéi Haramara, la mère de tous. Et peut-être sont-ils tous là, dans cette lumière mouvante, ceux qui sont partis avant – le lieu des morts, peuplé par eux tous, attendant de recevoir son père, l'attendant elle, le moment venu, tous ces innombrables ancêtres qui se sont débrouillés comme ils pouvaient avec leurs problèmes et leurs dons, qui ont marchandé, travaillé, prié le soir et négocié avec les dieux pour la survie de leurs enfants.

Peut-être sont-ils tous là avec les bouquetins, les mammouths et les mastodontes, attendant de l'autre côté de l'eau d'où nous sommes venus : l'eau d'où nous sommes sortis la première fois en rampant pour nous allonger sur le sable chaud dans le soleil brûlant, destinés à devenir ce que nous sommes.

Elle regarde la calebasse dans sa paume, le cerf ne ressemble plus maintenant qu'à une tache, les personnages fondent aussi, perdent leurs formes, et revoilà la panique : elle n'a pas fait assez bien, assez attention, pas fait la tête du cerf assez détaillée, ni le maïs assez ressemblant, ni les silhouettes de sa famille assez robustes, et peut-être que lorsqu'elle la relâchera, la calebasse ne sera pas considérée comme assez digne

– la protection qu'elle aurait pu procurer ne sera pas assez forte pour gagner la faveur des dieux et résister aux tempêtes à venir.

Mais il faudra bien que ça suffise.

Elle se baisse, sent son pouls dans les parties fendillées de ses lèvres, les brûlures des crevasses. Et voilà qu'elle aimerait lancer cette offrande, se débarrasser de la responsabilité de faire les choses bien, la jeter dans les vagues en tendant le bras derrière son épaule comme le font ces gamins, mais elle n'ose pas, n'ose pas être aussi libre, si sûre d'elle, elle a beaucoup à expier, beaucoup de raisons de se repentir et beaucoup, beaucoup de raisons d'être reconnaissante. Aussi elle se baisse, précautionneusement, et la dépose doucement sur les vagues, cette calebasse de bric et de broc avec le maïs et le cerf et la famille. C'est tout ce qu'elle a à offrir.

Elle la regarde osciller, se faire entraîner par le courant, puis se soulever et rouler sur la plage où elle reste échouée un moment, posée sur le côté selon un angle étrange, se balançant doucement d'avant en arrière, jusqu'à ce que la vague suivante la soulève et la tire de nouveau, l'aspire, enfin – prise dans des courants que jamais l'écrivaine ne pourra connaître, ni maîtriser.

Et voilà que des souvenirs remontent de l'eau :

Elle est sur une plage en Grèce. Elle est très jeune, elle et l'homme qui va devenir son mari n'ont pas d'argent, ils ne peuvent pas se payer l'hôtel. Alors ils dorment sur la plage. Elle se réveille avec l'aube. Elle se redresse et voit qu'elle est cernée, que sur le sable l'encadrent des cercles concentriques : un cercle de bouchons de bouteilles, puis un cercle de mégots – il y en a des milliers –, puis des galets, puis des petits bouts de bois flotté, et puis des algues. Disposés en forme de cœur. Son mari, accroupi devant le dernier cercle, met la dernière main à son offrande. Il n'a pas dormi de la nuit, ratissant la plage, transformant les débris en amour.

Ou encore : c'est le jour de son mariage. Ces heures entre chien et loup. Son père est sur scène. Elle ne se rappelle pas comment il est arrivé là : elle est déjà dans les brumes de l'alcool, trop de vin et pas assez de nourriture, mais le voilà là-haut, sur l'estrade, sous une marquise humide, avec un pianiste qui l'accompagne, et il chante Simon and Garfunkel, *The Boxer*, le couplet bonus, celui qu'ils n'entonnaient qu'en public, lui avait-il expliqué.

Il agite la main en direction de l'assistance en chantant, il n'a jamais fait ça, jamais chanté comme ça sur scène, devant un public, pas dans son souvenir, mais ils adorent, les gens, ils l'encouragent à grands cris. Il est formidable. Il est complètement libre.

After changes upon changes we are more or less the same

*After changes we are more or less the same**.

* Après avoir changé tant et plus nous sommes plus ou moins les mêmes, / Après avoir changé nous sommes plus ou moins les mêmes.

Ou encore : elle est dans une maison au Mexique. La maison appartient à un vieil Allemand. C'est le soir. Sur le mur il y a des photos d'un réalisateur qui a séjourné dans cette maison quinze ans plus tôt – assis derrière sa caméra, il regarde au loin, mesure, une main en visière pour se protéger de la lumière –, mais elle est assise dehors, dans une cour ombragée, et elle attend l'arrivée de l'homme qui deviendra son mari, attend qu'il arrive ici, attend qu'ils se déclarent, là à l'orée lumineuse de leur amour.

Bientôt, mais pas tout de suite – pas tout à fait –, l'homme qui deviendra son mari arrivera, et leur histoire commencera.

Ou encore : elle est en garde à vue à Londres. Quelque part non loin de Victoria Station. Dehors il fait bon, bien trop bon pour une journée d'avril, mais dans cette cellule il fait frais. Il y a des toilettes dans un coin. Une caméra en hauteur. Le numéro d'un centre de désintoxication peint à la bombe au plafond. Ils ont claqué la porte. Elle est seule.

Ou encore : elle est là, sur la plage, avec sa fille et son mari. Les jeunes hommes reviennent, mouillés de leur bain, les enfants bondissent – et tous les fantômes de tous les morts de toutes les âmes à l'ouest les contemplent. Toute la vie à venir les contemple.

Le rocher blanc les contemple.

Son mari les contemple.

Elle voit qu'il la regarde, lève la main vers lui, l'agite à travers la distance entre eux. Comme elle a aimé cet homme ! Comme leurs troncs se sont entremêlés, comme ils se sont grandis, comme ils se sont donnés !

Elle comprend. Elle lui pardonne tout.

Il était temps.

Il était temps, après tout, de descendre. Il était plus que temps pour elle de descendre du bus.

Sa fille cependant, sa fille devra l'adorer démesurément, cet homme, son père, quel mot magnifique – *père*. Lui avec sa nature sauvage et ses mains aux larges paumes.

Il se retourne, son mari, se retourne vers les hommes, riant de ce que l'un d'eux a dit.

Et les revoilà, ces enfants, ils détalent sur la plage, interrompent les pensées, la jeune fille bondit, regardez-la bondir ! Si haut ! Les mouvements de son corps dans l'espace. L'écrivaine se rappelle avoir couru comme ça, avoir été une enfant comme ça, quand votre cœur rencontre l'air autour de vous, et qu'il n'y a rien sur son passage, quand vos longs cheveux flottent derrière vous.

Et maintenant sa fille est debout, elle se joint aux autres. Essaie de bondir elle aussi. La plus grande lui tient la main, l'aide à sauter plus haut. Et le soleil est bas à présent dans le ciel – touchant le corps de tous ces enfants, bondissant au-dessus de l'eau, l'eau infinie, qui brille et scintille à leurs pieds.

NOTE DE L'AUTRICE

Si mon propre destin et celui de ma famille ne m'avaient pas conduite là, je ne me serais peut-être jamais rendue à San Blas, un endroit reculé d'apparence paisible sur la côte nord du Nayarit, au Mexique. Cependant juste avant ma première visite, et le temps d'une brève recherche sur Internet, j'ai commencé à comprendre l'histoire stupéfiante, l'importance stratégique et le pouvoir rituel infini de cette ville et du rocher blanc qui se trouve à quelques centaines de mètres au large de son rivage.

Ma propre histoire rejoint celle de la ville et du rocher blanc à travers mes relations avec le peuple wixárika. Pour ceux qui voudraient en savoir plus à leur sujet, sur leur culture et leur histoire, vous trouverez ici une excellente source d'informations : https://wixarika.org.

L'article suivant constitue une bonne introduction au pèlerinage vers le Pacifique et le rocher blanc : wixarika.org/what-draws-native-huichol-pacific-ocean.

Concernant les chapitres relatifs au « chanteur », j'ai lu toutes les biographies habituelles de Jim Morrison, mais j'ai trouvé que les livres suivants donnaient un bon aperçu de la mise en scène créative et juridique de son voyage en juillet 1969 :

Chris M. Balz, *Burning the May Tree, the Sacrifice of Jim Morrison*, Bowker, 2019.

Frank Lisciandro, *Jim Morrison, Friends Gathered Together*, Vision Words & Wonder, 2014.

Daveth Milton, *We Want the World: Jim Morrison, the Living Theatre, and the FBI*, Bennion Kearny, 2012.

Jerry Hopkins, dans un article publié dans *Rolling Stone* sous le titre « The Doors in Mexico », a fait la chronique de la période qu'ont passée les Doors à Mexico.

Les points d'accès les plus immédiats et les plus puissants pour pénétrer l'esprit complexe de Morrison étaient, évidemment, sa poésie et ses paroles. Si celles-ci ont été publiées dans plusieurs éditions précédentes, il existe désormais une anthologie :

Anthologie Jim Morrison – Poèmes, carnets, retranscriptions et paroles, Massot Éditions, traduction de Carole Delporte, 2021.

Le « lieutenant » est très librement inspiré du personnage de Juan de Ayala qui, en mars 1775, reprit à Don Manuel Manrique le capitanat du *San Carlos*, et qui, de même que son pilote, fut le premier Européen à naviguer dans la baie de San Francisco et à la cartographier. Il existe très peu de détails biographiques sur Ayala ; le lieutenant du livre relève entièrement de ma création.

Les livres et documents suivants furent cruciaux dans ma recherche :

Warren Cook, *Flood Tide of Empire, Spain and the Pacific North West, 1543-1819*, Yale, 1977.

Michael Thurman, *The Naval Department of San Blas, New Spain's Bastion for Alta California and Nootka, 1767 to 1798*, The Arthur H. Clark Company, 1967.

H. K. Beals (éd.), *For Honour and Country, The Diary of Bruno de Hezeta*, Western Imprints, 1985.

H. K. Beals (éd.), *Juan Perez on the North West Coast, Six Documents of His Expedition in 1774*, Oregon Historical Society, 1989.

John D. Harbron, *Trafalgar and the Spanish Navy: The Spanish Experience of Sea Power*, Naval Institute Press, 1988.

Inclure la voix d'une fillette yoeme dans le roman, c'était courir le risque d'une projection et d'une appropriation culturelles. Je me suis appuyée sur les mentors et les ressources suivants afin d'essayer d'atténuer toute appropriation de ce genre.

Très tôt dans le processus d'écriture, je suis tombée sur les travaux de Gesturing Towards Decolonial Futures : decolonialfutures.net. Leur travail comprend une série de questions, de défis et de provocations, qui m'ont servi de guide tout au long de l'écriture.

Pendant le processus de correction, j'ai eu la chance d'obtenir l'aide du docteur David

Delgado Shorter, professeur des arts et cultures du monde à l'Université de Californie à Los Angeles, et de Felipe Molina, titulaire d'un master des Beaux-Arts, écrivain yoeme de renom et éducateur. Ces deux hommes ont lu des extraits de mon texte, et les conversations et les suggestions qui s'en sont suivies se sont révélées profondes et propices à la décolonisation.

Une remarque en passant sur l'appellation : j'ai pris la décision, éclairée, d'employer le terme Yoeme et non Yaqui. Ce choix imite celui de nombreuses communautés indigènes qui tiennent à se représenter dans leurs propres langues.

Les textes suivants m'ont apporté une aide vitale pour réussir à comprendre l'histoire et la culture yoeme :

Felipe Molina et Larry Evers, *Yaqui Deer Songs*, University of Arizona Press, 1987.

David Delgado Shorter, *We Will Dance Our Truth, Yaqui History in Yoeme Performance*, University of Nebraska Press, 2009.

Jane Holden Kelly, *Yaqui Women: Contemporary Life Histories*, University of Nebraska Press, 1978.

Jane Holden Kelly, William Curry Holden et Rosalio Moises, *The Tall Candle, The Personal Chronicle of a Yaqui Indian*, University of Nebraska Press, 1971.

Anita Endrezze, *Throwing Fire at the Sun, Water at the Moon*, University of Arizona Press, 2000.

Le peuple yoeme se bat toujours pour ses droits à ses terres ancestrales et à son eau. En juin 2020, deux indigènes yoeme militants écologistes, Tomás Rojo Valencia et Luis Orbano Domínguez, ont été assassinés au Mexique en l'espace d'une semaine.

L'ONG Global Witness œuvre dans le monde entier pour mettre fin aux agressions et aux meurtres des défenseurs des territoires et de l'environnement, et pour s'attaquer aux causes originelles de ces exactions : www.globalwitness.org.

Vous pouvez vous référer à la page Ressources de mon site Internet, où sont mises à jour les informations et les dernières campagnes : annahope.uk.

REMERCIEMENTS

Merci…

À ma famille, Pam, Dan, Emily et Sophie, de m'avoir laissée utiliser leurs mots dans les textos et les mails des chapitres relatifs à l'« écrivaine ».

Au docteur Allan Chapman d'avoir généreusement lu des extraits de mon roman et pour nos échanges téléphoniques fascinants à propos des méthodes de navigation au XVIIIe siècle.

À Felipe S. Molina d'avoir lu et commenté les chapitres se déroulant en 1907, et de m'avoir prodigué des conseils inestimables sur les traditions culturelles et linguistiques des Yoeme.

Au docteur David Shorter qui, durant plusieurs mois et au cours de plusieurs conversations profondément constructives, m'a aidée à transformer les chapitres du livre se déroulant en 1907.

Au Mexique : merci à Emilia Robinson qui m'a offert un endroit à ChacaLit pour commencer à écrire ; à Juan M. Gonzalez ; à Rodrigo Rauwe ; et à Don Emilio, Mara'akame Niuwe Osaya ; et à Don Eugenio, Mara'akame Uru Muile.

Merci à mon éditrice, Helen Garnons-Williams, pour ses éclairages, son jugement fiable et ses encouragements.

Et à Caroline Wood, mon agente, qui a manifesté depuis le début sa foi inébranlable dans ce roman et son soutien indéfectible.

À Bridie, d'être l'inspiration de ce livre, et de comprendre où je vais quand je disparais dans la cabane.

À Dave, pour tout ça (enfin, peut-être pas *tout*, mais la plus grande partie).

Et à mon extraordinaire, mon cher et tendre père, Tony Hope, qui est mort durant l'écriture de ce roman – merci.

ŒUVRES CITÉES

Page 26 : Jack Kerouac, *Sur la route*, traduction de Josée Kamounn © Gallimard, coll. « Folio », 2010.

Page 51 : Paul Simon, « America », *Bookends* © Universal MCA Music Publishing, 1968.

Page 302 : W. B. Yeats, « The Second Coming », *Michael Robartes et la danseuse*, traduction de Jean-Yves Masson © Verdier, 1994.

Page 302 : John Cameron Fogerty, « Bad Moon Rising », *Greenriver* © Concord Music Publishing SARL, 1969.

Page 339 : T. S Eliot, « La terre vaine », *La Terre vaine et autres poèmes*, traduction de Pierre Leyris © Points, 1976.

Page 369 : Paul Simon, « The Boxer », *Bridge over Troubled Waters* © Universal MCA Music Publishing, 1970.

DE LA MÊME AUTRICE

Aux Éditions Gallimard

LE CHAGRIN DES VIVANTS, 2016 (Folio n° 6353)

LA SALLE DE BAL, 2017 (Folio n° 6630). Grand prix des lectrices de *Elle* 2018

NOS ESPÉRANCES, 2020 (Folio n° 6991)

Chez Le Bruit du Monde

LE ROCHER BLANC, 2022 (Folio n° 7264)

COLLECTION FOLIO

Dernières parutions

6876. Kazuo Ishiguro	*2 nouvelles musicales*
6877. Collectif	*Fioretti. Légendes de saint François d'Assise*
6878. Herta Müller	*La convocation*
6879. Giosuè Calaciura	*Borgo Vecchio*
6880. Marc Dugain	*Intérieur jour*
6881. Marc Dugain	*Transparence*
6882. Elena Ferrante	*Frantumaglia. L'écriture et ma vie*
6883. Lilia Hassaine	*L'œil du paon*
6884. Jon McGregor	*Réservoir 13*
6885. Caroline Lamarche	*Nous sommes à la lisière*
6886. Isabelle Sorente	*Le complexe de la sorcière*
6887. Karine Tuil	*Les choses humaines*
6888. Ovide	*Pénélope à Ulysse* et autres lettres d'amour de grandes héroïnes antiques
6889. Louis Pergaud	*La tragique aventure de Goupil* et autres contes animaliers
6890. Rainer Maria Rilke	*Notes sur la mélodie des choses* et autres textes
6891. George Orwell	*Mil neuf cent quatre-vingt-quatre*
6892. Jacques Casanova	*Histoire de ma vie*
6893. Santiago H. Amigorena	*Le ghetto intérieur*
6894. Dominique Barbéris	*Un dimanche à Ville-d'Avray*
6895. Alessandro Baricco	*The Game*
6896. Joffrine Donnadieu	*Une histoire de France*
6897. Marie Nimier	*Les confidences*
6898. Sylvain Ouillon	*Les jours*
6899. Ludmila Oulitskaïa	*Médée et ses enfants*

6900. Antoine Wauters — *Pense aux pierres sous tes pas*
6901. Franz-Olivier Giesbert — *Le schmock*
6902. Élisée Reclus — *La source* et autres histoires d'un ruisseau
6903. Simone Weil — *Étude pour une déclaration des obligations envers l'être humain* et autres textes
6904. Aurélien Bellanger — *Le continent de la douceur*
6905. Jean-Philippe Blondel — *La grande escapade*
6906. Astrid Éliard — *La dernière fois que j'ai vu Adèle*
6907. Lian Hearn — *Shikanoko, livres I et II*
6908. Lian Hearn — *Shikanoko, livres III et IV*
6909. Roy Jacobsen — *Mer blanche*
6910. Luc Lang — *La tentation*
6911. Jean-Baptiste Naudet — *La blessure*
6912. Erik Orsenna — *Briser en nous la mer gelée*
6913. Sylvain Prudhomme — *Par les routes*
6914. Vincent Raynaud — *Au tournant de la nuit*
6915. Kazuki Sakuraba — *La légende des filles rouges*
6916. Philippe Sollers — *Désir*
6917. Charles Baudelaire — *De l'essence du rire* et autres textes
6918. Marguerite Duras — *Madame Dodin*
6919. Madame de Genlis — *Mademoiselle de Clermont*
6920. Collectif — *La Commune des écrivains. Paris, 1871 : vivre et écrire l'insurrection*
6921. Jonathan Coe — *Le cœur de l'Angleterre*
6922. Yoann Barbereau — *Dans les geôles de Sibérie*
6923. Raphaël Confiant — *Grand café Martinique*
6924. Jérôme Garcin — *Le dernier hiver du Cid*
6925. Arnaud de La Grange — *Le huitième soir*
6926. Javier Marías — *Berta Isla*
6927. Fiona Mozley — *Elmet*
6928. Philip Pullman — *La Belle Sauvage. La trilogie de la Poussière, I*

6929.	Jean-Christophe Rufin	*Les trois femmes du Consul. Les énigmes d'Aurel le Consul*
6930.	Collectif	*Haikus de printemps et d'été*
6931.	Épicure	*Lettre à Ménécée* et autres textes
6932.	Marcel Proust	*Le Mystérieux Correspondant* et autres nouvelles retrouvées
6933.	Nelly Alard	*La vie que tu t'étais imaginée*
6934.	Sophie Chauveau	*La fabrique des pervers*
6935.	Cecil Scott Forester	*L'heureux retour*
6936.	Cecil Scott Forester	*Un vaisseau de ligne*
6937.	Cecil Scott Forester	*Pavillon haut*
6938.	Pam Jenoff	*La parade des enfants perdus*
6939.	Maylis de Kerangal	*Ni fleurs ni couronnes* suivi de *Sous la cendre*
6940.	Michèle Lesbre	*Rendez-vous à Parme*
6941.	Akira Mizubayashi	*Âme brisée*
6942.	Arto Paasilinna	*Adam & Eve*
6943.	Leïla Slimani	*Le pays des autres*
6944.	Zadie Smith	*Indices*
6945.	Cesare Pavese	*La plage*
6946.	Rabindranath Tagore	*À quatre voix*
6947.	Jean de La Fontaine	*Les Amours de Psyché et de Cupidon* précédé d'*Adonis* et du *Songe de Vaux*
6948.	Bartabas	*D'un cheval l'autre*
6949.	Tonino Benacquista	*Toutes les histoires d'amour ont été racontées, sauf une*
6950.	François Cavanna	*Crève, Ducon !*
6951.	René Frégni	*Dernier arrêt avant l'automne*
6952.	Violaine Huisman	*Rose désert*
6953.	Alexandre Labruffe	*Chroniques d'une station-service*
6954.	Franck Maubert	*Avec Bacon*
6955.	Claire Messud	*Avant le bouleversement du monde*
6956.	Olivier Rolin	*Extérieur monde*
6957.	Karina Sainz Borgo	*La fille de l'Espagnole*
6958.	Julie Wolkenstein	*Et toujours en été*

6959.	James Fenimore Cooper	*Le Corsaire Rouge*
6960.	Jean-Baptiste Andrea	*Cent millions d'années et un jour*
6961.	Nino Haratischwili	*La huitième vie*
6962.	Fabrice Humbert	*Le monde n'existe pas*
6963.	Karl Ove Knausgaard	*Fin de combat. Mon combat - Livre VI*
6964.	Rebecca Lighieri	*Il est des hommes qui se perdront toujours*
6965.	Ian McEwan	*Une machine comme moi*
6966.	Alexandre Postel	*Un automne de Flaubert*
6967.	Anne Serre	*Au cœur d'un été tout en or*
6968.	Sylvain Tesson	*La panthère des neiges*
6969.	Maurice Leblanc	*Arsène Lupin, gentleman-cambrioleur*
6970.	Nathacha Appanah	*Le ciel par-dessus le toit*
6971.	Pierre Assouline	*Tu seras un homme, mon fils*
6972.	Maylis Besserie	*Le tiers temps*
6973.	Marie Darrieussecq	*La mer à l'envers*
6974.	Marie Gauthier	*Court vêtue*
6975.	Iegor Gran	*Les services compétents*
6976.	Patrick Modiano	*Encre sympathique*
6977.	Christophe Ono-dit-Biot et Adel Abdessemed	*Nuit espagnole*
6978.	Regina Porter	*Ce que l'on sème*
6979.	Yasmina Reza	*Anne-Marie la beauté*
6980.	Anne Sinclair	*La rafle des notables*
6981.	Maurice Leblanc	*Arsène Lupin contre Herlock Sholmès*
6982.	George Orwell	*La Ferme des animaux*
6983.	Jean-Pierre Siméon	*Petit éloge de la poésie*
6984.	Amos Oz	*Ne dis pas la nuit*
6985.	Belinda Cannone	*Petit éloge de l'embrassement*
6986.	Christian Bobin	*Pierre,*
6987.	Claire Castillon	*Marche blanche*
6988.	Christelle Dabos	*La Passe-miroir, Livre IV. La tempête des échos*
6989.	Hans Fallada	*Le cauchemar*

6990. Pauline Guéna	*18.3. Une année à la PJ*
6991. Anna Hope	*Nos espérances*
6992. Elizabeth Jane Howard	*Étés anglais. La saga des Cazalet I*
6993. J.M.G. Le Clézio	*Alma*
6994. Irène Némirovsky	*L'ennemie*
6995. Marc Pautrel	*L'éternel printemps*
6996. Lucie Rico	*Le chant du poulet sous vide*
6997. Abdourahman A. Waberi	*Pourquoi tu danses quand tu marches ?*
6998. Sei Shônagon	*Choses qui rendent heureux* et autres notes de chevet
6999. Paul Valéry	*L'homme et la coquille* et autres textes
7000. Tracy Chevalier	*La brodeuse de Winchester*
7001. Collectif	*Contes du Chat noir*
7002. Edmond et Jules de Goncourt	*Journal*
7003. Collectif	*À nous la Terre !*
7004. Dave Eggers	*Le moine de Moka*
7005. Alain Finkielkraut	*À la première personne*
7007. C. E. Morgan	*Tous les vivants*
7008. Jean d'Ormesson	*Un hosanna sans fin*
7009. Amos Oz	*Connaître une femme*
7010. Olivia Rosenthal	*Éloge des bâtards*
7011. Collectif	*Écrire Marseille.* 15 grands auteurs célèbrent la cité phocéenne
7012. Fédor Dostoïevski	*Les Nuits blanches*
7013. Marguerite Abouet et Clément Oubrerie	*Aya de Yopougon 5*
7014. Marguerite Abouet et Clément Oubrerie	*Aya de Yopougon 6*
7015. Élisa Shua Dusapin	*Vladivostok Circus*
7016. David Foenkinos	*La famille Martin*
7017. Pierre Jourde	*Pays perdu*
7018. Patrick Lapeyre	*Paula ou personne*

7019. Albane Linÿer — *J'ai des idées pour détruire ton ego*
7020. Marie Nimier — *Le Palais des Orties*
7021. Daniel Pennac — *La loi du rêveur*
7022. Philip Pullman — *La Communauté des esprits. La trilogie de la Poussière II*
7023. Robert Seethaler — *Le Champ*
7024. Jón Kalman Stefánsson — *Lumière d'été, puis vient la nuit*
7025. Gabrielle Filteau-Chiba — *Encabanée*
7026. George Orwell — *Pourquoi j'écris* et autres textes politiques
7027. Ivan Tourguéniev — *Le Journal d'un homme de trop*
7028. Henry Céard — *Une belle journée*
7029. Mohammed Aïssaoui — *Les funambules*
7030. Julian Barnes — *L'homme en rouge*
7031. Gaëlle Bélem — *Un monstre est là, derrière la porte*
7032. Olivier Chantraine — *De beaux restes*
7033. Elena Ferrante — *La vie mensongère des adultes*
7034. Marie-Hélène Lafon — *Histoire du fils*
7035. Marie-Hélène Lafon — *Mo*
7036. Carole Martinez — *Les roses fauves*
7037. Laurine Roux — *Le Sanctuaire*
7038. Dai Sijie — *Les caves du Potala*
7039. Adèle Van Reeth — *La vie ordinaire*
7040. Antoine Wauters — *Nos mères*
7041. Alain — *Connais-toi* et autres fragments
7042. Françoise de Graffigny — *Lettres d'une Péruvienne*
7043. Antoine de Saint-Exupéry — *Lettres à l'inconnue* suivi de *Choix de lettres dessinées*
7044. Pauline Baer de Perignon — *La collection disparue*
7045. Collectif — *Le Cantique des cantiques. L'Ecclésiaste*
7046. Jessie Burton — *Les secrets de ma mère*

7047.	Stéphanie Coste	*Le passeur*
7048.	Carole Fives	*Térébenthine*
7049.	Luc-Michel Fouassier	*Les pantoufles*
7050.	Franz-Olivier Giesbert	*Dernier été*
7051.	Julia Kerninon	*Liv Maria*
7052.	Bruno Le Maire	*L'ange et la bête. Mémoires provisoires*
7053.	Philippe Sollers	*Légende*
7054.	Mamen Sánchez	*La gitane aux yeux bleus*
7055.	Jean-Marie Rouart	*La construction d'un coupable.* À paraître
7056.	Laurence Sterne	*Voyage sentimental en France et en Italie*
7057.	Nicolas de Condorcet	*Conseils à sa fille* et autres textes
7058.	Jack Kerouac	*La grande traversée de l'Ouest en bus* et autres textes beat
7059.	Albert Camus	*« Cher Monsieur Germain,... »* Lettres et extraits
7060.	Philippe Sollers	*Agent secret*
7061.	Jacky Durand	*Marguerite*
7062.	Gianfranco Calligarich	*Le dernier été en ville*
7063.	Iliana Holguín Teodorescu	*Aller avec la chance*
7064.	Tommaso Melilli	*L'écume des pâtes*
7065.	John Muir	*Un été dans la Sierra*
7066.	Patrice Jean	*La poursuite de l'idéal*
7067.	Laura Kasischke	*Un oiseau blanc dans le blizzard*
7068.	Scholastique Mukasonga	*Kibogo est monté au ciel*
7069.	Éric Reinhardt	*Comédies françaises*
7070.	Jean Rolin	*Le pont de Bezons*
7071.	Jean-Christophe Rufin	*Le flambeur de la Caspienne. Les énigmes d'Aurel le Consul*
7072.	Agathe Saint-Maur	*De sel et de fumée*
7073.	Leïla Slimani	*Le parfum des fleurs la nuit*

7074. Bénédicte Belpois *Saint Jacques*
7075. Jean-Philippe Blondel *Un si petit monde*
7076. Caterina Bonvicini *Les femmes de*
7077. Olivier Bourdeaut *Florida*
7078. Anna Burns *Milkman*
7079. Fabrice Caro *Broadway*
7080. Cecil Scott Forester *Le seigneur de la mer. Capitaine Hornblower*
7081. Cecil Scott Forester *Lord Hornblower. Capitaine Hornblower*
7082. Camille Laurens *Fille*
7083. Étienne de Montety *La grande épreuve*
7084. Thomas Snégaroff *Putzi. Le pianiste d'Hitler*
7085. Gilbert Sinoué *L'île du Couchant*
7086. Federico García Lorca *Aube d'été* et autres impressions et paysages
7087. Franz Kafka *Blumfeld, un célibataire plus très jeune* et autres textes
7088. Georges Navel *En faisant les foins* et autres travaux
7089. Robert Louis Stevenson *Voyage avec un âne dans les Cévennes*
7090. H. G. Wells *L'Homme invisible*
7091. Simone de Beauvoir *La longue marche*
7092. Tahar Ben Jelloun *Le miel et l'amertume*
7093. Shane Haddad *Toni tout court*
7094. Jean Hatzfeld *Là où tout se tait*
7095. Nathalie Kuperman *On était des poissons*
7096. Hervé Le Tellier *L'anomalie*
7097. Pascal Quignard *L'homme aux trois lettres*
7098. Marie Sizun *La maison de Bretagne*
7099. Bruno de Stabenrath *L'ami impossible. Une jeunesse avec Xavier Dupont de Ligonnès*
7100. Pajtim Statovci *La traversée*
7101. Graham Swift *Le grand jeu*
7102. Charles Dickens *L'Ami commun*
7103. Pierric Bailly *Le roman de Jim*

7104.	François Bégaudeau	*Un enlèvement*
7105.	Rachel Cusk	*Contour. Contour – Transit – Kudos*
7106.	Éric Fottorino	*Marina A*
7107.	Roy Jacobsen	*Les yeux du Rigel*
7108.	Maria Pourchet	*Avancer*
7109.	Sylvain Prudhomme	*Les orages*
7110.	Ruta Sepetys	*Hôtel Castellana*
7111.	Delphine de Vigan	*Les enfants sont rois*
7112.	Ocean Vuong	*Un bref instant de splendeur*
7113.	Huysmans	*À Rebours*
7114.	Abigail Assor	*Aussi riche que le roi*
7115.	Aurélien Bellanger	*Téléréalité*
7116.	Emmanuel Carrère	*Yoga*
7117.	Thierry Laget	*Proust, prix Goncourt. Une émeute littéraire*
7118.	Marie NDiaye	*La vengeance m'appartient*
7119.	Pierre Nora	*Jeunesse*
7120.	Julie Otsuka	*Certaines n'avaient jamais vu la mer*
7121.	Yasmina Reza	*Serge*
7122.	Zadie Smith	*Grand Union*
7123.	Chantal Thomas	*De sable et de neige*
7124.	Pef	*Petit éloge de l'aéroplane*
7125.	Grégoire Polet	*Petit éloge de la Belgique*
7126.	Collectif	*Proust-Monde. Quand les écrivains étrangers lisent Proust*
7127.	Victor Hugo	*Carnets d'amour à Juliette Drouet*
7128.	Blaise Cendrars	*Trop c'est trop*
7129.	Jonathan Coe	*Mr Wilder et moi*
7130.	Jean-Paul Didierlaurent	*Malamute*
7131.	Shilpi Somaya Gowda	*« La famille »*
7132.	Elizabeth Jane Howard	*À rude épreuve. La saga des Cazalet II*
7133.	Hédi Kaddour	*La nuit des orateurs*
7134.	Jean-Marie Laclavetine	*La vie des morts*

7135. Camille Laurens — *La trilogie des mots*
7136. J.M.G. Le Clézio — *Le flot de la poésie continuera de couler*
7137. Ryoko Sekiguchi — *961 heures à Beyrouth (et 321 plats qui les accompagnent)*
7138. Patti Smith — *L'année du singe*
7139. George R. Stewart — *La Terre demeure*
7140. Mario Vargas Llosa — *L'appel de la tribu*
7141. Louis Guilloux — *O.K., Joe !*
7142. Virginia Woolf — *Flush*
7143. Sénèque — *Tragédies complètes*
7144. François Garde — *Roi par effraction*
7145. Dominique Bona — *Divine Jacqueline*
7146. Collectif — *SOS Méditerranée*
7147. Régis Debray — *D'un siècle l'autre*
7148. Erri De Luca — *Impossible*
7149. Philippe Labro — *J'irais nager dans plus de rivières*
7150. Mathieu Lindon — *Hervelino*
7151. Amos Oz — *Les terres du chacal*
7152. Philip Roth — *Les faits. Autobiographie d'un romancier*
7153. Roberto Saviano — *Le contraire de la mort*
7154. Kerwin Spire — *Monsieur Romain Gary. Consul général de France*
7155. Graham Swift — *La dernière tournée*
7156. Ferdinand von Schirach — *Sanction*
7157. Sempé — *Garder le cap*
7158. Rabindranath Tagore — *Par les nuées de Shrâvana* et autres poèmes
7159. Urabe Kenkô et Kamo no Chômei — *Cahiers de l'ermitage*
7160. David Foenkinos — *Numéro deux*
7161. Geneviève Damas — *Bluebird*
7162. Josephine Hart — *Dangereuse*
7163. Lilia Hassaine — *Soleil amer*
7164. Hervé Le Tellier — *Moi et François Mitterrand*
7165. Ludmila Oulitskaïa — *Ce n'était que la peste*
7166. Daniel Pennac — *Le cas Malaussène I Ils m'ont menti*

7167. Giuseppe Santoliquido *L'été sans retour*
7168. Isabelle Sorente *La femme et l'oiseau*
7169. Jón Kalman Stefánsson *Ton absence n'est que ténèbres*
7170. Delphine de Vigan *Jours sans faim*
7171. Ralph Waldo Emerson *La Nature*
7172. Henry David Thoreau *Sept jours sur le fleuve*
7173. Honoré de Balzac *Pierrette*
7174. Karen Blixen *Ehrengarde*
7175. Paul Éluard *L'amour la poésie*
7176. Franz Kafka *Lettre au père*
7177. Jules Verne *Le Rayon vert*
7178. George Eliot *Silas Marner. Le tisserand de Raveloe*
7179. Gerbrand Bakker *Parce que les fleurs sont blanches*
7180. Christophe Boltanski *Les vies de Jacob*
7181. Benoît Duteurtre *Ma vie extraordinaire*
7182. Akwaeke Emezi *Eau douce*
7183. Kazuo Ishiguro *Klara et le Soleil*
7184. Nadeije Laneyrie-Dagen *L'étoile brisée*
7185. Karine Tuil *La décision*
7186. Bernhard Schlink *Couleurs de l'adieu*
7187. Gabrielle Filteau-Chiba *Sauvagines*
7188. Antoine Wauters *Mahmoud ou la montée des eaux*
7189. Guillaume Aubin *L'arbre de colère*
7190. Isabelle Aupy *L'homme qui n'aimait plus les chats*
7191. Jean-Baptiste Del Amo *Le fils de l'homme*
7192. Astrid Eliard *Les bourgeoises*
7193. Camille Goudeau *Les chats éraflés*
7194. Alexis Jenni *La beauté dure toujours*
7195. Edgar Morin *Réveillons-nous !*
7196. Marie Richeux *Sages femmes*
7197. Kawai Strong Washburn *Au temps des requins et des sauveurs*
7198. Christèle Wurmser *Même les anges*
7199. Alix de Saint-André *57 rue de Babylone, Paris 7e*
7200. Nathacha Appanah *Rien ne t'appartient*

*Tous les papiers utilisés pour les ouvrages
des collections Folio sont certifiés
et proviennent de forêts gérées durablement.*

*Composition Nord Compo
Impression Grafica Veneta
à Trebaseleghe, le 21 août 2023
Dépôt légal : août 2023*

ISBN 978-2-07-297320-8 / Imprimé en Italie

431452